Magdalen Nabb

Geburtstag in Florenz

Roman
Aus dem Englischen von
Christa E. Seibicke

Diogenes

Titel der 1993 bei
HarperCollins Publishers, London,
erschienenen Originalausgabe:
›The Marshal at the Villa Torrini‹
Copyright © 1993 by Magdalen Nabb
Die deutsche Erstausgabe
erschien 1998 im Diogenes Verlag
Umschlagfoto von
Guido Ferrera

*Obwohl dieser Roman
unverkennbar in Florenz
und Umgebung spielt,
sind Figuren und Handlung
ausnahmslos frei erfunden.
Jede Ähnlichkeit mit real existierenden
Personen, lebenden wie toten,
wäre rein zufällig.*

Veröffentlicht als Diogenes Taschenbuch, 2000
Copyright © 1998
Diogenes Verlag AG Zürich
www.diogenes.ch
40/01/43/4
ISBN 3 257 23164 4

I

»Vielleicht hab ich sie gestoßen, kann schon sein.«

»Kann sein, sagen Sie?« Der Staatsanwalt wiederholte die letzten Worte des Angeklagten betont laut und hielt dann inne. Ein nervöses Hüsteln ging durch den Gerichtssaal, wie zwischen zwei Sätzen eines klassischen Konzerts. Das Schweigen wurde beklemmend. Auf der Stirn des Angeklagten glänzten Schweißperlen. Der Staatsanwalt schlug die schwarzseidenen Schöße seiner Robe zurück und holte zum Angriff aus.

»Haben Sie die Frau gestoßen – ja oder nein?«

»Ja! Ich hab sie geschubst – glaub ich…«

»Und glauben Sie auch, daß dieser Schubs kräftig genug war, um sie zu Boden zu werfen?«

Er war ein so mickriges Kerlchen, daß es einem schwerfiel, sich vorzustellen, wie er jemanden niederschlug. Die blonden Haare hingen ihm schlaff und fettig um den Kopf, und der schlottrige Anzug sah aus, als wäre er ein paar Nummern zu groß, aber wahrscheinlich hatte er im Gefängnis abgenommen. Der Mann war in den Dreißigern, doch die schmalen Schultern und die umschatteten Augen mit dem leeren Blick gaben ihm das Aussehen eines halbverhungerten, mißhandelten Kindes. Er preßte Knie und Hände zusammen, als müsse er sich anstrengen, um auf dem einzeln stehenden Plastikstuhl das Gleichgewicht zu halten. Freilich zitterte er auch, und vielleicht war es das, wogegen er ankämpfte. Indes waren es weder Gewissensbisse noch die Erinnerung an jene Nacht, was ihn zittern machte. Er hatte nur Angst vor dem, was hier und jetzt mit ihm geschah.

»Hingefallen ist sie, das stimmt...« Sein Blick schweifte nach links zu den Käfigen, wo ein Häftling von wesentlich kräftigerer Statur sich leise hin und her wiegte und still in seine Hände weinte.

»Bitte beantworten Sie die Frage!«

»Sie...« Er riß den Blick vom Käfig los, aber es war offensichtlich, daß er sich nicht mehr erinnern konnte, wie die Frage lautete. »Hingefallen ist sie, ja... Aber sie war betrunken.«

»Sie war betrunken.« Die Angewohnheit des Staatsanwalts, jede seiner Aussagen zu wiederholen, hätte selbst den unschuldigsten Zeugen aus dem Konzept gebracht, doch diesem Mann konnten solch subtile Taktiken nichts mehr anhaben. Wieder schweifte sein Blick zum Käfig. Seine Aufmerksamkeit galt nur zur Hälfte den Fragen des Staatsanwalts.

»Also: Die Frau war betrunken, Sie haben sie gestoßen, und sie ist gestürzt. Ist das alles?«

Unverständliches Gemurmel.

»Bitte sprechen Sie lauter, damit das Gericht Ihre Antworten auch versteht!«

»Sie könnte irgendwo gegengeprallt sein.«

»Ach, und wogegen? Gegen eine Wand? Den Fußboden? Ein Möbelstück? Na, gegen was könnte sie geprallt sein?«

»Da stand eine Kommode in der Diele, gleich da, wo sie hingefallen ist.«

Das Schluchzen des Mannes im Käfig war nun im ganzen Gerichtssaal zu hören, was freilich dem Staatsanwalt, der jetzt auf den Höhepunkt zusteuerte, als Geräuschkulisse durchaus nicht unwillkommen war.

»Hohes Gericht, meine Damen und Herren Geschworenen, fest steht, daß Anna Maria Grazzini, fünfunddreißig Jahre alt und bei guter Gesundheit, nach einem ›kleinen Schubs‹ mit nachfolgendem Sturz neben einer Kommode… bei ihrer Einlieferung in die Klinik Santa Maria Nuova ihren Verletzungen, darunter eine Kinn- und Schädelfraktur, fünf gebrochene Rippen und eine perforierte Bauchspeicheldrüse, bereits erlegen war! Sie muß wirklich *sehr ungünstig* gefallen sein, meinen Sie nicht auch, Signor Pecchioli?«

Er hatte richtig kalkuliert. Das Hintergrundschluchzen, das mit seiner Stimme lauter geworden war, illustrierte eindrucksvoll das Grauen jenes Weihnachtsabends.

»Herr Vorsitzender, mit Ihrer Erlaubnis möchte ich den Geschworenen jetzt die Fotos der Anna Maria Grazzini vorlegen lassen.«

Einer nach dem anderen nahmen sie die Bilder zur Hand, und man spürte förmlich, wie ihre Augen glasig wurden, in der Hoffnung, pflichtbewußt dreinzuschauen, ohne wirklich hinzusehen. Danach richteten sich aller Blicke durchdringender auf die mickrige Gestalt auf dem Plastikstuhl.

Keine Frage, der Staatsanwalt verstand sein Geschäft, auch wenn er sich hier den großen Aufwand hätte sparen können. Pecchioli spekulierte gar nicht darauf, seinen Kopf aus der Schlinge zu ziehen. Er wollte es nur hinter sich bringen, damit er in seine sichere Zelle zurück durfte und einen Happen essen und eine Zigarette rauchen konnte. Der Saal hatte die Fotovorführung für eine gründliche Husten- und Schneuzrunde genutzt. Mindestens die Hälfte der Anwesenden waren nämlich in irgendeinem Stadium der Grippeepidemie befangen, die sich dank eines unnatürlich warmen Februars in ganz Florenz eingenistet hatte. Die Fotos wurden wieder eingesammelt.

Die Verteidigung hatte für alle drei Angeklagten auf Totschlag plädiert, aber in Anbetracht der Nachwirkungen bestand da keine reale Chance. Im übrigen war Pecchiolis Anwalt in Gedanken vermutlich schon beim Mittagessen und einer guten Flasche Wein. Jedenfalls hatte er keinen Blick für den Staatsanwalt übrig, der wieder aufgesprungen war und seine Vernehmung fortsetzte.

»Haben Sie Anna Maria Grazzini geschlagen, nachdem sie neben der Kommode hingefallen war?«

»Nein. Ich hab sie niemals geschlagen. Nein!«

»Wie erklären Sie sich dann die Verletzungen, die ich eben aufgezählt habe? Ich nehme doch an, Sie haben eine Erklärung dafür? Schließlich waren Sie dabei. Und Sie *glauben*, Sie hätten sie geschubst. Jedenfalls ist sie gestürzt. Was geschah dann?«

»Ich wollte…« Seine Stimme versagte, er räusperte sich und schwieg. Die kleine Hand mit den abgekauten Nägeln tastete, ohne es zu berühren, nach dem Mikrophon, als ob das die Ursache für sein Verstummen sei.

»Ich… sie war betrunken. Ich wollte sie dazu bringen, daß sie aufsteht.«

»Und wie? Haben Sie sie getreten?«

»Ich hab sie vielleicht ein bißchen mit dem Fuß angestoßen, wie Sie das auch getan hätten.«

»Angestoßen!«

»Ja, das haben wir alle gemacht. Sie war betrunken und wollte nicht aufstehen.«

»Zu dem, was Sie alle getan haben, kommen wir gleich. Wo genau haben Sie sie denn ›gestoßen‹, wie Sie's nennen? Oder wäre ›getreten‹ nicht doch der treffendere Ausdruck? Einer, der eher in Einklang mit Art, Ausmaß und Schwere der nachfolgenden Verletzungen stünde?«

»Ich weiß nicht, was Sie meinen.«

»Inwiefern wissen Sie das nicht? Wollen Sie vielleicht andeuten…«

»Es liegt an den Wörtern, die Sie gebrauchen. Die sind zu lang. Ich weiß gar nicht, wovon Sie sprechen.«

Einen Moment lang war der Staatsanwalt verdutzt, und man konnte ihm vom Gesicht ablesen, wie sehr es ihn wurmte, daß so ein erbärmlicher Wicht es gewagt hatte, ihn mitten im Satz zu unterbrechen und seine Wortwahl zu kritisieren. Aber er hatte sich gleich wieder gefangen und sprach nun so langsam und deutlich, als hätte er es mit einem Ausländer zu tun.

»Haben *Sie*… Anna Maria Grazzini… getreten, *nachdem* Sie sie durch einen *Schubs* zu Fall gebracht hatten?«

»Kann sein, ich…« Wieder versagte ihm die Stimme, und man sah seinen Adamsapfel hüpfen, während er mehrmals heftig schluckte. »Ich erinnere mich nicht mehr. Ich war stocksauer auf sie, weil doch Weihnachten war. Wegen dem Kind. Kann sein, daß ich ihr 'nen Tritt gegeben hab, genau wie die anderen. Sie wollte ja nicht aufstehen.«

»Von wem kam der Vorschlag für das, was Sie als nächstes taten? Von Ihnen?«

»Ich weiß nicht. Wir waren alle ganz durchgedreht. Wir sind alle zusammen drauf gekommen. ... Ich weiß nicht mehr...«

»Wer hat als erster angerufen?«

»Chiara... Sie rief die Polizei.«

»Chiara Giorgetti?«

»Ja.«

»Und telefonierte sie von der Wohnung aus?«

»Nein. Sie ist mit den anderen zu einer Telefonzelle gegangen.«

»Und Sie gingen nicht mit?«

»Einer mußte doch bei dem Kind bleiben. Sie waren zu zweit, also konnten sie's schaffen... sie haben es ja auch geschafft, daß...«

Der Staatsanwalt ging nicht darauf ein. Die Geschworenen wußten bereits, was die beiden geschafft hatten, denn sie hatten schon die Aussage von Mario Saverino gehört, dessen Schluchzen inzwischen in rhythmisches Stöhnen übergegangen war. Während seines Kreuzverhörs hatte er ununterbrochen geweint.

Nachdem er den Geschworenen einen Moment Zeit gelassen hatte, sich darauf zu besinnen, was an jenem Abend ›geschafft‹ worden war, fuhr der Staatsanwalt fort.

»Sie wissen aber, was dieser Anruf bei der Polizei ergeben hat, denn Chiara Giorgetti und Mario Saverino haben Sie gleich anschließend verständigt, war es nicht so?«

»Doch.«

»Und was haben sie Ihnen erzählt?«

»Daß die Polizei nicht kommen würde. Die hätten gesagt, man solle einen Krankenwagen rufen.«

»Und haben sie einen gerufen?«

»Nein. Sie haben mir gesagt, sie wollten zum Palazzo Pitti und ich solle zehn Minuten warten und dann dort anrufen.«

»Was Sie auch taten?«

»Ja.«

»Und ich nehme an, Sie haben volle zehn Minuten gewartet?«

»Ja.«

Auch das ließ der Staatsanwalt erst einmal auf die Geschworenen wirken, bevor er, fast beiläufig, die nächste Frage stellte.

»Sagen Sie, als Sie Anna Maria Grazzini zum letzten Mal sahen, war sie da bei Bewußtsein?«

Obwohl Pecchioli sich viel Zeit zum Nachdenken ließ, brachte er keine Antwort zustande.

»Konnte sie sprechen?« hakte der Staatsanwalt nach.

»Nicht so, daß es verständlich gewesen wäre.« Und wieder behauptete er nachdrücklich: »Sie war betrunken.«

»Zu dem Zeitpunkt, um den es hier geht, war das längst nicht alles, was ihr fehlte! Also, hat sie versucht zu sprechen oder sich mit irgendwelchen Lauten bemerkbar zu machen?«

»Laute… ja, Laute hat sie von sich gegeben… So ein abgehacktes Röcheln, wie ein Hund, wenn ihm schlecht wird.«

»Keine weitere Fragen.« Der Staatsanwalt raffte seine wallende Robe und setzte sich.

Der Richter hob den Kopf; sein Gesicht war ausdruckslos.

»Herr Verteidiger?«

»Keine Fragen.«

Der Richter blickte in die Runde. »Wenn ich recht verstanden habe, hören wir den Bericht des Pathologen erst morgen?«

Der Staatsanwalt schoß in die Höhe. »Das ist richtig, Herr Vorsitzender. Die Gerichtsmedizin…«

»Schon gut. Bitte rufen Sie Ihren nächsten Zeugen auf.«

»Die Staatsanwaltschaft ruft Maresciallo Salvatore Guarnaccia, Dienststellenleiter der Carabinieri-Wache im Palazzo Pitti.«

Der Maresciallo hatte während der ganzen Verhandlung reglos dagesessen, die mächtigen Hände auf die Knie gepflanzt, die großen Augen fast starr nach vorn gerichtet, die Stirn in konzentrierte Falten gelegt. Jetzt erhob er sich langsam, erfüllt von bangen Vorahnungen.

»Salva? Bist du's? Na, wie ist es gegangen?«

»Überhaupt nicht.« Er legte seine Mütze auf den Flurtisch und ging direkt ins Schlafzimmer, um die Uniform auszuziehen. Normalerweise kam er zuerst in die Küche, sagte ihr guten Tag und erkundigte sich, was es zu essen gab. Teresa, die die heutige Abweichung als Zeichen schlechter Laune interpretierte, gab Salz ins Wasser, das eben zu sprudeln begann. Als er erschien, riß sie gerade eine Packung Spaghetti auf.

»Wie meinst du das, es ging überhaupt nicht? Was ist, willst du auch Pasta?«

»Nein. Ja. Nur ein wenig. Oder vielleicht esse ich auch bloß einen Salat.«

»Du kannst dich nicht nur von Salat ernähren – meine Güte, Salva, gestern abend hast du drei Stück Schokoladentorte verdrückt, und jetzt auf einmal bloß Salat. Deine Leber weiß bestimmt nicht mehr, wo's langgeht, und ich auch nicht. Warum kannst du dich nicht vernünftig ernähren? Ach, was werde ich froh sein, wenn die Jungs wieder da sind und dieser ganze Zirkus aufhört!«

Es war seine Idee, nicht etwa die seiner Frau, daß er die Zeit, in der die beiden Kinder mit der Schule zum Skilaufen waren, nutzen würde, um seine Leber zu entgiften. Zu dieser Kur gehörten Tage, an denen er verdrießlich in einer Salatschüssel herumstocherte, unterbrochen von Ausrutschern wie besagter Schokoladentorte, die er ebenso verdrießlich in sich hineingeschaufelt hatte. Und dabei fixierte er jeden Bissen mit so traurig-vorwurfsvollem Blick, als ob es die Torte wäre, die ihn verschlang.

Teresa gab die Nudeln ins Wasser und rührte einmal kräftig um.

»Ich hab eine Handvoll für dich mitreingetan. Das gescheiteste ist, du nimmst eine halbe Portion Pasta ohne Sauce, keinen Wein dazu und ißt hinterher noch ein bißchen Salat.«

Daß sie recht hatte, ließ sich nicht bestreiten – aber bestreiten konnte man genausowenig, daß ein Teller blanker Spaghetti mit einem Glas Wasser dazu selbst dem sonnigsten Charakter aufs Gemüt geschlagen hätte.

»Es dauert noch fünf, sechs Minuten.«

Der Maresciallo schlurfte hinüber ins Wohnzimmer und schaltete die Fernsehnachrichten ein. Ihre Stimme folgte ihm.

»Wenn wir mit ihnen zum Skilaufen gefahren wären, dann hättest du wandern können, hättest frische Luft und Bewegung gehabt und viel mehr für deine Gesundheit getan als mit dieser ganzen Salatesserei. Vor allem aber hätte das nicht mal die Hälfte von dem gekostet, was wir für die beiden ausgegeben haben, weil wir nämlich im Militärskiklub gewohnt hätten, aber man kommt sich ja vor, als ob man gegen die Wand redet…«

Die Nachrichten auf dem zweiten Kanal waren zu Ende, und der Maresciallo schaltete um aufs erste Programm.

»Mir wär's ja egal, wenn du wenigstens einen handfesten Gegengrund anführen könntest!«

Da hatte sie wieder recht, der Maresciallo wartete nur selten mit Argumenten auf. Entweder packte er eine Sache an, oder er blieb untätig. Und für die Berge hatte er nichts übrig.

»Allmächtiger!« Mit diesem Finale schwappte der Inhalt des Topfes ins Sieb, und der Maresciallo, der es gehört hatte, stand auf.

Einen Moment blieb er noch stehen und sah zu, wie zwei weitere Politiker in Handschellen abgeführt wurden, dann schaltete er das Fernsehgerät aus.

»Das Land wird von Banditen regiert«, verkündete er, als er wieder in der Küche erschien.

»Geh mir aus dem Weg! Immer, wenn ich koche, mußt du dich wie eine Straßensperre in der Küche aufpflanzen… Hab ich das Brot rausgestellt? Nein… Salva, ich muß an den Schrank…« Ihre Nörgelei war rhetorisch, und Teresa brachte sie auch ganz mechanisch vor, denn in fünfzehn Ehejahren hatte sie die Hoffnung aufgegeben, ihm abzugewöhnen, daß er wie ein gestrandeter Wal immer da auftauchte, wo was los war. Die übrige Familie mußte sich wohl oder übel um ihn herumschlängeln wie um ein sperriges Möbelstück.

Als sie endlich bei Tisch saßen, betrachtete sie ihn aufmerksamer und sagte: »Du hast Hunger, das ist alles, was mit dir los ist.«

»Ich hab den ganzen Vormittag verplempert, das ist los.«

»Was? Weil du ins Gericht mußtest?«

»Weil ich stundenlang dort rumgesessen habe, und als ich endlich drankam, hat die Verteidigung plötzlich Vertagung beantragt. Wegen irgendeines Problems mit der Aussage des Kindes. Es muß erst geklärt werden, ob es vertretbar ist, die Kleine gegen die eigene Mutter aussagen zu lassen.«

»Na, das wundert mich nicht. Auch wenn ich natürlich nur das weiß, was in den Zeitungen steht…« Wieder so ein rhetorischer Vorwurf. Er erzählte ihr nie etwas, behauptete sie jedenfalls. »Trotzdem finde ich, das Kind hat schon genug durchgemacht, auch ohne daß man es noch vor Gericht zerrt, damit es vor lauter fremden Leuten peinliche Fragen beantwortet. Stell dir das doch bloß mal vor…«

Der Maresciallo, der sich in den letzten paar Tagen nichts anderes vorgestellt hatte, sagte verärgert: »Ganz ohne einen Tropfen Öl kann ich das nicht essen – pappt doch alles zusammen!«

Teresa tröpfelte ihm ein klein wenig Öl auf die Pasta

und streute einen Teelöffel geriebenen Käse darüber. »Du machst dir doch nicht immer noch Sorgen wegen dieser neuen Verordnung, oder? Vergiß nicht, Salva, da müssen sich alle dran gewöhnen. Bestimmt fällt es den Richtern und Anwälten auch nicht leicht.«

»Richter und Anwälte haben studiert. Außerdem bin ich zu alt.«

»Was heißt hier zu alt?«

»Zu alt zum Umlernen, meine ich. So was ist gut und schön, wenn einer zwanzig ist – was nicht heißen soll, daß es mir damals leichtgefallen wäre...« Er schielte finster nach dem Glas Wasser, das hätte Wein sein sollen.

»Na komm, gib den Teller her – die Pasta ist doch inzwischen eiskalt. Hier, nimm dir Salat. Im übrigen ist es ja nicht so, als ob du noch nie bei einer Verhandlung ausgesagt hättest.«

»Pah! Früher hieß das, Namen und Rang zu Protokoll geben, die Angaben meines schriftlichen Berichts bestätigen, danke schön und auf Wiedersehen.«

»Um Himmels willen, Salva, man könnte ja glauben, du stündest selber unter Anklage. Dabei hast du doch gar keinen Grund, dich vor einem Kreuzverhör zu fürchten.«

»Was verstehst du schon von Kreuzverhören?«

»Ich gucke Perry Mason, im Gegensatz zu dir – du schläfst immer dabei ein.«

»Pah!«

Sie begann den Tisch abzuräumen. »Ich setze gleich einen Espresso auf. Nimm dir noch eine Birne, die sind köstlich. Ach, jetzt regnet es schon wieder!« Sie knipste das Licht an und ließ die Kaffeekanne vollaufen.

Langsam schälte er die Birne. Ob es sich lohnte, die Kopie seines Berichts heute abend noch einmal durchzugehen? Im Augenblick wußte er ja nicht einmal, wann man ihn wieder vorladen würde. Er hatte versucht, das Zeug auswendig zu lernen, besonders Daten, Uhrzeiten und so weiter. Er konnte sich leicht vorstellen, wie er steckenbleiben würde, wenn ein gewiefter Anwalt es darauf anlegte, ihn zu verwirren oder aus dem Konzept zu bringen. Blamieren würde so einer ihn auf jeden Fall. Grausige Erinnerungen an mündliche Prüfungen in der Schule tauchten wieder auf, die ihn auch nach all den Jahren noch vor Scham erschauern ließen. Immerhin konnte ihm jetzt keiner mehr mit dem Lineal auf die Fingerknöchel schlagen oder ihn zwingen, sich in der Ecke auf eine Lage Reiskörner zu knien. Die einzigen Male, wo er als Junge dankbar gewesen war für seine dickliche Statur. Sein armer kleiner Freund Vittorio, der immer abgelegte Kleider tragen mußte, die ihm viel zu groß waren, Vittorio hatte die knochigsten Knie der ganzen Klasse und mußte furchtbar leiden. Die Nonnen wußten natürlich, daß seine Mutter eine Prostituierte war, und faßten ihn deshalb immer besonders hart an. Seine Knie hatten jedenfalls nie Zeit zu verheilen, bevor Schwester Benedetta ihn das nächste Mal in der Ecke auf dem Reis knien ließ.

»Möchtest du einen Schluck Milch rein haben?«

»Schwester Benedetta war ekliger als jeder Richter bei einem Geschworenenprozeß.«

»Salva!«

»Was?«

»Ich frag dich, ob du Milch willst. Und was faselst du jetzt wieder für ein unzusammenhängendes Zeug daher?«

»Nur einen Tropfen. Nonnen. Ich dachte grade an die Nonnen...«

»Oh... Ach, was ich dir noch sagen wollte, heute abend kommt ein guter Film im Fernsehen.«

»Ich dachte, ich geh noch mal die Akte über dieses neue Strafrechtsverfahren durch, nur zur Sicherheit...«

»Nicht schon wieder! Du würdest ja doch bloß drüber einschlafen. Weißt doch, daß du nach dem Abendessen die Augen nicht offenhalten kannst. Ich weiß nicht, wie viele Abende hintereinander du nun schon mit diesem Ordner auf der Brust eingenickt bist. Egal, ob am Tisch oder im Bett. Da kannst du genausogut mal vor einem guten Film einschlafen.«

Und der Maresciallo, der den ganzen Fall bis oben hin satt hatte, war nicht abgeneigt, ihren Rat zu befolgen. Aber er bekam keine Gelegenheit dazu, denn noch bevor er zu Abend gegessen hatte, vielleicht sogar just in dem Moment, als er die Tagesbefehle für morgen abzeichnete und erwog, die Gerichtsverhandlung und seine Diät heute abend einmal zu vergessen, beschloß Signora Eugenia Torrini, die Carabinieri zu rufen, egal, was Giorgio dazu sagte.

»Hoffentlich sind wir hier richtig.«

Sie waren auf dem Berghang hinter dem Forte del Belvedere, und der Fahrer des Maresciallos hatte sich im Dunkeln schon zweimal verfahren, war in eine falsche Zufahrtsstraße eingebogen und mußte dann in riskanten Manövern wieder rückwärts auf die schmale, kurvenreiche Via San Leonardo hinaussetzen. Diesmal aber hatten sie Glück. Eine längere Auffahrt, gesäumt von Zypressensilhouetten, die indes, wie die Anruferin schon erklärt hatte, keine befestigte Straße war, sondern nur ein zerfurchter Feldweg, der an der Villa Torrini vorbeiführte. Jetzt schwenkten die Scheinwerfer zur Linken über ein Tor.

»Ich sehe nirgends Licht...«

Der Fahrer hielt an, öffnete seine Tür und richtete eine Taschenlampe aufs Tor. Es war ein großes, hohes Holzportal, grün gestrichen, mit dem Namen TORRINI auf einem Messingschild. Am Griff hing ein Vorhängeschloß, und im Licht der Taschenlampe glitzerten Regentropfen auf den Pfosten.

Sie fuhren weiter, bogen hinter dem Haus ein und hielten in einem aufgeweichten Seitenpfad. In zwei Fenstern der Villa schimmerte Licht, und in einer umgebauten Scheune ein paar Meter weiter war ebenfalls ein, freilich kleineres, Fenster erleuchtet. Es gehörte zu den Besonderheiten von Florenz, die dem Maresciallo von Anfang an gefallen hatten, daß die Stadt mitunter jäh zu Ende war und man sich unversehens auf dem Lande wiederfand.

»Sie können hier auf mich warten.«

Ein feiner Sprühregen netzte sein Gesicht, als er ausstieg, und die Nachtluft roch nach vermodertem Laub und nassem Gras. Es war so still, daß seine Schritte ungewöhnlich laut auf dem gepflasterten Hof vor dem Haus widerhallten. Riesige Kübel mit geisterhaften Zitronen- oder Orangenbäumchen, in Plastik gehüllt, standen rechts und links vom Eingang. Der Maresciallo drückte auf die beleuchtete Klingel, doch er hörte bereits, wie drinnen schwere Riegel zurückgeschoben wurden. Bestimmt hatten sie den Wagen gehört. Schlüssel klirrten. Dann eine Pause, vielleicht, um sich noch einmal zu besinnen, bevor eine tiefe Frauenstimme fragte: »Wer ist da?«

»Die Carabinieri, Signora. Sie haben uns angerufen.«

»Ach, je…« Neuerliches Schlüsselrasseln. »Es tut mir furchtbar leid, aber Sie müssen sich einen Moment gedulden. Ich kann die anderen Schlüssel nicht finden.«

Er hörte, wie sie sich von der Tür entfernte; wenn er sich nicht täuschte, ging sie am Stock. Und noch immer murmelte sie bekümmert vor sich hin: »Ach, je… Giorgio hat recht, es wird schlimmer mit mir… Ach, wo können sie bloß sein…«

Zum Glück war es nicht kalt. Irgendeine Kletterpflanze rankte sich über die ganze Hausfront. Und doch merkte man, daß man nicht wirklich auf dem Lande war: Man konnte des Nachts zu gut sehen, weil der Himmel wegen der nahe gelegenen Stadt nicht richtig dunkel wurde. Weiter draußen dagegen sah man, falls nicht gerade Vollmond war, nicht einmal die Hand vor den Augen, dafür aber Sterne, Millionen von Sternen. Sie kam zurück… mit noch mehr Schlüsseln.

»Ach…! Es tut mir furchtbar leid. Aber so ist das, wenn man alt wird…«

Sie hantierte immer noch mit den Schlössern. Jeweils acht Umdrehungen, bevor eines aufsprang!

Endlich aber öffnete sich die Tür, und eine hochgewachsene, würdige Dame blickte ihm entgegen. »Ach, ich bin wirklich untröstlich! Ich nehme mir immer wieder vor, sie da hinzulegen, wo ich sie griffbereit habe, aber dauernd kommt irgendwas dazwischen. Entweder das Telefon klingelt oder sonstwas, und ich ziehe mit den Schlüsseln in der

Hand los, und schon ist es passiert. Ich hoffe, Sie verzeihen mir?« Sie sah ihn besorgt an.

»Aber natürlich. Das passiert uns doch allen mal...«

Eigentlich hatte er sich von diesem Spruch Einlaß erhofft, aber obwohl sie die Tür einen Spalt weiter aufmachte, mußte er doch bleiben, wo er war. Sie war sehr adrett gekleidet, ganz in Grau.

»Giorgio hat recht, ich sollte meine Sachen mehr in Ordnung halten. Je älter man wird, desto wichtiger ist das. In meinem Alter kann man nämlich nicht mehr improvisieren. Ach, was müssen Sie nur von mir denken... Ich bitte vielmals um Verzeihung.«

Eine zweite Absolution, begleitet von einer leichten Neigung des Oberkörpers, verschaffte ihm endlich Einlaß, und nun entschuldigte sie sich dafür, daß sie ihn so lange auf der Schwelle hatte stehenlassen.

»Giorgio predigt mir das immer, und recht hat er, also er sagt: ›Halt gelegentlich mal den Mund und überleg dir, was du tust.‹ Aber natürlich vergess' ich's immer wieder – und dann das Alleinsein, wissen Sie...«

Er folgte ihr in einen langgestreckten Raum, der durch einen Rundbogen in Speise- und Wohnzimmer unterteilt war. Ohne sich groß umzusehen, gewahrte er helle Farben, weiche Teppiche unter den Füßen, sehr viel Komfort und gediegenen Reichtum. Und außerdem jede Menge Zigarettenqualm.

»Bitte, nehmen Sie Platz. Ich werde Ihnen alles erklären, und dann können Sie entscheiden, was zu tun ist – falls Sie mich nicht einfach für eine törichte alte Frau halten. Sehen Sie, ich sitze immer hier...«

Der Eckplatz eines ausladenden Sofas mit hellem Bezug. Ein kleiner Stapel Taschenbücher balancierte auf der Lehne, und auf dem niederen Tisch dicht davor befanden sich Zigaretten, ein goldenes Feuerzeug, ein Glas und eine Flasche Whisky. Der Maresciallo setzte sich in den Sessel ihr gegenüber, legte seine Mütze auf die Knie und wartete. Er wußte aus Erfahrung, daß man den Leuten Zeit geben und sie ihre Beobachtungen auf eigene Weise erzählen lassen mußte, und falls sich herausstellen sollte, daß die alte Dame einfach nur einsam und ängstlich war und Zuwendung brauchte, dann würde er sich auch damit abfinden. Das einzig Peinliche war, daß man bestimmt hören konnte, wie sein malträtierter Magen knurrte.

»Sie haben aber viele Bücher«, bemerkte er laut, um ein besonders geräuschvolles Kullern zu übertönen. Tatsächlich war die Wand hinter ihr vom Boden bis zur Decke mit wohlgefüllten Bücherregalen bestückt.

»O ja, ich lese von morgens bis abends. Leider rauche ich auch den ganzen Tag. Darf ich Ihnen eine Zigarette…?«

»Nein, … nein, danke, ich rauche nicht.«

»Ich sollte eigentlich auch nicht, Giorgio predigt mir das andauernd… Aber in meinem Alter stehen einem nicht mehr viele Laster zur Verfügung, und darum genieße ich meine Zigaretten und abends einen Whisky oder zwei. Wenn Sie auch einen Schluck möchten, dann nehmen Sie sich doch bitte selbst ein Glas. In dem Schrank dort drüben.«

»Nein, nein. Besten Dank.« Er hatte das Zeug seiner Lebtag nicht angerührt.

»Mit diesem elenden Stock brauche ich so lange zum

22

Aufstehen. Ach, es ist schon eine üble Sache, das Altwerden. Innerlich spürt man überhaupt keine Veränderung – ich jedenfalls nicht –, und darum kommt man sich vor wie eingesperrt in einem Körper, den man kaum noch als den eigenen erkennt. Mir wär's gleich, und wenn ich morgen sterben müßte. Ganz im Ernst. Das Leben macht mir keinen Spaß mehr, und anderen kann ich weder nützen noch Zierde sein. Darum bin ich so gern mit Celia zusammen, weil sie mir das Gefühl gibt, ich wäre doch noch zu etwas gut. Giorgio meint zwar, sie tue es nur aus Freundlichkeit, aber selbst wenn. Wir tauschen Bücher aus – sie ist nämlich Schriftstellerin und liest genausoviel wie ich, und ich meinerseits lese für mein Leben gern englische Romane. Aber mal ehrlich, wie vielen Menschen kann man Bücher leihen und sicher sein, daß man sie auch wiederbekommt? Könnten Sie auch nur für einen Ihrer Freunde die Hand ins Feuer legen?«

»Na ja, ich bin kein…«

»Sehen Sie! Wollen Sie auch bestimmt keine?« Sie zündete sich eine neue Zigarette an. »Celia ist die einzige – was bei ihr als Schriftstellerin natürlich verständlich ist. Die sind übrigens für sie.« Und die alte Dame klopfte auf den Stoß Taschenbücher auf der Armlehne des Sofas.

Der Maresciallo sah sie an und wartete. Ihren Diskurs über Bücher verfolgte er nur mit halbem Ohr, eine der Angewohnheiten, die seine Frau verärgerten: Wenn man ihm etwas erzählte, verlor er irgendwann den Anschluß. Im Augenblick beschäftigte er sich mit dem Bild der Frau, die in ihrem eigenen Körper gefangen war. Die grauen gewellten Haare der Signora waren adrett frisiert; sie hatte tiefblaue Augen, und man sah ihr an, daß sie zeitlebens sehr hübsch gewesen war. Sie trug weder Make-up noch Schmuck.

»Und nun frage ich Sie: Was sollen wir Ihrer Meinung nach tun? Giorgio würde sagen, es sind meine Nerven, ich weiß, aber er ist verreist und wird es erst erfahren, wenn er mich morgen zur gewohnten Zeit anruft. Er war schon wütend, weil ich den Priester angerufen habe.«

Der Maresciallo sah sich ertappt und versuchte seine Unaufmerksamkeit zu überspielen.

»Sie glaubten demnach, man bräuchte sowohl einen Priester wie…«

»Einen Priester! Nicht in meinem Haus. Hier setzt kein Pfaffe den Fuß herein, es sei denn, ich würde völlig den Verstand verlieren. Ich hab's bei zu vielen meiner Freundinnen miterlebt, was passiert, wenn man erst den Priestern in die Hände fällt. Und ich hab's auch zu Giorgio gesagt, es ist ja nicht so, sag ich, als ob sie hinter irgendwas anderem als deinem Geld her wären – andernfalls wär's womöglich interessanter! Was meinen Sie? Also ich will Sie ja nicht drängen, aber finden Sie nicht auch, wir sollten was unternehmen? Ich hab fünf-, sechsmal versucht anzurufen – Giorgio würde sagen, ich bin eine Plage, und sie wollen nur nicht gestört werden, aber man weiß ja nicht, wer am Telefon ist, bevor man abhebt, oder? Und Sie sehen ja selbst, wie behindert ich bin. Ich hab zwar mit dem Gedanken gespielt, rüberzugehen und bei ihnen zu klopfen, aber womöglich würde ich in der Dunkelheit stürzen, und was dann? Alles, worum ich Sie bitte, ist, daß Sie nachsehen und versuchen, sich bemerkbar zu machen. Zu Hause sind sie nämlich. Ihr Wagen steht draußen, und es brennt auch Licht. Wenn Sie da durchs Fenster schauen, sehen Sie's.«

Der Maresciallo stand auf, trat ans Fenster und starrte hinaus in die Dunkelheit. Mit einiger Anstrengung konnte er den gepflasterten Hof erkennen, den er überquert hatte, seinen Wagen, den Fahrer und das erleuchtete Fenster in der umgebauten Scheune.

»Wer sind diese Leute, und wann haben Sie sie zuletzt gesehen?« Sein Blick war immer noch nach draußen gerichtet.

»Celia, ich hab Ihnen doch grade von ihr erzählt. Celia und ihr Mann Julian. Sie sind beide drüben. Ich hab sie gegen halb sechs zusammen heimkommen sehen. Sie waren einkaufen. Ich bin ihnen bis zur Tür entgegengegangen – nicht aus Neugier, das würde ich nie tun, aber Celia hatte mir frische Milch mitgebracht. Wir verabredeten uns für zwischen sechs und halb sieben auf einen Drink und wollten bei der Gelegenheit auch ein paar Bücher austauschen – ja, und jetzt ist es fast neun, und die beiden gehen nicht ans Telefon! Ach, ich bin wirklich eine törichte alte Frau, nicht wahr?«

Der Maresciallo wußte keine Antwort.

»Welches Zimmer ist es denn, wo das Licht brennt?«

»Das ist das Bad. Ich sah das erleuchtete Fenster, als ich meine Läden schloß, und dachte: Celia nimmt ihr Bad – sie hat das gern, so gemütlich, mit einem Glas neben sich, in der Wanne zu liegen. Trotzdem habe ich, als sie Viertel vor sieben noch nicht da war, die Läden wieder aufgemacht und nachgesehen – man badet doch nicht über eine Stunde lang. Darum hab ich dann versucht, drüben anzurufen. Eigenartig ist das schon, das können Sie nicht bestreiten.«

Der Maresciallo hatte die Erfahrung gemacht, daß die Menschen oft eigenartig sind, aber das behielt er für sich. Statt dessen sagte er, in erster Linie, um ihre Ängste zu beschwichtigen: »Es könnte auch sein, daß sie eingeschlafen sind und das Licht haben brennen lassen.«

»Ich weiß, was Sie wirklich meinen.« Bei diesen Worten drehte er sich erstaunt nach ihr um. »Aber in der Hinsicht spielt sich schon seit geraumer Zeit nichts mehr ab zwischen den beiden. Celia erzählt mir allerhand, und ich bin eine gute Zuhörerin. Giorgio kann sagen, was er will, wenn einem jemand zuhört, kann das schon eine Hilfe sein.«

»Ja. Ja, durchaus.«

»Schauen Sie, ich möchte Ihnen um alles in der Welt nicht die Zeit stehlen, aber ich würde es mir nie verzeihen, wenn sich herausstellen sollte, daß etwas passiert ist.«

»Keine Sorge, Signora. Sie haben sich ganz richtig verhalten. Und jetzt bleiben Sie schön ruhig hier sitzen und trinken Ihr Glas aus, während ich rübergehe und nachsehe, was mit Ihren Nachbarn ist.«

»Moment…« Mühsam rappelte sie sich hoch. »Ich hab hier irgendwo die Schlüssel zur Scheune… Celia sagt immer, für den Notfall, wissen Sie, oder wenn sie ihre eigenen womöglich mal verliert, und ich finde sie auch ganz bestimmt…«

Wie nicht anders zu erwarten, dauerte es geraume Zeit.

Der Maresciallo nahm die Schlüssel in Empfang, verzieh ihr die lange Suche und ging hinaus.

Als der Fahrer ihn kommen sah, ließ er den Motor an.

»Nein, nein… Kommen Sie mit. In der Scheune da drüben ist irgendwas nicht in Ordnung.«

Auch wenn er das bis jetzt nicht zugegeben hatte, war der Maresciallo genauso überzeugt, daß drüben etwas nicht stimmte, wie die Signora Torrini. Zunächst einmal war es zu still. In der Wohnung einer Schriftstellerin sollte man hin und wieder eine Buchseite rascheln hören oder zumindest ab und an eine Bemerkung, die die Eheleute sich von Zimmer zu Zimmer zuriefen. Und dann dieses Badezimmerfenster. Das gefiel ihm ganz und gar nicht. Es war erleuchtet, aber nicht beschlagen. Trotzdem, nichts Eindeutiges.

»Läuten Sie mal.«

Nach zwei-, dreimal Klingeln wechselten sie einen Blick. Der Fahrer, ein junger Rekrut aus Sardinien mit großen Augen, der auf den Namen Giuseppe Fara hörte, erbot sich: »Soll ich die Tür aufbrechen, Maresciallo?«

Der Maresciallo zog den Schlüssel aus der Tasche und sperrte auf. Sobald sie drin waren, hämmerte er von innen gegen die Türfüllung und rief: »Carabinieri! Ist jemand da?«

Keine Antwort.

»Suchen Sie mal nach 'nem Lichtschalter.«

Nach einigem Umhertasten hatte Fara ihn gefunden. Es war ein hübsches Zimmer, quadratisch geschnitten, mit farbenfrohem Terrakotta-Fußboden. In der einen Hälfte war die Küche untergebracht, in der anderen standen Korbsessel auf hellen Teppichen gruppiert. In einem riesigen Krug steckten Schilfrohrkolben und hohe gefiederte Gräser. Der große rustikale Kamin stammte zweifellos aus einem Bauernhaus. Der Maresciallo trat näher. Die Scheite waren heruntergebrannt, glühten aber noch schwach in der Asche. Es war warm im Zimmer.

»Sollen wir mal oben nachsehen, Maresciallo?« Fara deutete auf die Wendeltreppe, eine Holz- und Stahl-Konstruktion in der Ecke.

»Sie warten hier.« Er las Enttäuschung und Erleichterung zugleich im Gesicht des Jungen, als er den Aufstieg begann. Die Treppe war nicht für jemanden mit seiner massigen Statur gebaut, und der Maresciallo ging wohlweislich langsam. Im Obergeschoß war der quadratische Raum unterteilt in ein kleines Bad zur Linken, in dem Licht brannte und dessen Tür einen Spaltbreit offenstand, und ein Schlafzimmer auf der rechten Seite. Auch hier war die Tür nur angelehnt, doch der Raum lag im Dunkeln. Der Maresciallo stieß die Badezimmertür auf.

Keine Dampfschwaden, kein Dunst. Es war kalt im Raum, und auch das rote Wasser mit der blaßrosa Schaumschicht drauf war offenbar längst abgekühlt. Es roch nicht nach Tod, sondern nach einem blumigen Parfum, wahrscheinlich der Badezusatz. Die Frau in der Wanne war tot, ihr schlaff herabhängender Kopf war, halb unter Wasser, dem Maresciallo zugewandt. Richtig erkennen konnte er bei dem blutverfärbten Wasser natürlich nichts, aber es sah doch nach einem klassischen Selbstmord aus: Offenbar hatte sie sich in der Badewanne die Pulsadern geöffnet. Hier weiter nachzuforschen war vorerst nicht seine Aufgabe, und so stieg er vorsichtig wieder die Wendeltreppe hinunter.

»Die Frau liegt tot in der Wanne«, beantwortete er den fragenden Blick des Jungen. »Sehen Sie hier irgendwo ein Telefon?«

»Auf dem Tischchen am Kamin.«

Er verständigte den diensthabenden Staatsanwalt und forderte dann im Präsidium in Borgo Ognissanti die Spurensicherung und einen Fotografen an. Als er den Hörer aufgelegt hatte, ging er im Zimmer hin und her, und seine großen, leicht vorstehenden Augen registrierten jedes Detail. Fara beobachtete ihn scharf, fragte aber nicht, wonach er suchte, weil er nicht als ahnungsloser Anfänger dastehen wollte. Hätte er gefragt, wäre der Maresciallo um eine Antwort verlegen gewesen. Er starrte zwar jeden Gegenstand im Raum an, war aber in Gedanken ganz woanders.

Einmal bemerkte er laut: »Wo zum Teufel hat sich eigentlich der Ehemann hin verkrümelt?«

»Haben Sie im Schlafzimmer...« Der Junge brach ab, weil ihm dieser Hinweis dem Chef gegenüber anmaßend erschien, doch dann hörten sie direkt über sich einen lauten Plumps. Beide schraken zusammen, und der Junge wurde blaß. Eigentlich geschah es nur, um seine Angst zu kaschieren, daß er als erster die Wendeltreppe hochstürmte. Der Maresciallo, der sich gut in ihn hineinversetzen konnte, brummte bloß: »Vorsicht, und gehen Sie nicht rein.«

Der Junge gehorchte. Mit einem Finger stieß er die Tür auf und tastete nach dem Lichtschalter. Dann standen beide stumm auf der Schwelle und starrten ins Zimmer. Sie sahen auf den ersten Blick, was den Lärm verursacht hatte, eine leere Chiantiflasche, die zu Boden gefallen war und aus der jetzt die letzten roten Tropfen auf einen Bettvorleger aus weißem Ziegenfell sickerten.

»Glauben Sie, er ist tot?«

Der Maresciallo trat ans Bett und drehte das bärtige Gesicht nach oben. Sowie er losließ, plumpste der Kopf auf die Tagesdecke zurück.

»Nein«, sagte er, »tot ist der nicht. Aber betrunken. Sturzbetrunken.«

2

»Wenn Sie Ihre Proben beisammenhaben, können wir dann das Badewasser ablassen?« Mit diesem Arzt hatte der Maresciallo noch nie zu tun gehabt, und er bemühte sich redlich, ihn mit seiner bulligen Gestalt in dem kleinen Bad nicht zu behindern.

Gurgelnd und glucksend floß das rote Wasser langsam ab. Der Arzt hob vorsichtig einen Fuß des Leichnams an, der den Abfluß blockierte. »Sonst sind wir noch die ganze Nacht hier. Noch eine Aufnahme?«

Das Blitzlicht des Fotografen flammte emsig surrend auf, sobald der Wasserspiegel sank und die Leiche freigab. Dann trat wieder Ruhe ein, und die Männer wechselten einen Blick.

»Na, das ist aber mal 'ne Überraschung...« Der Arzt hob erst ein Handgelenk, dann das andere. Beide unversehrt. »Noch nicht mal ein Kratzer. Aber irgendwo muß das viele Blut ja herkommen. Können wir sie umdrehen? Haben Sie alles im Kasten?«

»Ich bin fertig«, bestätigte der Fotograf.

»Maresciallo?«

Guarnaccia, der sich schon vor ihrem Eintreffen alle für ihn wichtigen Notizen gemacht hatte, nickte nur.

Zu dritt drehten sie die Leiche auf den Bauch.

»Ach! Na, auf so was ist man natürlich nicht gefaßt, aber es erklärt immerhin die Blutung.«

Ein zerbrochenes Weinglas, das unter der Toten lag, hatte ihr zwei sehr tiefe Schnittwunden in einer Gesäßhälfte beigebracht sowie eine Reihe von Schrammen unterhalb der Taille. Ein Scherbendreieck steckte immer noch tief im Fleisch.

»Die Todesursache haben wir damit freilich noch nicht. Ich stehe vor einem Rätsel…«

Und so ging es auch dem Maresciallo. Es kam vor, daß jemand in der Badewanne ohnmächtig wurde, auch wenn er selber noch nie einen solchen Fall gehabt hatte – und überhaupt, waren das nicht in der Regel alte Menschen? In Ohnmacht zu fallen war eine Sache, aber würde der Betreffende nicht wieder zu sich kommen, wenn er zu ertrinken drohte, und um sein Leben kämpfen? Eine schwache Person würde sich vielleicht nicht retten können, aber diese Frau…

»Wie alt schätzen Sie sie, Doktor?«

»Mitte vierzig, würde ich sagen. Jetzt, wo wir sie umgedreht haben, werde ich mal ihre Temperatur messen. Was meinen Sie, ist der genaue Zeitpunkt des Todes für Ihre Ermittlungen kritisch?«

»Nein. Nein… Man hat sie am späteren Nachmittag noch gesehen, und dann ist ja auch der Ehemann…«

Aus dem Schlafzimmer, wo der junge Fara sich wenig erfolgreich bemühte, den Betrunkenen zur Besinnung zu bringen, drang ein beträchtlicher Lärm.

»Womöglich war sie auch betrunken…«

»Also das bezweifle ich, auch wenn ich mich da im Moment natürlich noch nicht festlegen kann.«

»Aha.«

»Wahrscheinlich ein Unfall.«

Faras mittlerweile verzweifelte Stimme entlockte dem Schläfer nebenan lediglich ein schwaches Stöhnen.

»Keine Sorge, ich bring ihn wieder zu sich«, sagte der Doktor. »Sobald ich hier fertig bin.«

Der Maresciallo unternahm abermals einen Rundgang durchs Haus, wanderte aber jetzt nicht mehr so ziellos umher wie zuvor. Er suchte, wenn auch eher halbherzig, nach einem Abschiedsbrief. In der oberen rechten Schublade eines Schreibtisches fand er den Paß von Celia Rose Carter, geboren 1947 in Großbritannien, und den von Julian Forbes, ebenfalls Brite, geboren 1959. Stirnrunzelnd klappte er noch einmal den Paß der Frau auf.

»Na, Maresciallo, was meinen Sie?«

Er merkte erst jetzt, daß die Leute vom Labor, die im Küchentrakt ihr Arbeitsgerät zusammenpackten, zu ihm gesprochen hatten. Guarnaccia, der kein Wort mitbekommen hatte, sah sie verständnislos an. »'tschuldigung. Hab nicht zugehört.«

»War auch nichts Wichtiges. Und Sie? Was Interessantes gefunden?«

Der Maresciallo blickte wieder in den Paß, doch alles, was er sagte, war: »Heute ist ihr Geburtstag...«

»Machen Sie sich um mich keine Sorgen, mir geht's gut.« Julian Forbes wälzte sich wieder auf den Bauch und setzte bedächtig hinzu: »Sagen Sie den Leuten einfach, ich hätte mich schlafen gelegt.« Und wirklich schlief er gleich darauf wieder wie ein Baby. Fara sah sich hilfesuchend nach dem Maresciallo um, doch der war hier auch nicht kompetent.

»Vielleicht müssen wir einfach warten, bis er seinen Rausch ausgeschlafen hat…«

In dem Moment kam der Arzt hinzu, der sich eben noch die Hände an einem Leinentuch abtrocknete.

»Na, dann wollen wir den Traumprinzen mal aufwecken.« Damit trat er ans Bett, drehte Forbes wieder um und rieb ihm mit dem ziemlich haarigen Rücken seiner noch feuchten Hand kräftig über Nase und Mund. Forbes öffnete die Augen, und im selben Moment zerrte der Doktor ihn zum Sitzen hoch. Die vom Rausch geröteten Wangen des Betrunkenen wurden aschfahl.

»Mir wird schlecht…«

»Nur zu!« Der Arzt kippte einen Strauß getrockneter Blumen aus einer Bodenvase, und Forbes erbrach einen guten Liter Rotwein hinein. Der Arzt reichte die Vase weiter. »Fragen Sie die vom Labor, ob sie davon eine Probe wollen – und wenn Sie einmal unten sind, könnten Sie auch gleich Kaffee kochen. Maresciallo, unser Freund hier gehört Ihnen.« Der Arzt ging zurück ins Bad, um sich die Kotzespritzer abzuwaschen. Der Maresciallo stand neben dem Bett und sah auf Forbes hinunter, dessen Haare sich ungeachtet seiner Jugend am Hinterkopf bereits zu lichten begannen. Die Hände, die er, in scheinbarer Abwehr drohender Kopfschmerzen, an die Schläfen preßte, waren langfingerig und blaß.

»Gott, ist mir schlecht! Was ist passiert? Doch kein Verkehrsunfall – ich setze mich nie ans Steuer. Bei uns fährt immer Celia…«

»Betrinken Sie sich oft?«

»Nein, durchaus nicht.« Seine Stimme klang gereizt. »Bloß wirkt der Alkohol bei mir manchmal verheerend, das ist alles. Aber nun sagen Sie mir endlich, was los ist. Und wer sind all diese Leute?«

»Falls Sie's bis rüber ins Bad schaffen...«

Das Wort traf ihn wie ein Messer in die Magengrube. Mit einem gequälten Winseln fiel er vornüber, krümmte sich dann seitwärts auf dem Bett zusammen und begann mit schriller Kinderstimme zu schluchzen.

Der Maresciallo seufzte verstohlen und machte sich auf eine lange Nacht gefaßt. Die plötzliche Unruhe draußen verriet ihm, daß der Beamte von der Staatsanwaltschaft eingetroffen war. Doch seine Erleichterung schwand, sobald er sah, wer da zur Tür hereinkam, die Augen spottfunkelnd, im Mund einen Zigarillo.

»Man hat mir schon gesagt, daß Sie's sind. Hervorragend! Also, was haben wir – außer dem widerlichen Geruch von Erbrochenem?« Er streckte die Hand aus und lächelte hinterhältig süffisant in Richtung der schluchzenden Gestalt auf dem Bett.

Der Maresciallo nahm die dargebotene Hand.

»Seine Frau...« Er deutete mit dem Kopf aufs Badezimmer, und der Magistrato ging hinüber, um den Tatort in Augenschein zu nehmen.

Forbes fragte unter Tränen: »Wer ist das, um Gottes willen?«

»Stellvertretender Staatsanwalt Fusarri.« Und falls auch der Maresciallo ›um Gottes willen‹ dachte, so sprach er es jedenfalls nicht aus.

Fusarri kam wieder hereingeschlendert, den Zigarillo behutsam in der erhobenen Hand balancierend. Nie rieselte auch nur ein Flöckchen Asche auf seine eleganten grauen Anzüge. Forbes, der die Hände vors Gesicht geschlagen hatte, schluchzte immer noch laut.

»Wie heißt er?« fragte Fusarri mit stummer Lippensprache.

Der Maresciallo hielt ihm sein Notizbuch hin.

»Na, nun mal sachte, Mr. Forbes. Was haben Sie denn mit Ihrer Frau angestellt?«

Das war eben das Problem mit Fusarri. Der Mann hatte keine Skrupel, kein Taktgefühl! Der Maresciallo, der sich genau das gleiche gefragt hatte, wäre nicht im Traum auf die Idee gekommen, es auszusprechen. Aber Fusarri war Mailänder, da konnte man natürlich nicht erwarten... Trotzdem hatte Guarnaccia immer ein ungutes Gefühl bei ihm, einfach, weil er nie wußte, ob der Bursche es nun ernst meinte oder nicht. Im Augenblick letzteres, seinem Gesicht nach zu urteilen, doch selbst da konnte man nicht sicher sein... Sicher war indes, daß Fusarri wußte, wie man einen Typen wie Forbes, gegen den der Maresciallo bereits eine heftige Abneigung gefaßt hatte, richtig in die Mangel nahm. Es machte direkt Spaß, ihm dabei zuzusehen.

»Ihre Frau ist tot, Signore, und sie starb unter für uns ungewöhnlichen Umständen. Es kann natürlich ein Unfall gewesen sein, was bedeuten würde, daß wir Sie nicht mehr zu behelligen bräuchten, sobald das Obduktionsergebnis vorliegt. In der Zwischenzeit aber werden Sie uns schon ein paar Fragen beantworten müssen.«

Forbes hielt immer noch den Kopf in den Händen, hatte

sich aber schon ein wenig gefaßt. Fusarri setzte sich neben ihn, und ein Wölkchen stechenden Zigarrenrauchs kräuselte sich aus dem lächelnden Mund auf Forbes' Augen zu. Der mußte husten und hob den Kopf.

»Sehr schön, ich sehe, wir verstehen uns. Ist doch sehr viel angenehmer hier als in irgendeinem Büro, finden Sie nicht?«

»Na dann, Maresciallo.« Fusarri erhob sich und schritt, den Zigarillo in Schulterhöhe schwenkend, zur Tür. »Er gehört Ihnen!«

Der Maresciallo blieb mit gesenktem Blick stehen. Auf das Bett würde er sich nicht setzen, soviel stand fest. Fusarri… Der Maresciallo hatte nicht den Wortschatz, um mit einem wie Fusarri fertig zu werden. Polizei und Carabinieri beschwerten sich notorisch darüber, daß die Magistrati ihnen auf der Nase herumtanzten, Schreibtischhengste zumeist, die Befehle erteilten wie ein General, der nie ein Schlachtfeld aus der Nähe gesehen hat. Aber Fusarri…

»Ähem.«

Der Maresciallo zog sich einen Korbsessel heran, von dem er nur hoffen konnte, daß er seinem Gewicht gewachsen war, und nahm neben dem Bett Platz.

»Erzählen Sie mir, was passiert ist«, sagte er.

Forbes schlug ein Bein fest über das andere und verschränkte die Arme. Auf seiner Stirn und Nase bildeten sich Schweißperlen. Er roch nach Alkohol, Erbrochenem und Angst. Weder sah er den Maresciallo an, noch antwortete er ihm.

»Früher oder später müssen Sie reden, verstehen Sie. Entweder mit mir oder mit jemand anderem.«

Forbes warf dem Maresciallo einen raschen Blick zu, dann irrten seine Augen wieder ab. Er schwitzte jetzt so stark, daß ein paar Tropfen sich von seinen Schläfen lösten und hinunterrannen bis in den offenen Kragen seines grün-weiß gestreiften Hemdes. Da es nichts zum Zuhören gab, ließ der Maresciallo seine großen Augen schweifen, die jedes Detail registrierten: einen braunen Pullover, der sehr alt wirkte – jedenfalls war er arg abgetragen. An den Ellbogen schimmerte das gestreifte Hemd durch, und ein paar Fäden aufgetroddelter Wolle hingen herunter... Kordhosen, ziemlich ausgebeult, rote Wollsocken. Der Mann war hager, hatte aber den Ansatz eines Spitzbauchs. Wahrscheinlich vom übermäßigen Trinken.

Der Maresciallo war darauf gefaßt, das Schweigen so lange wie nötig auszuhalten. Wenn man hartnäckig weiterfragt, verweigern die Leute beharrlich weiter jede Antwort. Schweigen dagegen wirkt auf die Dauer enervierend, und ein nervöser Mensch wird versuchen, es zu brechen, auch wenn es ihm noch so sehr widerstrebt, etwas preiszugeben. Und dieser Mann war äußerst nervös. Also legte der Maresciallo die Hände auf die Knie, hielt den Blick fest auf seine Beute gerichtet und wartete.

Forbes zitterte jetzt und hatte solche Mühe stillzusitzen, daß der Maresciallo ihm ansah, was er am liebsten getan hätte: aufspringen und weglaufen, ohne anzuhalten. Die Reaktion eines verängstigten Tieres. Dabei war er zweifellos intelligent. Die Signora Torrini hatte zwar nicht viel über ihn gesagt, wenn er es recht bedachte, nein, sie hatte nur über die Frau gesprochen. Eine Schriftstellerin... Nun, so eine war vermutlich nicht mit einem Straßenkehrer verheiratet. Außerdem brauchte man sich nur seine Hände anzusehen... Der Mann hatte seiner Lebtag nicht körperlich gearbeitet.

Eine der schlankfingerigen Hände langte in die Hosentasche, Forbes zog ein Taschentuch heraus und trocknete sich sorgfältig die Stirn, auf der freilich gleich wieder Schweißperlen austraten. Also tupfte er sich weiter das Gesicht ab, immerhin eine Möglichkeit, das Vakuum zu füllen. Allein, das reichte auf Dauer nicht aus. »Ich kann mich an gar nichts erinnern«, sagte er endlich. »Das passiert manchmal, wenn ich trinke.« Er beugte sich vor und stellte die Chiantiflasche auf, die vom Bett auf den Teppich gekullert war. Um sein Gesicht zu verbergen, dachte der Maresciallo.

»Verstehe. Vielleicht möchten Sie ins Bad gehen und sich waschen.«

Forbes erstarrte. »Ist sie... Haben Sie...«

»Sie ist noch da«, sagte der Maresciallo. »Aber ich dachte, Sie können sich an nichts erinnern. Dabei schienen Sie mir schon beim ersten Mal, als ich das Bad erwähnte, wie elektrisiert.«

Eine Pause. Sein Verstand arbeitete wie eine Dampfmaschine, man konnte es fast hören. Intelligent war er, keine Frage, aber gerade die Intelligenten redeten sich am Ende oft um Kopf und Kragen. Dagegen war das entschiedene Leugnen des dümmsten Verbrechers wirkungsvoller, und ein Typ wie der hier machte garantiert irgendwann schlapp. Die Versuchung, einen Haufen nicht sonderlich aufgeweckter Polizisten in die Tasche zu stecken, war einfach zu groß, und früher oder später heckte so einer die grandiose, alles erklärende Geschichte aus. Aber noch war Forbes vorsichtig – oder sein Kater rettete ihn fürs erste.

»Als Sie ›Badezimmer‹ sagten, da ist es mir wieder eingefallen, … daß …«

Der Maresciallo half ihm nicht. Er saß nur reglos da und schien nicht einmal sonderlich interessiert. Wenn er die Ohren spitzte, dann nur, um Fusarris raschen Worten zu lauschen, seinem Stakkato-Akzent und dem verschliffenen Mailänder S. Bestimmt war inzwischen das ganze Haus vom starken Aroma seines Zigarillos erfüllt; er als Kettenraucher würde sich mit der Signora Torrini sicher gut verstehen. Draußen hielt ein Fahrzeug. Türen klappten auf und zu, eine Stimme erteilte Befehle.

Guarnaccia seufzte, und sein schwerer Körper in der schwarzen Uniform beugte sich fast unmerklich nach vorn. Sofort zuckte der andere zurück.

»Das wird die Ambulanz sein. Möchten Sie Ihre Frau noch einmal sehen, bevor man sie wegbringt?«

Forbes fuhr sich rasch mit dem Taschentuch über die Stirn und schluckte kräftig.

»Was ist mit ihr geschehen?«

Es klang so berechnend, so infantil und hinterhältig, daß der Maresciallo ihn am liebsten geohrfeigt hätte bei dem Gedanken, daß eine noch junge Frau stundenlang tot und verlassen dort drüben gelegen hatte, während er hier sinnlos betrunken vor sich hin schnarchte. Ein anderer an seiner Stelle hätte vielleicht zugeschlagen und sich damit eine Menge Zeit und Ärger erspart, denn der Mann war offensichtlich in jeder Beziehung ein Feigling. Aber der Maresciallo rührte sich nicht.

»Ich weiß nicht«, sagte er nur und wartete.

Forbes kniff jedoch bloß die Augen zusammen und barg dann abermals das Gesicht in den Händen.

»O Gott… Mein Kopf!«

Es war sinnlos. Kopfschmerzen und Übelkeit setzten ihm mehr zu als das Bedürfnis, sich gegen einen Verdacht zu schützen. Und es war ja durchaus möglich, daß man ihn nach der Obduktion nicht mehr würde verdächtigen können. Schließlich kam man um die Tatsache nicht herum, daß er schlafend im Zimmer neben seiner toten Frau gefunden worden war, obwohl ihm zu dem Zeitpunkt ein Auto und ein gültiger Paß zur Verfügung standen. Jedenfalls war es sinnlos, viel von ihm zu erwarten, bevor er sich nicht erholt hatte. Der Maresciallo stand auf, und wieder wich Forbes mit einer zuckenden Bewegung zurück, was er diesmal überspielte, indem er angelegentlich das Nachtschränkchen neben dem Bett öffnete.

»Allmächtiger, ich brauch dringend ein Aspirin.«

Es lagen etliche Arzneischachteln in der Schublade.

»Falls Ihre Frau regelmäßig Schlaftabletten oder irgendwelche Beruhigungsmittel genommen hat, dann muß ich die mitnehmen.«

Zornig fegte Forbes den ganzen Inhalt der Schublade zu Boden. »Scheiße!«

»Im Badezimmer, richtig?«

Forbes warf sich in die zerwühlten Kissen und fing wieder laut zu heulen an.

»Na, hat sie?« hakte der Maresciallo nach.

»Hat sie was? O mein Gott…«

»Schlaftabletten genommen?« Ach, es hatte ja doch keinen Zweck. Der Maresciallo bückte sich, sammelte die Medikamente ein und überprüfte die Etiketten. Mineralsalz, Halspastillen, ein Einreibemittel gegen Gelenkschmerzen und Zerrungen, Erkältungskapseln. Sonst nichts. Er räumte die Packungen wieder ein und machte das Nachtschränkchen zu. Als er sich aufrichtete, entdeckte er in einem geblümten Aschenbecher neben der Nachttischlampe ein zusammengedrehtes Papierkügelchen. Er nahm es heraus und schielte verstohlen nach der schluchzenden Gestalt auf dem Bett. Forbes hatte wieder die Hände vors Gesicht geschlagen und wühlte sich so tief in die Kissen, als würde er sich am liebsten ganz darin verkriechen. Der Maresciallo faltete das Papierbällchen auseinander. Zum Vorschein kamen zwei rote Kapseln.

»Sind das Schlafmittel?«

Forbes blickte nicht einmal auf.

»O Gott, mein Kopf…«

»Die muß ich mitnehmen. Sie bekommen natürlich eine Quittung.«

Fusarris Stimme kam jetzt aus dem Badezimmer. Es klang, als schicke man sich an, die Leiche fortzuschaffen.

»Sind Sie sicher, daß Sie Ihre Frau nicht noch einmal sehen wollen?«

Statt einer Antwort rollte er sich ganz fest zusammen und zog die Knie an wie ein Fötus im Mutterleib. Der Maresciallo starrte auf ihn hinunter. Natürlich war der Mann immer noch betrunken, aber trotzdem…

»Maresciallo!«

»Komme schon!«

Es war keine leichte Aufgabe für die Träger, ihre Last die

Wendeltreppe hinunterzubefördern. Sie mußten den Sarg senkrecht halten und liefen bei jedem Schritt Gefahr, auszurutschen und sich das Genick zu brechen. Entsprechend bitter beklagten sie sich.

»Nicht so schnell, verdammt, sonst gibt's nachher drei Leichen wegzuschaffen statt einer.«

»Schrei nicht so. Ich glaube, der Ehemann ist noch oben…«

»Und was macht er? Sich die Nase pudern?«

»Gute Frage«, brummte der Maresciallo, als die Träger unten angekommen waren und er und der Staatsanwalt ihnen folgten. Fusarri schlenderte durchs Wohnzimmer und hielt seinen Zigarillo in die Luft.

»Abschiedsbrief gefunden?«

»Nein, Signore.«

»Womit Sie auch nicht gerechnet hatten, stimmt's?« Fusarri blieb stehen und maß den Maresciallo mit schlauem Blick.

»Nein, Signore.«

»Aha. Na, ich bin natürlich kein Experte…« Hier nahm er seine Wanderung wieder auf.

Er machte andauernd solche Bemerkungen, aber was zum Teufel meinte er damit? Daß er in Wirklichkeit doch Experte war – eigentlich setzte man das bei ihm voraus; es war verdammt noch mal sein Beruf… Oder wollte er ihm in Wahrheit zu verstehen geben: »*Sie* sind vermutlich kein Experte«? Jetzt blätterte er in den beiden Pässen, wie der Maresciallo es zuvor auch getan hatte; sein Zigarillo saß fest im Mundwinkel, und zum Schutz gegen den Rauch hielt er die Augen halb geschlossen.

»Na, und was haben Sie nun entdeckt?«

»Ihr Geburtsdatum im Paß...«

»Woraus Sie was schließen?«

»Daß sie heute Geburtstag hat.«

»Ha!«

»Und er ist sehr viel jünger. Außerdem habe ich die hier gefunden.«

»Und Sie glauben, das sind Schlaftabletten?«

»Möglicherweise.«

»Lassen Sie sie analysieren. Und schicken Sie mir dann den Befund. Ja, und den Paß des jungen Mannes werden wir, denke ich, fürs erste einbehalten. Kümmern Sie sich um die Quittungen. Sind Ihnen die Schultern von der Frau aufgefallen?«

»Ja, Signore.«

»Natürlich. Das ist das erstaunliche an Ihnen, stimmt's? Daß Ihnen nichts entgeht... Also dann...« Er schürzte die Lippen und blickte hinauf zur Decke, durch die von oben immer noch Forbes' Gewimmer zu hören war. »Kein einnehmender Typ, aber in diesem Stadium können wir noch nichts unternehmen. Schließlich hat die Frau keine Verletzungen, die auf Fremdeinwirkung schließen lassen. Immerhin, da wären die angeblichen Schlaftabletten. Kein Röhrchen dazu, kein Rezept?«

»Jedenfalls habe ich nichts gefunden.«

»Er könnte ihr heimlich was eingegeben haben. Na ja, sagen Sie ihm Bescheid, er soll sich zu unserer Verfügung halten, das Übliche. Und dann muß ich gehen und Eugenia meine Aufwartung machen. Sie kommen am besten gleich mit.«

Sie verziehen ihr, sowohl einzeln wie gemeinsam. Diesmal freilich nicht die Wartezeit, während der sie die Schlüssel suchte, um ihnen aufzusperren, auch wenn das reichlich lange dauerte, sondern ihren kleinen Tränenausbruch.

»Sie wird mir so sehr fehlen.« Signora Torrini trocknete sich die Augen und lächelte zaghaft. »Wenn man so einsam wohnt, und ich noch dazu mit meinem Bein... Da zählt man in jedem Fall auf seine Nachbarn, aber Celia hab ich wirklich gern gehabt.«

»Weil sie Ihre Leseleidenschaft teilte, stimmt's?« Fusarri gab ihr Feuer. Wie sich herausstellte, war er ein alter Freund des verstorbenen Gatten der Signora, der Rechtsanwalt gewesen war. Es wurde eine sehr trauliche Zusammenkunft. Der Maresciallo drohte an dem vielen Qualm zu ersticken, gab sich aber redlich Mühe, die beiden passionierten Raucher nicht durch laute Hustenanfälle zu kränken. Im übrigen hatte er vor lauter Hunger Bauchweh.

»Was ist mit ihm?« fragte Fusarri, nachdem er sich ein Glas genommen und einen Schluck Whisky eingeschenkt hatte, den der Maresciallo auch diesmal ablehnte.

»Ach, Julian. Na ja, der war natürlich auch sehr nett...«

»Er ist nicht tot, Eugenia, tot ist nur seine Frau.«

»Trotzdem wird es nicht mehr so sein wie früher... Sie hatte doch keinen Herzinfarkt, oder?«

»Nein, das können wir mit ziemlicher Sicherheit ausschließen. Wieso? Hatte sie denn Herzbeschwerden?«

»Ich weiß nicht, gesagt hat sie nie was. ... Mir war nur grade eine Freundin eingefallen, die in der Badewanne einem Herzinfarkt erlag und die man erst am nächsten Tag gefunden hat. Aber die lebte auch allein. Giorgio sagt immer, ich solle mir jemanden ins Haus nehmen, und er hat natürlich recht, aber ich will trotzdem nicht… Und außerdem, egal, was er sagt, es war richtig von mir, Sie anzurufen, nicht wahr, Maresciallo? Aber warum… Du meine Güte, Sie müssen mir meine Neugier nachsehen, ich bin eben eine alte Frau. Ich wollte grade fragen, warum ihr Mann Sie nicht gerufen hat und warum er nicht ans Telefon gegangen ist. … Wahrscheinlich dürfte ich so was gar nicht fragen, aber…«

»Er hat geschlafen, meine Liebe. Er lag bewußtlos und sturzbetrunken auf dem Bett. Was sagen Sie nun?«

Wieder stahlen sich zwei Tränen aus ihren blauen Augen. Sie wischte sie fort und betupfte auch ihre Nase mit dem Taschentuch.

»Arme Celia.«

»Niemals ein unfreundliches Wort über irgendwen. Sie haben sich nicht verändert. Aber gemocht haben Sie ihn trotzdem nicht, und das können Sie ruhig zugeben, denn dem Maresciallo hier entgeht nichts, weshalb es Ihnen auch nicht gelingen würde, ihm etwas zu verheimlichen.«

»Verheimlichen, ich? Maresciallo, Sie glauben doch hoffentlich nicht, daß ich etwas zu verbergen hätte, oder?«

»Aber nein…« Dieser verflixte Fusarri!

»Ich hatte nichts gegen ihn…«

»Eugenia, er ist nicht tot.«

»Nein, aber… Er hat mir oft geholfen, verstehen Sie? Dies Jahr hat er sich um die Zitronenbäume gekümmert, weil Giorgio keine Zeit hatte, und das war sehr nett von ihm…«

»Eugenia!«

»Ach, Sie müssen mir verzeihen, aber man soll nun mal keine üble Nachrede führen… Da fange ich schon wieder an, was müssen Sie nur von mir denken, Maresciallo… Also gut, er hat oft etwas für mich erledigt. Manchmal bestand er darauf, Dinge zu tun, von denen ich gar nicht genau wußte, ob ich sie erledigt haben wollte. Aber bei Celia hatte ich wirklich das Gefühl, sie war eine echte Freundin. Wenn ich Hilfe brauchte, dann war sie für mich da, aber meist hat sie mir einfach nur Gesellschaft geleistet… Ach, ich weiß nicht, wie ich es erklären soll, aber ich glaube einfach, Celia hat sich um mich gekümmert, weil sie mich gern hatte, während er… er half mir, weil er wollte, daß ich ihn gern habe, und das ist ein großer Unterschied! Sehen Sie, Celia war bei allen beliebt, sie brauchte gar nichts dafür zu tun. Einmal hat sie mir erzählt, er sei eifersüchtig, und ich meine das nicht sexuell. Nein, sie hatten sich da gerade wegen ein paar Leuten, die bei ihnen eingeladen waren, gestritten, weil er behauptete, ihre Gäste wären gar nicht ihre gemeinsamen Freunde, sondern allein die von Celia. An diesem Abend hat er sich wohl während des Essens betrunken und ist einfach verschwunden. Celia fand ihn später fast bewußtlos im Schlafzimmer. Sie sagte, er habe schon vor dem Essen eine Menge getrunken – er hat, glaube ich, bloß bis zur Suppe durchgehalten…«

Fusarri sah den Maresciallo an.

»Der Bursche macht sich das offenbar zur Gewohnheit.«

»Nein, das glaube ich wieder nicht«, widersprach Signora Torrini. »Ich meine, er kann sich natürlich auch bei anderen Gelegenheiten betrunken haben, aber Celia hat mir gegenüber nur dieses eine Mal erwähnt.«

»Verzeihen Sie, Eugenia, das war nur ein Scherz. Aber heute abend hat er sich offenbar wieder sinnlos betrunken. Nur wissen wir nicht, ob vor oder nach dem Tod seiner Frau.«

»Er war wohl sehr mitgenommen… Ja, ein Schlückchen noch vielleicht. Giorgio meint zwar… Aber egal – nur einen Schluck… ach, um Himmels willen, wer wird es Jenny sagen? Jenny, das ist die Tochter, wissen Sie.«

»Nein, das wußten wir nicht. Ich glaube zumindest nicht, daß wir's gewußt haben.« Fusarri sah den Maresciallo fragend an. Der schüttelte den Kopf und wunderte sich, warum zum Teufel Forbes nicht selber daran gedacht hatte, daß man seine Tochter benachrichtigen müsse.

»Ähem… Wo ist sie denn, diese Tochter?«

»Jenny?« Signora Torrini setzte ihr Glas auf ihrem adretten, graugewandeten Schoß ab und dachte einen Moment nach. »Sie studiert in England – ich überlege bloß, wo genau –, leider habe ich ein ganz schlechtes Namensgedächtnis. Aber die Ferien Mitte des Trimesters fangen grade an, und da kommt sie morgen ohnehin nach Hause, das hat Celia mir noch erzählt.«

»Dann wird ihr Vater es ihr sagen«, beschied Fusarri. »Bis dahin dürfte er ja wieder nüchtern sein, was, Guarnaccia?«

»Er verstand sich immer sehr gut mit Jenny… Ach, Gott…«

Fusarri gab es auf, die alte Dame daran zu erinnern, wer gestorben war, und begnügte sich damit, dem Maresciallo vielsagend zuzublinzeln, was der indes gar nicht mitbekam, so sehr war er in seine eigenen Gedanken vertieft.

»Wo schläft denn die Tochter, wenn sie zu Besuch kommt? Drüben gibt's nur ein Bett.«

»Neuerdings übernachtet sie nebenan bei Sissi.«

»Nein, das darf doch nicht wahr sein! Sagen Sie bloß, die gibt's noch! Ach, Maresciallo, da steht Ihnen ein Genuß bevor – wie schade, daß wir nicht gleich zu ihr rüber können. Ich hätte das alte Mädchen wirklich gerne wiedergesehen. Muß doch jetzt schon an die neunzig sein!«

»Einundneunzig und sehr rüstig. Sie freut sich immer, wenn Jenny kommt. Dann hat sie mal Gesellschaft, wissen Sie, und die beiden spielen ja auch miteinander Klavier.«

Fusarri brach in schallendes Gelächter aus, das freilich in einen Hustenanfall mündete.

»Es ist furchtbar verraucht bei Ihnen, Eugenia!«

»O je, das müssen Sie mir nachsehen. Ich rauche wirklich viel, aber wenn ich allein bin, macht es nichts…« Sie bemühte sich erfolglos, die dichten Rauchschwaden fortzuwedeln; die Nägel ihrer schmalen, blassen Hand waren sorgfältig maniküirt, aber nicht lackiert. »Ich weiß, was Giorgio dazu sagen würde, und er hat ganz recht…«

»Giorgio ist mir egal«, sagte Fusarri, »aber Sie sind auf dem besten Wege, unsren Maresciallo zu ersticken, und der ist der wichtigste Mann für die Ermittlungen. Kommen Sie, Guarnaccia, ich führe Sie hinaus aus dieser Lasterhöhle. Aber morgen kommen Sie wieder und nehmen sich die famose Sissi vor – wie heißt sie doch gleich wieder richtig, Eugenia?«

»Elisabeth natürlich, aber ihren Nachnamen… Warten Sie, ich hab's gleich – Müller, glaube ich… ja, genau. Müller. Und Sie wollen wirklich schon gehen? O je, die Schlüssel…«

Fusarri, der sie ihr vorsorglich abgenommen hatte, sobald sie alle drei von der Signora eingeschlossen worden waren, hielt mit maliziösem Lächeln den Schlüsselbund hoch und blies einen letzten Rauchring in die Luft. »*Les voilà!*«

Es war sehr spät, als der Maresciallo vorsichtig, um seine Frau nicht zu wecken, ins Bett schlüpfte. Aber Teresa drehte sich im Halbschlaf zu ihm um, schlug die Augen auf und schnupperte.

»Wo kommst du denn her? Du stinkst vielleicht nach Rauch, warst du in einem Nachtclub oder was?«

Er antwortete nicht, und sie drehte sich eingeschnappt auf die andere Seite.

»Man wird doch wohl mal fragen dürfen...« Sie war bald wieder eingeschlafen.

Guarnaccia hatte die Lunge immer noch voll Rauch, und er mußte arg an sich halten, um nicht zu husten, was Teresa womöglich wieder geweckt hätte. Sie würde ihm dann wie üblich vorwerfen, daß er ihr nie etwas erzählte, aber in diesem Fall gab es wirklich herzlich wenig zu erzählen. Außerdem konnte er nicht mit ihr reden, denn sowie er den Mund aufmachte, würde sie – Rauch hin oder her – den Rest der Schokoladentorte riechen.

Vittorios dünne Beine reichten nicht bis zum Fußboden, doch man sah, daß er sich, so unbequem er auch saß, nicht getraute, auf dem harten Plastikstuhl hin und her zu zappeln. Auch die Narben an seinen Knien sah man ganz deutlich. Komisch war nur, wie der Maresciallo hatte vergessen können, daß der Junge nie Socken trug. Im Winter mußte er erbärmlich gefroren haben, aber niemand verschwendete je einen Gedanken daran. Es gehörte ganz einfach zu Vittorio, daß er immer ohne Socken ging. Der Richter hielt gerade einen längeren Vortrag, aber es kam kein Laut aus seinem Mund, und niemand im Gerichtssaal schien zu erwarten, daß Vittorio zuhörte, geschweige denn Antwort gab. Der Maresciallo wußte, daß Schwester Benedetta, obwohl sie nicht da war, dem Jungen irgendwann befehlen würde, sich in der Ecke auf die Reiskörner zu knien. Allein, obwohl er sich gründlich umgesehen hatte, konnte er die Ecke mit dem Reis nirgends entdecken. Aber das lag vielleicht daran, daß man hier nicht in einem Klassenzimmer war, sondern im Gerichtssaal.

»Maresciallo Salvatore Guarnaccia!«

Der Maresciallo fuhr hoch, und sofort brach ihm der kalte Schweiß aus. Sie konnten doch nicht von ihm erwarten... Aber obwohl er den Mund aufmachte, um zu protestieren, kam kein Laut aus seiner Kehle, und gleich darauf saß auch er auf einem roten Plastikstuhl. Das schlimmste war, daß der Richter jetzt zu ihm sprach, doch so sehr er sich auch anstrengte, ihn zu verstehen – seine Worte blieben ein verzerrtes, diffuses Gestammel. Der Maresciallo langte nach dem Mikrophon, zog seine Hand aber gleich wieder zurück. Nein, das war doch keine Hörhilfe, sondern ein Gerät zum Hineinsprechen. Vom anderen Ende des Saals rief Fusarri ihm fröhlich zu: »Erzählen Sie ihm von dem betrunkenen Ehemann! Das ist der Clou!« Das wundersame war, daß weder er noch die Signora Torrini rauchten. Doch man war ja hier im Gerichtssaal, erinnerte er sich abermals, und da herrschte natürlich Rauchverbot. Das war seine eigene Stimme, die er jetzt hörte. Wenigstens die war klar und deutlich.

»Am Ort des Geschehens wurden keine Spuren sichergestellt, die auf ein Verbrechen hindeuten. Allerdings wurden auf dem Nachttisch der Verstorbenen zwei Kapseln gefunden, die noch analysiert werden müssen. Die Leiche der verstorbenen Celia Carter, geboren am 12. Februar 1947 in Großbritannien und wohnhaft in der Villa Torrini, Via dei Cipressi, Florenz, bleibt bis auf weiteres der Verfügungsgewalt des Gerichts unterstellt. Auf Anordnung des stellvertretenden Staatsanwalts Virgilio Fusarri wurde der Leichnam ins gerichtsmedizinische Institut überführt.

Unter dem Vorbehalt, weitere Ergebnisse nachreichen zu dürfen, übersende ich Ihnen in der Anlage…«

Der Maresciallo brach mitten im Satz ab. Was erzählte er da? In einem Kreuzverhör kann man nichts nachreichen und schon gar keine Anlagen verschicken. Er hatte seine Aussage mit einem schriftlichen Bericht verwechselt.

»Jedenfalls«, warf die Signora Torrini ein, »jedenfalls geht es mir jetzt wieder gut. Sie haben das Wasser aus der Wanne gelassen, und ich bin zurück nach Hause. Er ist tot. Ich hab ihn natürlich nie leiden können, weil er das mit den Zitronenbäumchen gemacht hat, aber man soll trotzdem keine üble Nachrede führen, und strenggenommen hat er es ja auch nicht getan. Wenn Sie sich meinen Hals und die Schultern ansehen, werden Sie nicht den kleinsten blauen Fleck entdecken, folglich hat er mich auch nicht untergetaucht.«

Der Maresciallo wollte eben darauf hinweisen, daß ja

immer noch die Sache mit den Schlaftabletten zu klären sei, die man ihr vielleicht heimlich verabreicht hatte, als er entsetzt feststellte, daß Signora Torrini doch gar nicht hätte hier sein dürfen. Hatte er nicht eben gesagt, der Leichnam befände sich im gerichtsmedizinischen Institut? Fusarri beobachtete ihn, und seine Augen blitzten vor unterdrückter Schadenfreude über Guarnaccias verkorksten Auftritt. Und schuld an allem war nur Vittorio!

»Warum zum Teufel mußtest du mir das aufhalsen? Wieso hast du dir von allen Orten, wo du diese Frauenleiche hättest hinschaffen können, ausgerechnet den Palazzo Pitti ausgesucht?«

Vittorios umflorter Blick begegnete dem seinen stumpf und hoffnungslos. Und obwohl er gar nicht erst den Mund aufmachte, hörte der Maresciallo ihn sagen: »Weil ich Angst hatte. Immerzu hab ich Angst gehabt.« Seine Knie bluteten, doch er sprach nie darüber. Vielleicht spürte er es auch gar nicht mehr. Ihm ging es nur darum, daß Guarnaccia sein Pausenbrot mit ihm teilte, die üblichen zwei Riesenschnitten mit Mortadella, eingewickelt in braunes, mit Fettflecken gesprenkeltes Pergamentpapier. Dummerweise war Guarnaccia selber schrecklich hungrig, und seine Mutter hatte ihm eingeschärft, er solle sein Schulfrühstück alleine aufessen. »Wenn du ihm einmal was abgibst, erwartet er das jeden Tag. Mir fällt's schon schwer genug, dich satt zu kriegen, anderer Leute Kinder kann ich nicht auch noch durchfüttern. Und er hat schließlich selber eine Mutter, egal, was sie für eine ist.«

Doch der Maresciallo konnte den Gedanken an Vittorios Mutter nicht ertragen. Er umklammerte sein dickes

Pausenbrot fester, bis ihm das Fett von den Fingern tropfte. An seiner Uniform konnte er sie natürlich nicht abwischen, aber als er an sich hinuntersah, stellte er erleichtert fest, daß er nicht seinen Uniformrock trug, sondern den schwarzen Schulkittel. Trotzdem brachte er es nicht fertig, sein Brot zu essen, solange Vittorio ihn mit seinen ausdruckslosen Augen anstarrte. Er würde sich irgendwo verstecken müssen, aber wo? Er sah sich im Gerichtssaal um, doch da gab es keinen Winkel, in dem sie ihn nicht erspäht hätten – Fusarri, die Signora Torrini, der Richter… vor allem aber Vittorio…

»Du, halt dich von diesem Bengel fern. Was der schon für eine Mutter hat…«

Tja, und nun hatte er sie umgebracht. Sie hatte am Weihnachtsabend betrunken in der Wohnung gelegen, und er hatte zusammen mit den anderen so lange nach ihr getreten, bis sie es mit der Angst bekamen und das stöhnende Bündel dem Maresciallo aufhalsten, vor dem sie sich als unbeteiligte Passanten ausgaben. Zuerst, als er sie zudeckte, während er auf den Krankenwagen wartete, hatte er geglaubt, ihren Puls zu ertasten…

»So, Sie glaubten?« wiederholte der Staatsanwalt, und seine Stimme triefte vor Ironie. »War die Frau tot – ja oder nein?«

»Ich bin kein Arzt«, wehrte sich der Maresciallo. »Ich dachte: Vielleicht kommt sie durch. Sie war schwer verletzt, aber bei Betrunkenen kommt es manchmal vor, daß…«

»Entschuldigen Sie, wenn ich schon wieder unterbreche, Maresciallo, aber ich meine mich zu erinnern – und gewiß erinnern sich auch die Geschworenen –, daß Sie uns eben erst erzählt haben, der Ehemann sei betrunken gewesen! Und zwar nicht bloß betrunken, sondern so hinüber, daß er bewußtlos auf dem Bett zusammengebrochen war, während nebenan der Leichnam seiner Frau lag!«

Wo hatte er sich geirrt? Er versuchte sich an der Kopie seines schriftlichen Berichts zu orientieren, aber der war durch die Fettflecken genauso verschwommen und unkenntlich wie vorhin die Stimme des Richters.

»Es tut mir leid …«

»Ihnen tut es leid? Nein, Maresciallo, mir tut's leid, daß ich nun eine Vertagung beantragen muß, wenigstens bis nach der Obduktion!«

Alle strebten dem Ausgang zu. Das war's dann also, zumindest fürs erste.

Der Maresciallo schlug die Augen auf, begriff, daß er im Bett lag und träumte, und wußte zugleich, daß er sich – Traum hin oder her – beim Erwachen mit just diesen Problemen und obendrein noch mit seiner Diät würde herumschlagen müssen.

»So ein Mist!«

Und damit versank er wieder im Tiefschlaf.

3

»Eigentlich ist es nur eine fiebrige Halsentzündung. Aber ich hab ihn vorsichtshalber im Bett behalten…«

»So fängt es bei allen an, aber dann schlägt's auf den Darm. Sie werden schon sehen.«

»Mich erwischt das Fieber nie, ich weiß auch nicht, woran das liegt…«

Die Schlange schien kaum kürzer zu werden, und das nicht nur, weil sich für jeden abgefertigten Kunden ein neuer hintanstellte, sondern weil alle als Zugabe zu den unwirksamen Grippemitteln einen guten Rat und ein bißchen Anteilnahme erwarteten. Nicht viele Leute holten den Doktor ins Haus, außer wenn die Kinder krank waren, und ein gemütliches Schwätzchen mit dem Apotheker oder seiner Frau war ein höchst befriedigender Ersatz für eine Konsultation beim Arzt – und außerdem ging's hier lockerer zu als in der Sprechstunde.

Der Maresciallo wartete und sah zu. Er stand nicht in der Grippeschlange, sondern saß an der Seite, wo der Apotheker einen Café-Tisch mit zwei Stühlen aufgestellt hatte, an dem er sich, wenn es im Laden einmal ruhig war, über den neuesten Klatsch informieren oder mit den Kunden politisieren konnte. Darum kam der Maresciallo auch so gern hierher. Die Apotheke war hell und freundlich und in allen anderen Bereichen ganz modern ausgestattet, aber sie diente immer noch als Informationsbörse, was jeden Besuch zu einem kleinen gesellschaftlichen Ereignis machte.

»Ich gebe Ihnen heute was anderes als beim letzten Mal – dies hier ist ein bißchen stärker. Mal sehen, wie Sie damit zurechtkommen. Brauchen Sie auch noch was für den Hals? … Wie geht's Ihrer Mutter mit dem Fuß?«

Sie sah immer noch gut aus, die Frau des Apothekers, und mit ihrem blonden Haar wirkte sie in dem weißen Kittel wirklich bezaubernd. Ihr Mann stand ihr freilich nicht nach, so schlank und sonnengebräunt wie er war, und das graue Haar stets tadellos frisiert. Der Maresciallo musterte ihn neidisch, als er zu ihm an den Tisch trat – dabei war der Mann mindestens acht oder zehn Jahre älter als er.

»Ah, da sind Sie ja!« Mit elegantem Schwung ließ der Apotheker eine Arzneischachtel vor dem Maresciallo auf den Tisch fallen.

»Das ist die Marke.«

»Schlaftabletten?«

»Ein Feld-, Wald- und Wiesenschlafmittel, ja. Geht's um eine Überdosis?«

»Das weiß ich noch nicht.«

»In Papier eingerollt, sagten Sie? Keine Schachtel, kein Röhrchen dabei?«

»Nein… Das ist ja das Merkwürdige.«

»Finden Sie?«

»Sie nicht?«

»Keineswegs. Die Leute geben dauernd Medikamente an ihre Freunde weiter, Frauen ganz besonders. Ist es eine Frau?«

»Ja… oder besser war. Sie ist tot.«

»Und Sie glauben, die Tabletten hier könnten schuld dran sein?«

»Keine Ahnung. Sie wurde in der Badewanne gefunden. Vielleicht ist sie auch ertrunken. Ich wollte das bloß mal nachprüfen.«

»Na, dann hören Sie sich bei ihren Freundinnen und Nachbarn um, und Sie werden sehen, ich habe recht. – Aaah!« Der Apotheker ließ sich auf den Stuhl mit Blickrichtung zur Tür fallen und streckte die Beine aus. »Was wir bräuchten, wäre ein schöner kühler Bergwind, der die Grippe wegfegt, aber tut es nicht auch gut, wenn's zur Abwechslung mal so ruhig ist?«

Der Maresciallo drehte sich um und sah hinaus auf die kleine Piazza San Felice, die, weil sich hier vier belebte Straßen kreuzen, normalerweise das reinste Verkehrschaos ist. Aber das warme, bedeckte Wetter war nicht nur ein übler Grippeherd, sondern ließ auch die Ozonwerte so drastisch steigen, daß die Stadtverwaltung Alarm auslöste und an Tagen wie heute im Zentrum für den Privatverkehr Fahrverbot verhängte.

»Schade nur, daß kaum Schnee liegt, wo wir doch am Wochenende so gern Skifahren gehen.«

Kein Wunder, daß er so schlank und gebräunt war. Der Maresciallo fühlte sich deprimiert und hungrig. Um sich aufzuheitern, sagte er: »Meine beiden Jungs sind mit der Schule im Skilager.«

»In Abetone?« Da fuhren die meisten Florentiner bequemlichkeitshalber hin, weil es noch in der Toskana lag, also praktisch vor der Haustür.

»Nein, nein… Irgendwo weiter nördlich, aber ich komme jetzt nicht auf den Namen.«

»Ich nehme an, es ist überall gleich. Die Pisten präparieren sie ja mit Schneekanonen, aber das ist doch nicht ganz das Wahre. Ach, die Packung da können Sie behalten, falls Sie sie noch brauchen.«

»Wenn's Ihnen nichts ausmacht. Dann würde ich sie zusammen mit den beiden Kapseln zur Procura schicken… Ist das Mittel gefährlich, wenn man es zusammen mit Alkohol einnimmt?«

»Die meisten Medikamente sind in Verbindung mit Alkohol gefährlich. Hängt natürlich von der Menge ab, obwohl eine allzu reichliche Mischung aus Schlaftabletten und Alkohol normalerweise eher zu heftigem Erbrechen führt als zum erfolgreichen Suizid. Wenn einer allerdings richtig benebelt ist, könnte er auch am eigenen Erbrochenen ersticken.«

Der Maresciallo erinnerte sich, wie man das blutige Wasser abgelassen hatte. Wenn sie sich in der Wanne übergeben hätte, dann wäre der Gestank… Bei Gestank mußte er wieder an den betrunkenen Ehemann im Nebenzimmer denken. Er stand auf.

»Ich mach mich jetzt besser auf den Weg…«

Der Apotheker gab ihm die Hand. »Und vergessen Sie nicht, was ich Ihnen über die Freundinnen gesagt habe.«

»Ich werd dran denken. Nochmals besten Dank.«

Als sie losfuhren, sagte Fara: »Ich wünschte, es wäre immer so.«

In dem Glauben, der Junge beziehe sich auf ihre Ermittlungen, antwortete der Maresciallo: »Im Pitti-Revier

passiert nicht viel. Da müssen Sie sich in der Regel mit gestohlenen Handtaschen und Fahrraddiebstahl zufriedenge-
ben.«

»Aber... ich meine doch den Verkehr.«

»Ach so! Na ja, für uns ist es angenehm so, aber die meisten Leute finden's bestimmt lästig. Wissen Sie den Weg
noch?«

»Im Hellen finde ich den sicher leicht. Entschuldigen Sie,
Maresciallo, aber Sie sind nicht angeschnallt.«

»Was? Ah...« Freundinnen! Er hätte seine Ersparnisse
drauf gewettet, daß die Signora Torrini dahintersteckte.

*In der Hinsicht spielt sich schon seit geraumer Zeit nichts
mehr ab zwischen den beiden. Celia erzählte mir so allerhand.*

Und kriegt dafür ohne Zweifel Mitgefühl und auch mal
eine Schlaftablette. Wenn Forbes nicht mehr mit seiner
Frau geschlafen hatte, dann war er bestimmt anderswo en-
gagiert. Genau das, was man von einem wie Forbes erwarten würde, dachte der Maresciallo, der den Mann einfach
widerlich fand. Einen Seitensprung hie und da, den leiste-
ten sich die meisten Männer, sofern sie beim anderen Ge-
schlecht Erfolg hatten, aber dafür die eigene Frau zu ver-
nachlässigen, das ging zu weit. Wenn es nicht für alle
reichte, dann hatte man sich gefälligst mit der heimischen
Kost zu begnügen. Eine Ehefrau sollte nicht zu Schlaftabletten und Beruhigungsmitteln und dergleichen Zu-
flucht nehmen müssen. Das war einfach nicht recht.

»Maresciallo?«

»He?«

»Ich hab gefragt, ob Sie wieder die Signora besuchen,

von der Sie mir gestern abend erzählt haben. Die, die sich immerfort entschuldigt?«

»Nein. Heute ist ihre Nachbarin dran…« Er zückte sein Notizbuch. »Signorina Müller.«

Er hatte nicht die Absicht, die Signora Torrini nach den Schlaftabletten zu fragen, es sei denn, der Obduktionsbefund würde ihn dazu nötigen – und dann würde er die Unterredung wenn irgend möglich Fusarri überlassen. Man stelle sich vor, sie hätte wirklich Grund zu Gewissensbissen und müßte sich tatsächlich einmal für etwas entschuldigen! Nicht auszudenken! Ganz abgesehen davon, was Giorgio dazu sagen würde!

Der Wagen kurvte die breite Allee hinauf, und hin und wieder erhaschte man zwischen den Bäumen hindurch einen Blick auf die roten Dächer und marmornen Türme von Florenz, das allmählich hinter ihnen zurückblieb. Konnte das Fahrverbot eine so unmittelbare Wirkung zeitigen, oder stand ein Witterungsumschwung bevor? Jedenfalls durchbrach eine wässrig fahle Sonne den grauen Wolkenschleier und schuf eben jenes unstet grelle Licht, das den empfindlichen Augen des Maresciallo am meisten zusetzte. Selbst hinter den dunklen Brillengläsern fingen sie prompt zu tränen an, und er mußte in der Tasche seines Überziehers nach einem Taschentuch suchen.

Fara bremste scharf. »Verflixt!« Obwohl er den Zypressenstreifen, nach dem er Ausschau hielt, gesehen hatte, war er doch an der Einfahrt vorbeigefahren, die direkt hinter einer Kurve lag. Er setzte zurück und blinkte links. »Ein Wunder, daß wir gestern nacht überhaupt hergefunden haben. Was für ein Anwesen!«

Selbst bei schlechtem Wetter und in einem so unschönen Monat mit vermodertem Laub und kahlen Ästen war die Villa Torrini in der Tat ein bemerkenswertes Anwesen. Nicht so elegant oder eindrucksvoll wie die vielen unbedeutenden toskanischen Villen, die vergeblich mit den Lustschlössern der Medici zu konkurrieren versuchten. Nein, dieses Ensemble zeichnete sich durch ganz etwas anderes aus, etwas, das den Besucher an ein Heim denken ließ und nicht an ein Prestigeobjekt. Es war alles da, was zu einem richtigen Landhaus gehörte: der gepflasterte Hof, die Loggia mit dem sanft abfallenden Weinberg davor. Aber warum stand die schlichte Meierei direkt neben der schmucken Steinvilla, statt diskret Abstand zu wahren? Und wieso stand die Scheune mit der durchbrochenen Backsteinfassade wiederum nur einen Meter vom Hauptgebäude entfernt? Noch dazu eine so auffallend kleine Scheune, daß sie mehr von zweckfreier Freude am rustikalen Ambiente zeugte als von ernstgemeinten landwirtschaftlichen Absichten.

Der Maresciallo stieg aus und atmete in vollen Zügen die feuchte Luft mit ihrem würzigen Grasgeruch ein. Das Wetter schlägt tatsächlich um, dachte er. Ein Windhauch regte sich, und an einem Mandelbäumchen im Hof spitzten eben die ersten zartrosa Blütenknospen hervor.

Nun war auch Fara ausgestiegen, und beide Männer starrten unbewußt so gebannt auf die hübsche Miniaturscheune, als könne plötzlich ein Ungeheuer daraus hervorstürmen. Aber hinter dem steinernen Gitterwerk regte sich nichts.

»Glauben Sie, daß er zu Hause ist?« Die Stille ringsum war so beeindruckend, daß Fara unwillkürlich im Flüsterton sprach.

»Wie soll ich das wissen?« knurrte der Maresciallo. Aber er wußte es doch, wie man so etwas immer weiß, auch wenn er nicht hätte erklären können, woher. Was an einem leeren Haus sagt einem, daß es leer ist, schon wenn man an die Tür klopft? Oder woran merkt man gleich, wenn man den Telefonhörer ans Ohr hält, daß sich niemand melden wird? Man weiß es einfach. So wie der Maresciallo in diesem Fall nicht nur wußte, daß Forbes irgendwo im Haus war, sondern auch, daß er sie beobachtete.

»Wenigstens wird er inzwischen wieder nüchtern sein«, meinte Fara.

»Falls er nicht schon angefangen hat, sich den nächsten Rausch anzutrinken.«

Auch wenn er das nicht zugeben wollte, hatte der Maresciallo keine Lust, Forbes in nüchternem Zustand zu verhören, jedenfalls nicht, bevor man wußte, woran seine Frau gestorben war. Und wie der Befund auch ausfiel – nichts würde ihn von der Überzeugung abbringen, daß Forbes seine Finger im Spiel gehabt hatte. Aber der Bursche war schlau, viel schlauer als jeder der Carabinieri-Maresciallos. Und darum war es besser, abzuwarten und die Augen offenzuhalten.

»Werden Sie denn gar nicht mit ihm sprechen?« fragte Fara vorsichtig und sah den Maresciallo von der Seite an.

»Nein.«

»Ich bin neugierig auf diese alte Dame. Die von gestern abend scheint ja ein richtiges Original gewesen zu sein.«

»Die hier ist, laut dem stellvertretenden Staatsanwalt, noch schlimmer. Warten Sie hier und behalten Sie die Scheune im Auge.«

»Dann glauben Sie also doch, daß er drin ist?«

»Ach...«

»Da ist er!« Das von hinten verglaste Gitterwerk beeinträchtigte die Sicht nach drinnen. Sie hatten lediglich etwas Helles aufblitzen sehen, das in ihrer Vorstellung zu einem bärtigen Gesicht wurde. »Ich glaube, er beobachtet uns.«

»Dann beobachten Sie ihn.«

»Er könnte sich belästigt fühlen.«

»Soll er ruhig!«

Das unangenehme bei sehr alten Damen ist, daß sie ihr Alter als Waffe einsetzen. Sie tyrannisieren einen damit, ohne daß man sich zur Wehr setzen kann. Bei jeder Wendung des Gesprächs weisen sie einen triumphierend, aber mit vorwurfsvoller Stimme aufs neue darauf hin. Das hier konnte man freilich kaum als Gespräch bezeichnen. Es war eher eine Vorlesung, die in gewissen Abständen von einer Prüfung unterbrochen wurde, einem Konzentrations- und Verständnistest, bei dem der Maresciallo jedesmal kläglich versagte.

»Sie sagten doch Palazzo Pitti, oder? Ich bin nämlich nicht taub, auch wenn ich schon einundneunzig bin!«

»Nein, nein... natürlich nicht. Ja, ich sagte Palazzo Pitti. Da bin ich stationiert...«

»Schön, dann müssen Sie sich doch auch eine Meinung über die Silbersammlung gebildet haben.«

»Ich... es... Ich bin kein Kustos oder so was...«

Um Gottes willen! Womöglich hielt sie ihn für einen Museumswärter.

»Dafür hab ich Sie auch nicht gehalten, nachdem Sie sich

ja als Carabinieri-Maresciallo vorgestellt haben. Aber immerhin haben Sie doch zwei Beine.« Ihr Blick darauf ließ erkennen, daß sie seinen Beinen nicht viel zutraute. »Die Silbersammlung ist höchstens ein paar Schritte von Ihrem Büro entfernt.«

»Ja, ja, das stimmt, aber…«

»Dann sind Sie doch bestimmt mal drin gewesen!«

»Ich… ja, aber das ist Jahre her«, log er tapfer.

»Sie ziehen wohl die Gemälde in der Galleria Palatina vor«, meinte sie gelassen.

»Das eigentlich nicht…« Über Bilder wollte er sich schon gar nicht ausfragen lassen.

»Die Präsentation dort läßt eine Menge zu wünschen übrig. Das reinste Depot. Man *sieht* die Gemälde einfach nicht. Waren Sie mal in Wien?«

»Nein.«

Man sah ihr an, daß sie ihn für einen hoffnungslosen Fall hielt, aber noch hatte sie ihn nicht aufgegeben. Wenn sie's doch nur täte!

Sie war klein, und ihre Figur ließ sich unter dem grünen Kostüm aus genoppter Wolle nicht recht ausmachen. Mit ihren wirr zu Berge stehenden Haaren wirkte sie erschrocken und abschreckend zugleich, und ihre stechenden Augen durchbohrten einen wie der Blick des Staatsanwalts beim Verhör.

»Also wenn Sie mal nach Wien kommen, dann gehen Sie ins Kunsthistorische Museum.«

»Mach ich.«

»Gut. Die Bruegels werden Ihnen bestimmt gefallen. Sie haben ja selber was von einer Bruegelschen Figur.«

Der Maresciallo bedankte sich artig, worauf sie hinter-hältig lächelnd ein paar Vorderzähne entblößte, die ihn an ein Eichhörnchen erinnerten. Doch das Lächeln erlosch so rasch, wie es gekommen war, und schon verengten sich die argwöhnischen Luchsaugen wieder. »Also daß Sie über Florenz nicht gut Bescheid wissen, das haben wir nun fest-gestellt, junger Mann. Bleibt immer noch die Hoffnung, daß Sie sich auf Ihren Beruf verstehen. Sagen Sie, sollten sie nicht den Tod von Celia Carter untersuchen?«

»Ja, darum bin ich…«

»Nehmen Sie's mir nicht übel, aber ich finde, wir sollten endlich zur Sache kommen. In meinem Alter ist Zeit ein wertvolles Gut.«

»Natürlich, verzeihen Sie. Ich bin zu Ihnen gekommen, weil ich gehört habe, daß die Tochter in den Ferien bei Ihnen wohnt.«

»Ja!«

Das war alles. Guarnaccia stutzte verwirrt.

»Ich…«

»Nur weiter! Ich beantworte Ihre Fragen schon.«

Sie war anfangs so redselig erschienen, daß er gehofft hatte, sie würde ihn von sich aus mit brauchbarem Fami-lienklatsch versorgen. Doch jetzt hatte es den Anschein, als müsse er sie ausfragen wie eine Verdächtige. Er senkte den Blick auf die goldene Flamme im Medaillon an seiner Mütze, die er unentwegt auf den Knien hin und her drehte, während er im Kopf die Fragen zu formulieren suchte, die ihr die richtigen Antworten entlocken würden. Aber diese Methode lag ihm nicht. Die besten Informationen gewann man aus spontanen Äußerungen, doch die Signorina Mül-

ler war offenbar nur dann spontan, wenn es um Kunstgeschichte ging. ...Verstohlen sah er zu ihr hinüber. Auch
sie hatte die Lider gesenkt, als warte sie ergeben auf seine
nächste Frage. Da er dieser scheinbaren Ergebenheit nicht
traute, quälte ihn der Verdacht, sie mache sich womöglich
lustig über ihn. Aber sie wirkte sehr ernst, ja sogar feier-
lich. Und ihre Lider blieben gesenkt.

»Hm...« Er hüstelte und nahm einen Anlauf. »Hat die
Tochter je mit Ihnen über das Verhältnis zwischen ihren
Eltern gesprochen? Ich meine, gab es da vielleicht Ehepro-
bleme?«

Sie antwortete nicht. Vielleicht mußte sie erst über seine
Frage nachdenken. Behutsam half er ihr auf die Sprünge.

»Es könnte eine andere Frau im Spiel gewesen sein...«

Doch der Signorina Müller sank das Kinn auf die Brust.
Sie war fest eingeschlafen. Und der Maresciallo begriff, daß
sie schon die ganze Zeit geschlafen hatte, seit das Gespräch
von der Kunstgeschichte auf andere Themen übergegangen
war.

»Signorina...?«

Er wartete und sah sich um. Die Einrichtung wirkte auf
ihn ungewohnt. Vielleicht hatte sie die Möbel aus Wien
mitgebracht, als sie sich hier zur Ruhe setzte. Was war sie
doch gleich von Beruf gewesen? Natürlich – Kustodin in
einem Museum! Erstaunlich, wenn man es genau ausrech-
nete, dann war sie schon länger in Pension als er im Beruf.
Das arme Ding hatte weiß Gott das Recht auf ein Nicker-
chen zwischendurch. Er bekam regelrecht Gewissensbisse,
weil er sie mit seinen Fragen ermüdet hatte. Wahrscheinlich bekam sie sonst keinen Besuch, außer von ihrer Ver-

mieterin, der Signora Torrini von nebenan. Und natürlich von dem Mädchen, dieser Jenny, wenn sie in den Ferien heimkam. Noch war sie nicht hier, soviel hatte er zumindest in Erfahrung gebracht, bevor die Signorina das Gespräch an sich riß. Und man erwartete sie heute auch nicht mehr. Das war immerhin etwas. Anscheinend hatte Jenny angerufen und Bescheid gesagt, daß sie später kommen würde.

Vielleicht sollte er besser gehen. Womöglich schlief sie in dieser Stille eine ganze Stunde oder noch länger. Über dem Kamin hing eine große, prunkvoll verzierte Uhr, aber deren Zeiger standen auf fünf nach halb sechs, und das wahrscheinlich schon seit Jahren. Guarnaccia sah auf seine Armbanduhr. Eigentlich hatte er gar nichts dagegen, noch einmal wiederzukommen. Im Notfall bräuchte er sogar einen Vorwand, um, bis der Obduktionsbefund einging, jeden Tag herzukommen und diesen Forbes weichzumachen, ihn soweit wie möglich zu verunsichern. Sonst konnte er ja vorläufig nichts gegen ihn unternehmen, auch wenn der Mann, sobald er nüchtern war, sicher festgestellt hatte, daß er keinen Paß mehr besaß. Das war zwar nicht viel, aber immerhin etwas. Der Maresciallo entdeckte einen sehr schönen Flügel. Er war offen, und es lagen Noten auf. Anscheinend funktionstüchtiger als die Uhr. Würde man einen Flügel von Österreich bis hierher transportieren? Nun, warum eigentlich nicht? Er hatte ja auch die gesamte Einrichtung aus Sizilien mitgebracht. Welche Entfernung war wohl größer? Er hatte keine Ahnung.

»Ist das alles, was Sie wissen wollten?«

Die Luchsaugen durchbohrten ihn!

»Nicht, daß ich was dagegen habe, daß Sie meine Möbel bewundern.«

»Ich…«

»Falls ich eine Ihrer Fragen nicht beantwortet habe, wiederholen Sie sie ruhig. Ich nicke mitunter ein, aber nie für lange. So bleibe ich in Form. Halten Sie mich ja nicht für schwachsinnig. Das wäre ein Fehler.«

»Ich käme nicht im Traum darauf…«

»Na, dann machen Sie weiter.«

»Ich hatte Sie gefragt, ob Mr. Forbes Ihrer Meinung nach etwas mit einer anderen Frau hat – ob er vielleicht eine andere liebt.«

Daraufhin schnaubte sie angewidert: »Dieses ganze Theater um die Liebe!«

»Sie glauben es also nicht?«

»Es gibt Dinge, über die denke ich nach, und andere, über die ich mir keine Gedanken mache. Übrigens mag ich Julian Forbes nicht.«

»Ich auch nicht«, gestand der Maresciallo. Das hätte er nicht tun sollen, doch er war es leid, sich von ihr abkanzeln zu lassen – eine Schwäche, der nachzugeben ihm nicht ähnlich sah. Er schob es auf den Hunger, der ihn langsam, aber sicher mürbe machte.

»*Sie* war brillant.« Guarnaccia nahm an, daß Celia Carter gemeint war. »Eine sehr exakte Historikerin – haben Sie sie gelesen?«

Dem Maresciallo sank der Mut. »Nein, ich…«

»Sollten Sie aber. Warten Sie, ich leihe Ihnen was von ihr.« Sie stand auf, indem sie sich an den Armlehnen ihres Sessels hochstemmte, was indes erstaunlich rasch ging.

Ihre Bücher waren in hohen Glasvitrinen untergebracht.

»Hier, in diesem Regal sind alle von ihr... Ah! Das sollten Sie lesen: *Jessie White Mario and the Risorgimento.*«

Sie ließ einen dicken Wälzer auf seine Knie fallen.

»Sind Sie auch sicher, daß Sie das noch nicht gelesen haben? Es ist auch in italienischer Übersetzung erschienen, aber ich persönlich lese Bücher lieber in der Originalsprache. Sie haben doch nichts gegen Jessie White Mario?«

»Nein!« erklärte der Maresciallo mit Nachdruck. Wenigstens in dem Punkt war er sich sicher, denn er hatte noch nie von der Dame gehört.

»Na ja, es gibt schon Leute, die sie ablehnen. Der Ehemann gibt einem natürlich zu denken, aber was will man machen, die Leute haben eben den Hang zum Heiraten. Und er war vermutlich genauso in Garibaldi verliebt wie sie. Cavour dagegen, das ist ein Mann, den man bewundern muß, aber sympathisch ist er mir deshalb noch lange nicht, der hinterlistige alte Bock. War übrigens Freimaurer. Das erklärt, wieso Garibaldi mit seinem ganzen Troß unbehelligt die Halbinsel raufziehen konnte. Völlig zwecklos, daß die Leute die Hände über dem Kopf zusammenschlagen über das, was heute in diesem Land vorgeht. Der ganze Staat ist doch auf Rechtsverdrehung aufgebaut!«

»Aber Sie wollten sich trotzdem hier niederlassen?«

»Natürlich. Italien hat die besten Künstler und Architekten der Welt. Und langweilig wird's einem auch nie. Das ist sehr wichtig, finden Sie nicht?«

»Doch, doch...« Wenn sie nur nicht dauernd so um ihn herumschleichen und ihn immerfort anstarren würde!

»Haben Sie keine weiteren Fragen? Ich will Sie ja nicht drängen, aber ich muß bald weg.«

»Entschuldigen Sie...« Er sah hinunter auf das sepiafarbene Foto auf dem Buchumschlag und beschloß, es mit einer anderen Taktik zu versuchen. »Ich glaube, ich sollte mich mit der Tochter in Verbindung setzen. Sie haben doch wohl ihre Adresse und Telefonnummer?«

»Gewiß.« Sie setzte sich an einen Schreibtisch am anderen Ende des Zimmers und holte Papier und Federhalter hervor. Dann drehte sie sich mit warnendem Blick nach ihm um. »Sie wird sich furchtbar aufregen.«

»Ja, sicher. Das ist nur natürlich, wenn die eigene Mutter...«

»Hmm.«

Wahrscheinlich hatte sie keine guten Augen mehr. Jedenfalls neigte sie den Kopf so tief über das Papier, daß ihre Stirn praktisch auf gleicher Höhe mit dem schwarzen Füller war, während sie sehr langsam und zittrig die gewünschte Anschrift zu Papier brachte. Dabei brummelte sie: »Sie ist ein recht intelligentes und pflichtbewußtes Mädchen. Tatsächlich würde man sie für sehr intelligent halten, wenn sie sich nicht an einer so brillanten Mutter messen lassen müßte. Ihr Klavierspiel ist eher pedantisch. Zu bemüht...«

Der Maresciallo wartete. Diesmal merkte er eher, daß sie eingeschlafen war, doch wie er sich nun verhalten sollte, wußte er ebensowenig wie beim ersten Mal. Ein Räuspern weckte sie nicht. Ihr Kopf, der nur knapp eine Handbreit über dem Papier schwebte, sank gleichwohl nicht auf die Schreibtischplatte nieder. Guarnaccia erhob sich lautlos und schlich auf leisen Sohlen zum Schreibtisch hinüber. Falls sie nicht wach wurde, konnte er versuchen, ihr das Blatt unter der Hand wegzuziehen. Sie hatte die Adresse anscheinend fertig geschrieben. Als er sich über sie beugte, sah er, daß sie mit geschlossenen Augen lächelte. Kaum daß er die Hand nach dem Papier ausstreckte, begann die Feder wieder loszukritzeln.

»Telefonnummer...«

Der Maresciallo wich einen Schritt zurück. »Spricht sie Italienisch?«

»Das will ich doch hoffen. Immerhin studiert sie's an der Universität. So, bitte.«

»Danke schön.« Er hielt immer noch das dicke Buch nebst seiner Mütze in der Hand. »Sind Sie auch sicher, daß Sie mir das leihen wollen? Sieht sehr wertvoll aus.«

»Das ist es auch, zumindest für mich. Es ist nämlich von der Autorin signiert.«

»Eben. Und die Signora Torrini zum Beispiel hat mir erzählt, daß sie nicht gerne Bücher verleiht, weil...«

»An mich schon!« Wieder huschte das Eichhörnchenlächeln über ihr Gesicht. »Sie führt allerdings Buch darüber! Eine liebe Dame, die Signora Torrini, aber viel Verstand hat sie nicht.«

»Sie mag Julian Forbes nicht leiden«, führte der Maresciallo zu ihrer Verteidigung an.

»Ich hab ja auch nicht gesagt, daß sie keinen Geschmack hat.«

»Was macht er eigentlich beruflich?«

»Beruflich, der? Hm! Er gibt vor, Bücher zu schreiben, die aber nie fertig, geschweige denn verlegt werden. Das erste ging über Dante, angeblich. Bin da nicht mehr auf dem laufenden. Durch sie hat er's aber immer wieder geschafft, in der Gesellschaft als Schriftsteller akzeptiert zu werden. Ich habe ja für solche Methoden nichts übrig. Finde sie sogar ausgesprochen ärgerlich. Wenn man sich bei ihr nach ihren Büchern erkundigt, dann übernimmt *er* die Antwort. Oder vielmehr, er hat's getan. Aber das ist ja nun vorbei, nicht wahr? Signora Torrini ist das auch aufgefallen, doch sie spricht nie schlecht über andere Leute. Ich sage, was ich denke, sie dagegen ist eine allzu gutmütige Person.«

»Mir scheint sie recht unter der Fuchtel von diesem Giorgio zu stehen...«

»Sie hat ihn aufgezogen.« Die alte Dame ließ sich wieder in ihren samtbezogenen Lehnsessel fallen und musterte in scharf von unten her. »Nicht, daß ich in diesen Dingen persönliche Erfahrung hätte, aber ich nehme an, es ist so wie mit allen Lebensbereichen: Man erntet, was man sät. Familien!« Für die Signorina Müller gehörten sie offenbar in die gleiche Kategorie wie »*Liebe!*« – »Ich habe mein Elternhaus so früh wie möglich verlassen, und verheiratet war ich nie. Ich hatte ein wunderschönes Leben. Ha!« Das verzückte Lächeln erlosch, und sie setzte hinzu: »Sie sind gefährlich.«

Über diese letzte Bemerkung konnte der Maresciallo sich nur wundern.

»Die Intimität der Familie ermöglicht den furchtbarsten Mißbrauch. Wenn man bedenkt, was im Schutze von vier Wänden so alles vor sich geht! Da ist man selbst auf dem Schlachtfeld noch sicherer! Wenigstens trägt der Feind dort eine andere Uniform. Sie sind vermutlich nicht alt genug, als daß Sie im letzten Krieg dabeigewesen wären?«

»Nein.«

»Ich habe zwei Kriege mitgemacht. Beide unversehrt überstanden. Allerdings war das Essen furchtbar knapp… Dabei fällt mir ein: Haben Sie zufällig einen Fernseher?«

»Ja. Den habe ich… ja.« Würde ihm das jetzt eine gute Note einbringen oder eine schlechte?

Sie schien erfreut. »Ich habe keinen, und hier oben bekommt man natürlich auch nicht jeden Tag eine Zeitung. Ich wüßte gern, wie es um Rußland steht.«

Der Maresciallo kramte in seinem Gedächtnis, ohne daß ihm etwas eingefallen wäre. Dabei schlief er während der Nachrichten niemals ein, sogar Teresa hätte das zugeben müssen. »Von Rußland hört man zur Zeit nichts Besonderes.«

»Wahrscheinlich geht's denen unverändert schlecht. Ich war letzten Monat dort. Nichts Gescheites zu essen und dauernd Ärger mit den Taxis…«

Ihr Kopf fiel sanft nach vorn, nicht auf einmal, sondern langsam, nach und nach. Offenbar hatte sie angefangen zu träumen, noch bevor sie die Augen schloß, und Moskau mit Österreich während des Krieges verwechselt. Der Maresciallo setzte seine Mütze auf und schlich auf Zehenspitzen hinaus.

Fara hatte den Wagen schon für die Rückfahrt gewendet. Jetzt lehnte er am offenen Schlag und starrte wie ein Pointer zur Scheune hinüber. Plötzlich hörte der Maresciallo eine leise Stimme hinter sich: »Haben Sie noch einen Moment Zeit?« Signora Torrini stand, auf ihren Stock gestützt, in der Tür. Er machte kehrt und ging zu ihr hinüber.

»Sie müssen verzeihen, aber ich traue mich bei dieser

feuchten Witterung nicht hinaus, weil da oft nasses Laub auf dem Pflaster liegt, und ich rutsche doch so leicht aus. Giorgio hat recht, ich sollte mir ein Paar derbe Schuhe kaufen, solche mit rutschfesten Sohlen, aber wir neigen halt alle dazu, weiter das zu tragen, woran wir gewöhnt sind, nicht wahr?« Sie trug schwarze Pumps.

»Ja, ja, da haben Sie ganz recht.« Trotz ihrer ewigen Entschuldigungen empfand er sie, verglichen mit ihrer Nachbarin, als eine willkommene Abwechslung.

»Ich wollte Ihnen bloß sagen… ich hatte so ein schlechtes Gewissen deswegen – Sie wissen ja, wie ruhig es hier ist, horchen Sie nur mal…«

Es war wirklich sehr ruhig. Die wenigen Laute, entferntes Hundegebell, eine Amsel im Hof, das Knattern des Autoradios, betonten die Stille eigentlich nur.

»Gestern abend habe ich gelesen – nicht richtig gelesen, sondern bloß in einem oder zwei von Celias Büchern geblättert, weil mir ihre Gesellschaft halt so sehr fehlt. Und bei einem Blick in ihre Bücher ist es, als wäre sie wieder da und ich könnte ihre Stimme hören… Aber dann habe ich ihn gehört…« Sie sah zur Scheune hinüber und dämpfte ihre ohnehin leise Stimme noch mehr. »Er hat geweint. Aber nicht einfach so, nein, geheult hat er, wie ein Hund. Ich fürchte, ich habe gestern nicht sehr nett über ihn gesprochen, aber Virgilio provoziert mich ständig, verstehen Sie, und ich weiß nie, wie ich mit ihm dran bin…«

Der Maresciallo, dem es mit Fusarri genau so ging, nickte verständnisvoll.

»Er muß untröstlich sein, wenn er so herzzerreißend weint, meinen Sie nicht auch?«

»Vielleicht.« Insgeheim dachte er, Forbes heule womöglich aus Angst und Selbstmitleid, aber angesichts der großmütigeren Deutung der Signora Torrini brachte er es nicht über sich, das laut zu sagen.

»Sie muß ihm furchtbar fehlen, weil sie nämlich ein ganz außergewöhnlicher Mensch war, verstehen Sie.«

»Signorina Müller sagt, sie war brillant.«

»Ja, das war sie natürlich auch, gewiß, doch das Außergewöhnliche an ihr, das waren ihr gutes Herz und ihre Großzügigkeit. So etwas wird oft als selbstverständlich hingenommen, ja sogar ausgenutzt...« Sie stockte, als habe sie Angst davor, wieder die Sünde der üblen Nachrede zu begehen. »Sie müssen mich für sehr töricht gehalten haben, als ich gestern abend immer von ihm in der Vergangenheitsform sprach, statt von der armen Celia... Aber später beim Lesen habe ich noch einmal darüber nachgedacht, und es ist schon etwas Wahres dran, wissen Sie. Alles, was er war, war er durch sie, und ohne sie ist er erledigt. Ja, ich empfinde das wirklich so, wogegen Celia durch ihre Bücher weiterleben wird. Verstehen Sie, was ich meine?«

»Ich denke schon.«

»Ach, ich fürchte, ich werde sehr einsam sein ohne sie.«

»Mir scheint«, sagte der Maresciallo vorsichtig, »die Signorina Müller ist eine unterhaltsame Gesellschafterin.«

»O ja, das ist sie. Aber sie ist so oft weg, wegen ihrer Museumsführungen und so weiter...«

»Sie veranstaltet Führungen hier in Florenz?« Dem Maresciallo schwante Böses. Schon sah er die Signorina Müller in sein Büro stürmen und ihn in die Silbersammlung schleifen.

»Ach, nein – das heißt, manchmal schon, aber nicht oft. Und das ist auch nicht weiter schlimm, weil sie dann ja zumindest abends da ist. Nein, sie macht überall Führungen. Den ganzen letzten Monat zum Beispiel war sie in Moskau und hat irgendwelchen Leuten Ikonen gezeigt. Moskau im Januar, ich bitte Sie! Aber sie sagt, es sei auch nicht kälter als in Wien, was vermutlich stimmt… Hat Sie Ihnen *das* geliehen?« Signora Torrini hatte offenbar erst jetzt das Buch in seiner Hand entdeckt.

»Ja«, bestätigte der Maresciallo beklommen.

»Da müssen Sie es ihr aber angetan haben! Ach, sehen Sie nur: Das Mandelbäumchen fängt an zu blühen. Ja, das Leben geht weiter, nicht wahr, Maresciallo? Ob wir wollen oder nicht.«

»Und um dem ganzen die Krone aufzusetzen, sagt Fara, kaum, daß wir losgefahren sind: ›Drehen Sie sich jetzt nicht um, aber da folgt uns jemand. Muß Ihre österreichische Dame sein; die andere, die zur Tür kam, ist es jedenfalls nicht.‹«

»Und? War sie's?« Teresa stand auf, um den Tisch abzuräumen.

»Ja, sie war's tatsächlich. Stapfte in Lodenmantel und Trachtenhut mit Feder durchs Gelände und schrie uns an, wir sollten gefälligst den Weg freimachen! Gut, wir sind wegen der Schlaglöcher wirklich nur im Schrittempo gefahren, aber trotzdem… Zum Schluß mußten wir wahrhaftig anhalten und sie vorbeilassen. Dann beugte sie sich zum Fenster rein, starrte mich finster an und brüllte: ›Ich erledige alle Wege zu Fuß. Würde Ihnen auch nicht schaden!‹ Sie wollte runter nach Florenz. Kannst du dir so was vorstellen?«

»Aber… Das war doch heute morgen, oder?«

Er gab keine Antwort. Das Mittagessen hatte aus Grünzeug, Wasser und Trübsinn bestanden. Erst jetzt, nach einem von ihr klug ersonnenen Abendbrot, das ihn mehr oder minder satt gemacht hatte, ohne seine Leber zu gefährden, und nach einem Gläschen Wein, das Teresa zufolge seine Verdauung anregen, ihm aber nicht schaden würde, erst jetzt also wurde er beinahe mitteilsam. Er war nicht mehr hungrig und hatte trotzdem kein schlechtes Gewissen. Außerdem hatten die Jungs angerufen, wozu sie erst stundenlang auf der Post im Dorf hatten Schlange stehen müssen. Sie hatten sich bitterlich beklagt. Bloß weil sie so aufgekratzt gewesen waren, daß sie die ganze Nacht herumgealbert hatten, dauernd mit dem Aufzug hoch und runter gefahren waren oder sich gegenseitig auf den Zimmern besucht hatten, waren ihre Skipässe vom Lehrer eingezogen worden. Weshalb sie sich anderntags für eine zweiminütige Abfahrt erst stundenlang den Berg hinaufquälen mußten. Davon seien sie jetzt so erschöpft, sagten sie, daß sie sofort zu Bett gehen würden. Giovanni hatte zum Abendbrot drei Schweinskoteletts verdrückt. Sie amüsierten sich offenbar großartig. Der Maresciallo, der als Kind keinen Urlaub gekannt hatte, war hoch zufrieden.

Die Acht-Uhr-Nachrichten hatte er aufmerksam verfolgt, für den Fall, daß irgend etwas über Rußland gemeldet würde. Und jetzt, nach dem halben Glas Wein, das auf seinen entwöhnten Organismus wirkte wie eine halbe Flasche, fühlte er sich dem Leben wieder gewachsen. Während sie warteten, bis das Wasser für den Kamillentee kochte, den sie vor dem Schlafengehen tranken, sahen er und Teresa sich die faszinierenden alten Fotos an, die in Celia Carters Buch abgedruckt waren.

»Ein Jammer, daß es auf englisch ist! Trotzdem lieb von ihr, es dir zu leihen.«

»Ich hab's ihr angetan.«

Er ging frohgemut zu Bett und schlief auch gut. Am nächsten Tag fingen seine Sorgen an.

4

»Aber...«

»Betrachten Sie das noch nicht als verbindlich. Dazu muß ich erst die übrigen inneren Organe untersuchen, doch der Magen ist leer, völlig leer, folglich können Sie die Schlaftabletten vergessen. Was immer in dem Glas war, dessen Scherben in der Wanne lagen – sie hat nicht mal einen Schluck davon getrunken.«

Der Maresciallo spürte, daß der Pathologe genauso überrascht war wie er.

»Sie glauben doch nicht, daß ihr Herz...«

»Glaube ich nicht, nein. Natürlich werde ich auch das überprüfen, aber Symptome sind keine vorhanden. Nein, Maresciallo, alles, was ich Ihnen anbieten kann, ist eine sehr geringe Menge Seifenwasser, von der aber kaum was in die Lunge gedrungen ist. Im Wasserglas ertrunken, nennt man das. Kommt aber normalerweise nur bei Säuglingen oder Kleinkindern vor. Und genaugenommen handelt es sich in solchen Fällen eher um Ersticken als um Ertrinken. Wenn die Beweislage nicht so eindeutig wäre, würde ich sogar sagen, daß so was bei Erwachsenen völlig unmöglich ist.«

»Könnte er irgendwie nachgeholfen haben?«

»Nein, nein, nein. Wenn Sie jemand untertaucht, dann halten Sie die Luft an und kämpfen um Ihr Leben. Es dauert lange, bis ein Mensch ertrinkt, und man braucht schon Bärenkräfte, um einen Erwachsenen auf die Weise umzubringen. Außerdem hat sie keine Verletzungen an Hals und Schultern, nicht die kleinste Schramme oder auch nur einen blauen Fleck.«

»Und er hat auch nirgends einen Kratzer.« Das hatte sich leicht feststellen lassen, da Forbes, als sie ihn fanden, bewußtlos gewesen war. »Ich hab zwar nur seine Hände und das Gesicht untersucht...«

»Wo würden Sie auch sonst nachsehen? Er war schließlich angezogen, oder? Und sie wäre ohnehin höchstens an seine Hände rangekommen. Aber wenn, dann wären die total zerfetzt.«

»Sie hatte also normale Nägel? Ich meine, sie waren nicht abgekaut oder so?«

»Nein. Und wir haben routinemäßig alles, was darunter war, entfernt. Sie können vermutlich nicht mit letzter Sicherheit ausschließen, daß noch eine dritte Person zugegen war?«

Das war leider richtig. Zwar hatte niemand einen Fremden im Umkreis der Villa gesehen, doch das war kein Beweis...

»Hätten Sie was dagegen, wenn ich mal zu Ihnen rauskomme?«

»Wollen sich Ihr eigenes Bild machen, was?«

»Nein, nein, das würde mir nicht im Traum einfallen...«

»Hab ja nur Spaß gemacht. Nein, ich verstehe schon: Sie brauchen den Augenschein, um Ihre Gedanken zu ordnen.«

Gedanken. Der Maresciallo wäre froh gewesen, wenn er welche gehabt hätte. Aber in diesem Fall tappte er völlig im dunkeln. Gar nichts hatte er herausgefunden, außer daß er Julian Forbes nicht leiden konnte. Und das machte den Mann natürlich noch längst nicht zum Mörder. Falls sich herausstellte, daß sämtliche inneren Organe der Frau gesund und intakt gewesen waren, würde ihnen nichts weiter übrigbleiben, als auf Tod durch Unfall zu erkennen.

»Und dieser Kerl liegt einfach stockbesoffen da!«

»Wie?« Fara, der ihn zum gerichtsmedizinischen Institut hinausfuhr, hatte den Maresciallo bisher nur als freundliche, wenn auch bisweilen grantige Vaterfigur erlebt, der ihm das erste Jahr in der Armee sehr viel angenehmer gemacht hatte, als es sonst verlaufen wäre. Um so mehr beunruhigte ihn nun diese neue Seite seines Chefs. Er brütete stundenlang stumm vor sich hin, und wenn man ihn ansprach oder etwas fragte, dann hörte er einen nicht einmal. Der arme Fara, der bisher noch nie dort gewesen war, hatte keine Ahnung, wie er die Gerichtsmedizin finden sollte. Seine Fragen waren allesamt ignoriert worden, und es war sein Glück, daß, sobald sie das Klinikviertel in Careggi erreichten, alles ausgeschildert war.

Er spähte umher, konnte aber nirgends einen Betrunkenen entdecken.

»Möchten Sie, daß ich anhalte?«

Keine Antwort. Vielleicht lag es ja an seiner Diät. Über die wußte Fara in allen Einzelheiten Bescheid. Genau wie jeder andere auf der Carabinieri-Wache des Palazzo Pitti. Und er hatte gehört, daß sich das Fasten über einen längeren Zeitraum aufs Gehirn auswirken könne.

»Wir sind da, Maresciallo.«

»He? Ah!« Er stieg aus, stapfte auf das große weiße Gebäude zu und nahm im Gehen die Mütze ab. Fara fuhr achselzuckend weiter und suchte eine günstige Stelle zum Wenden.

»So, da wären wir. Sind allerdings mit Zunähen noch nicht ganz fertig. Aber Sie sind ja nicht so zart besaitet, oder? Sonst können wir auch warten, wenn Ihnen das lieber ist.«

Der Maresciallo schüttelte den Kopf, und der Pathologe schickte seinen Assistenten weg. Der Brustkorb der Leiche war noch offen, aber die Kopfhaut hatte man schon wieder angenäht. Bisher hatte der Maresciallo die Tote nur klitschnaß in der Badewanne gesehen. Ihr Haar war in trockenem Zustand hellbraun und gewellt. Jetzt fiel es in den Seziertrog, aber er schätzte, daß es ihr bis knapp auf die Schultern gereicht hatte. Über ihren Ohren entdeckte er ein paar graue Strähnen.

Sie war brillant, hatte Signorina Müller gesagt, doch nun hatten sie ihr das Gehirn herausgenommen. Sie war eine intelligente, reife Frau gewesen, und doch mußte sie ertrinken wie ein hilfloser Säugling…

»Wie ist es denn zu erklären«, fragte er den Pathologen, der mit verschränkten Armen auf einer Tischkante saß und die Gummihandschuhe in der Hand hielt, »daß Babys auf die Art ertrinken?«

»Wie ich schon sagte, haben wir es strenggenommen eher mit Ersticken zu tun, wenn so ein Kind ›ertrinkt‹ – sei es in ein bißchen Wasser, sei es am eigenen Erbrochenen und manchmal auch auf ganz unerklärliche Art und Weise. Bestimmt haben Sie schon vom sogenannten plötzlichen Kindstod gehört? So ein Säugling ist halt noch völlig wehrlos, kann weder den Kopf heben noch um Hilfe rufen.« Er zuckte die Achseln. »Was soll ich sagen? Ich kann nur feststellen, woran sie gestorben ist – an Asphyxie –, aber das Wie und Warum... Ich fürchte, das werden Sie klären müssen.«

»Und wie soll ich das anstellen – ganz ohne Beweismaterial?« Das Gesicht des Maresciallos verdüsterte sich vor lauter Unmut. Dann fiel ihm ein, daß er hier nicht einen seiner Carabinieri vor sich hatte, und er setzte hastig hinzu: »Ich bitte um Verzeihung. Es ist bloß so ein komischer Fall – nirgends eine klare und eindeutige Spur.«

»Tja...« Der Pathologe rutschte vom Tisch, griff nach Celia Carters bläulich-weißer Hand, drehte sie hin und her und betrachtete ihren Ehering. »Nach der gängigen Theorie war's, sofern keine anderen Beweise auftauchen, immer der Ehemann.«

»Falls es überhaupt jemand war und wir es nicht doch mit einem Unfall zu tun haben.«

Der Pathologe sah zu ihm auf. »Was Sie nicht glauben.« Es war keine Frage, sondern eine Feststellung.

»Nein, nein...«

»Ich ehrlich gesagt auch nicht. Und ich wünschte, ich könnte Ihnen irgendwas Hilfreiches anbieten.«

Was er indes nicht konnte. Als der Maresciallo sich zum Palazzo Pitti zurückfahren ließ, gab er wieder keinen Ton von sich. Er war zu selbstgefällig gewesen, hatte sich darauf versteift, daß die Obduktion einen Mord zutage fördern und ihm eine Handhabe liefern würde, um gegen Forbes zu ermitteln. Nun, er hatte sich geirrt und durch diesen Irrtum wertvolle Zeit vergeudet. Er hätte die andere Frau ausfindig machen sollen, feststellen, was der Mann erben würde, ein Motiv ausgraben. Lauter Sachen, um die er sich hätte kümmern müssen, damit er, falls der Obduktionsbefund wunschgemäß ausgefallen wäre, gleich hätte loslegen können…

Sie saßen unweit des Arnos im Stau fest und trugen ihr Teil zur Erhöhung der Ozonwerte bei, die den nächsten Alarm auslösen würde, gefolgt von wieder einem verkehrsberuhigten Tag und dann dem nächsten raschen Ansteigen der Werte.

Ein Bettler, der mit seinem Hut zwischen den eingekeilten Autos herumging, verdrückte sich, kaum daß er die beiden Uniformierten in dem dunklen Wagen sah. Ringsum liefen die Scheibenwischer auf Hochtouren. Der Maresciallo starrte hinter seinen dunklen Brillengläsern hervor auf die blaugraue Welt und marterte sich weiter mit Vorwürfen wegen seiner Langsamkeit, die man ihm schon von klein auf vorgehalten hatte, daheim, in der Schule, bei der Arbeit. Auch Teresa… ›Es ist, als ob man zur Wand redet! Vor einer halben Stunde hab ich dich gefragt…‹

Die Ampel sprang um, aber sie kamen nicht durch.

»Weiß man jetzt, woran sie gestorben ist?« Faras schüchterne Stimme streifte nur eben das Bewußtsein des Maresciallos, der gerade in Bausch und Bogen mit sich abrechnete: Nicht genug damit, daß er ein schlechter Zuhörer war, nein, er war obendrein auch noch eine Schlafmütze und so trantütig, daß er mit einem wie Forbes nicht einmal in dessen momentanem geschwächtem Zustand fertig werden konnte. Und zu allem Unglück würde natürlich auch Fusarri den vorläufigen Obduktionsbefund bekommen.

Wie er wohl reagieren würde? Er hatte doch sofort kapiert, daß der Maresciallo Forbes verdächtigte, also würde jetzt entweder der Maresciallo der Dumme sein oder der Staatsanwalt selber, weil er ihm immerhin geglaubt hatte. Guarnaccia hoffte inständig auf ersteres, denn andernfalls… Er hatte Fusarri noch nie wütend gesehen, aber schon allerlei Gerüchte gehört: daß der Mann ein Anarchist sei, daß er jeden überrannte, der sich ihm in den Weg stellte. Jeden! Einmal hatte er, wenn man dem Klatsch glauben durfte, sogar dem Oberstaatsanwalt die Stirn geboten. Natürlich stimmten solche Geschichten nicht immer, aber der Maresciallo, der ja nur ein kleiner Unteroffizier war, rechnete sich gegen Fusarri keine großen Chancen aus. Und was das allerschlimmste war: Er glaubte felsenfest, daß der ganze Kuddelmuddel in diesem Fall nur entstanden war, weil er die ganze Zeit solchen Hunger hatte. Fasten sollte man in den Ferien, aber wenn ein Mann seinem Beruf nachgehen mußte… Dieser Mercedes mit dem kalabrischen Nummernschild parkte schon seit einer Woche unverändert an derselben Stelle; den würde er sich vorsichtshalber einmal näher ansehen, wenn er das nächste Mal zu Fuß hier vorbeikam. Eigenartig… Und nur ein Haus weiter war eine Spielhölle, was im Klartext hieß, daß dort Schwarzgeld gewaschen wurde. Er würde sich darum kümmern…

Sie waren inzwischen in der Via Santo Spirito, steckten allerdings schon wieder im Stau. Am besten, er fuhr mal rüber nach Borgo Ognissanti ins Präsidium und sprach mit seinem Capitano. Capitano Maestrangelo war ein guter, ein ernsthafter Mann, der selbst schon einmal Ärger mit Fusarri gehabt hatte. Zwar war der Maresciallo damals auch dabeigewesen, hatte sich aber ganz im Hintergrund gehalten. Maestrangelo hatte die Sache auf seine Kappe genommen, und das war ihm bestimmt nicht leicht gefallen. Trotzdem hatten sich die beiden am Ende anscheinend mehr oder weniger zusammengerauft, weshalb es jetzt bestimmt nicht verkehrt wäre, den Rat des Capitanos einzuholen. Also dann auf nach Borgo Ognissanti… Nein, lieber erst nach der Mittagspause. Ein gutes Essen könnte…

Wenn er es bloß nicht immer wieder vergessen würde. Und wenn sein Magen nicht jeden Tag so freudig auf das Zwölfuhrläuten reagieren wollte und auf das Zeitzeichen der Mittagsnachrichten, auf den Tomaten- und Knoblauchduft aus der Küche der Rekruten über seinem Büro oder auf das Besteckgeklapper hinter jedem Fensterladen in jeder Wohnung an jeder Straße. Und wie enttäuscht er sich dann jedesmal zusammenzog, wenn die Erinnerung wiederkehrte! Statt sich mit einem jämmerlichen Salat abzuquälen, konnte er genausogut gleich rüberfahren nach Borgo Ognissanti. Jawohl, auf nach Borgo Ognissanti.

Er war einigermaßen überrascht, als er sich auf dem Kiesrondell vor dem Eingang zu seiner eigenen Wache im Palazzo Pitti wiederfand. Doch er blieb geduldig. Seine Geduld mit den Jungen und Unerfahrenen war unerschöpflich.

»Nein, nein! Nach Borgo Ognissanti. Ich will den Kompaniechef sprechen. Haben Sie denn nicht gehört, was ich sagte? Nun machen Sie nicht so ein Gesicht, davon geht die Welt nicht unter. Aber halten Sie in Zukunft Augen und Ohren besser offen…«

Sie machten kehrt und überquerten abermals den Fluß.

»Das reicht schon, ich steige hier aus. Gehen Sie was essen, ich komme dann zu Fuß zurück. Wird mir guttun.«

Fara war knallrot im Gesicht. Als er, perplex und verlegen, zum Palazzo Pitti zurückfuhr, faßte er den Entschluß, sich, bevor es noch schlimmer wurde, jemanden zu suchen, dessen Rat ihm weiterhelfen konnte.

Capitano Maestrangelo war in der Tat ein ernsthafter Mensch. Die Reporter vom Lokalblatt *La Nazione* nannten ihn – allerdings wohlweislich nur hinter seinem Rücken – das Grabmal. Ein Spitzname, der ebenso auf seine feierliche Würde anspielte wie auf seine Mitteilungsfreudigkeit gegenüber den Klatschkolumnisten.

Und trotzdem hätte es eines noch ernsteren Mannes bedurft, um sich bei Guarnaccias Anblick nicht ein leises Schmunzeln zu gestatten. Der Maresciallo, der ihm – die Hände fest auf die stämmigen Knie gepflanzt, eine tiefe Falte zwischen den Brauen – gegenübersaß, war gekommen, um zu beichten, daß es ihm nicht gelungen sei, einen äußerst verzwickten Fall in anderthalb Tagen zu lösen. Der Capitano schmunzelte allerdings nur still in sich hinein, denn er hatte keinesfalls die Absicht, den Maresciallo zu kränken, den er so hoch schätzte, daß Guarnaccia, wäre es ihm zu Ohren gekommen, diesen nicht getraut hätte. Im übrigen hatte Maestrangelo bereits erraten, wo das eigentliche Problem lag, und war zuversichtlich, daß Guarnaccia früher oder später auf den Punkt kommen würde. Denn mit den Jahren hatte er sich an die barocke sizilianische Ausdrucksweise seines Maresciallos gewöhnt und daran, daß der unweigerlich die längste und komplizierteste Verbindung von *A* nach *B* wählte. Auf die Weise kam man nur sehr langsam voran, doch Maestrangelo wußte aus Erfahrung, daß es noch länger dauerte, wenn man sich einer Verschnörkelung in den Weg stellte und sie geradezubiegen suchte. Das rief nämlich unweigerlich einen ganzen Schwall winzig kleiner Extraschnörkel auf den Plan, die den peinlichen Blick auf die nun so unverschämt direkt auf Punkt *B* zulaufende Gerade kaschieren sollten. Und manchmal verlor der Maresciallo dabei im Rankenwerk der Schnörkelchen den Faden. Darum verhielt der Capitano sich lieber hübsch ruhig und steuerte nur auf Wunsch in gehörigen Abständen ein passendes Gemurmel bei.

»Und wenn er wirklich eine andere hat, dann muß es doch Freunde geben, die darüber Bescheid wissen…«

»Bestimmt.«

Der Maresciallo blickte eine Weile fragend auf seine Hände nieder und stieß dann einen kurzen Seufzer aus, der fast wie ein Schnauben klang.

»Und auch das Geld… Ich weiß ja nicht, was so ein Schriftsteller verdient…«

»Nein, ich auch nicht.«

»Aber es könnte Geld da sein, von der Familie her. Die Tochter ist noch nicht aufgetaucht, und ich kann natürlich nicht einmal ausschließen, daß kein Dritter zugegen war. Obwohl ich mir vorstellen könnte, daß Forbes, falls noch wer da war, nicht zögern würde, die Verantwortung von sich abzuwälzen. Er war allerdings total betrunken. Und auch das ist eine komische Sache… daß ein Mann sturzbetrunken im Schlafzimmer liegt und gleich nebenan die Leiche seiner Frau.«

Wieder konsultierte er seine Hände. Der Capitano konsultierte, sehr diskret, seine Uhr. Aber er wartete weiter ruhig ab.

»Sie hatte nicht mal einen Kratzer. Keine Schramme oder auch nur einen winzigen blauen Fleck. Und überhaupt nichts im Magen, wie leer gefegt. Aber warum sollte eine kerngesunde, noch relativ junge Frau plötzlich ohnmächtig werden oder so…«

»Vielleicht grade wegen des leeren Magens. Frauen machen, glaube ich, mitunter ganz drastische Fastenkuren.«

Diese Bemerkung wirkte auf den Maresciallo wie ein elektrischer Schlag. Mit einem Ruck setzte er sich kerzengerade hin und stammelte, krebsrot im Gesicht: »Ich hätte nie gedacht…«

»Na ja, ich würde mir da keine allzu großen Hoffnungen machen, aber prüfen Sie's einfach mal nach.«

Der Maresciallo saß da wie betäubt.

»Ich weiß, wie schwer Sie's haben«, half der Capitano wider besseres Wissen nach. »Ist ein bißchen viel, was da auf Sie zukommt, noch dazu, wo Ihnen nur ein erfahrener Mann zur Verfügung steht, und Lorenzini muß ja im Büro bleiben, wenn Sie auswärts sind. Wenn ich könnte, würde ich Ihnen Verstärkung schicken – ich weiß selber, wie es ist, wenn man sich von einem Staatsanwalt unter Druck gesetzt fühlt, der vergißt, daß man außerdem noch ein ganzes Stadtviertel überwachen muß…«

»Nein, nein!« beteuerte der Maresciallo verlegen und starrte auf seinen Schuh. Und dann heftete er den Blick starr auf ein Landschaftsgemälde in Öl aus dem siebzehnten Jahrhundert an der Wand zu seiner Linken und ließ sich geschlagene sieben Minuten beharrlich über Personalprobleme aus.

Der Capitano spürte, daß ihm die Situation entglitt. Er hatte genau das getan, was er hätte vermeiden sollen. Und war es denn nicht ganz verständlich, daß es dem Maresciallo schwerfiel, sich freiheraus über den stellvertretenden Staatsanwalt, den man ihm zugeteilt hatte, zu beschweren, wie ein Schuljunge, der mit dem neuen Lehrer nicht zurechtkommt?

Taktvoll und geduldig klinkte der Capitano sich wieder in den weitschweifigen Diskurs ein, und nun arbeitete man sich gemeinsam in korrekter Form vor, mit allen nötigen Winkelzügen und Umwegen über frühere Personalabsprachen, Kollegen, die inzwischen versetzt worden waren, Fälle, die dieser oder jener bearbeitet hatte, bis sie, mit der gebührenden Verzögerung, auf einen gewissen Entführungsfall zu sprechen kamen und auf einen gewissen stellvertretenden Staatsanwalt Virgilio Fusarri, der damals gerade erst in Florenz angefangen hatte.

»Und raucht er immer noch diese schrecklichen Zigarillos?« fragte der Capitano, nachdem er Erstaunen darüber geheuchelt hatte, daß ausgerechnet Fusarri den neuen Fall bearbeitete.

»Unentwegt, einen nach dem anderen. Und die Signora... die Besitzerin der Villa Torrini, wo es passiert ist, die raucht fast genausoviel. Allerdings Zigaretten. Die beiden sind alte Freunde...«

»Könnte das zu Komplikationen führen?«

»Ich weiß nicht. Glaub ich eigentlich nicht, aber man weiß ja nie.«

»Nun, wenn nicht, dann würde ich mir seinetwegen auch keine allzu großen Sorgen machen. Ich weiß, er hat eine sehr merkwürdige Art... Diese Angewohnheit von ihm, einem immer nur halb zuzuhören, und das mit der belustigten Anteilnahme eines privilegierten Beobachters, dessen eigentliche Interessen ganz woanders liegen. Das einzige, worauf er sich meiner Erfahrung nach je ernsthaft konzentriert, ist das Essen.«

»Ja, mag sein.« Ausgerechnet das konnte der Maresciallo nun gar nicht so töricht finden. »Mich stört eigentlich mehr die Art, wie er mir zu schmeicheln vorgibt. Dauernd dieses: ›Das überlasse ich Ihnen.‹«

»Vielleicht ist es ihm ernst damit.«

»Pah. Und wenn nun alles schiefgeht?«

»Ich finde wirklich, Sie sollten sich vorab keine unnötigen Sorgen machen. Ich gestehe, daß ich in der Beziehung die gleichen Bedenken hatte seinetwegen, aber ich muß auch zugeben, daß er, als es brenzlig wurde, zu mir gestanden hat.«

Der Maresciallo erhob sich. Er machte immer noch ein ganz unglückliches Gesicht.

»Ich sollte Ihre Zeit nicht so lange in Anspruch nehmen.«

»Nicht doch! Ich bringe Sie runter. Ich muß sowieso gleich außer Haus.« Damit klingelte der Capitano nach seinem Adjutanten und bestellte einen Wagen.

Schweigend gingen sie den frisch gewachsten Klosterkorridor entlang. Unter ihnen im Kreuzgang heulte der Motor eines Streifenwagens auf. Im ehemaligen Refektorium, das die ganze Länge des gegenüberliegenden Flügels einnahm, spielten ein paar Rekruten, die gerade dienstfrei hatten, Tischtennis.

Auf der steinernen Treppe sagte der Capitano: »Vielleicht wird Ihnen leichter ums Herz, wenn ich Ihnen sage, daß er mir versichert hat, Sie seien ein guter Mann und sehr zuverlässig.«

Dem Maresciallo wurde keineswegs leichter ums Herz.

»Das einzige, was wir im Auge behalten sollten«, fuhr der Capitano fort, »ist sein freundschaftliches Verhältnis zu Signora Torrini. Man braucht ja niemandem unnötig auf die Zehen zu treten. Morgen abend findet ein Empfang statt – mit dem Bürgermeister, dem Präfekten, das übliche. Mein Oberst geht auch hin. Mit dem kann man reden, und ich bin sicher, er wird für mich rauskriegen, aus welcher Richtung der Wind weht... Wo steht denn Ihr Wagen?«

»Den hab ich vorausgeschickt. Wollte noch ein bißchen frische Luft schnappen.«

Auf dem Rückweg durch Borgo Ognissanti spürte der Maresciallo allmählich, daß ihm doch leichter ums Herz war – nicht wegen Fusarri, an den er sich um keinen Preis gewöhnen – , sondern weil er jetzt einen vernünftigen Zugang hatte zu diesem vertrackten Fall. Er war dankbar für den Rat, den ihm der Capitano gegeben hatte. Noch lieber wäre es ihm freilich gewesen, wenn der Capitano ihm die Untersuchung abgenommen hätte. Es brauchte einen Offizier, einen gebildeten Menschen, um mit jemandem wie Forbes fertig zu werden. Freilich war das noch lange keine Entschuldigung dafür, daß er – ausgerechnet er! – nicht daran gedacht hatte, daß die Frau vielleicht gerade eine Diät gemacht hatte! Dieses verfluchte laue Grippewetter!

Er war inzwischen auf der Piazza Goldoni, die zum Flußufer hinunterführte, und seine Augen tränten wie verrückt. Er hatte vergessen, die dunkle Brille aufzusetzen. Verdammt noch mal! Guarnaccia blieb unter dem Denkmal stehen und suchte in den Taschen seines Überziehers. Er wäre bestimmt nicht ohne die Brille... Nein, da war sie! Der rundliche Dichter guckte höflich und mit einem leisen Lächeln auf dem Gesicht zur anderen Seite, als der Maresciallo seine Brille mit einem sauberen weißen Taschentuch blankputzte und sich die Augen trocknete, bevor er sie aufsetzte.

Er überquerte die Brücke. Der Arno war braun und durch die jüngsten Regenfälle beträchtlich gestiegen. Es war kein großes Vergnügen, zu Fuß neben den vielen vorbeibrausenden Autos entlangzustapfen, und von wegen frische Luft schnappen – was er einatmete, bestand zu neunzig Prozent aus Abgasen. Und erst der Lärm... eine Stimme übertönte ihn.

»Freut mich, daß Sie meinen Rat befolgen! Hallo! Hallo!«

Ein Tirolerhut war ganz plötzlich in Höhe seiner Brusttasche aufgetaucht und zwang ihn, bis zur Brüstung zurückzuweichen. Im Nu war er von lauter freundlich nickenden, lächelnden Gesichtern umgeben.

Signorina Müllers Eichhörnchenzähne waren selten so prachtvoll zur Geltung gekommen. »Also, Sie machen einen kleinen Spaziergang! Das ist brav! Wir haben leider nicht viel Zeit, weil drüben auf dem Parkplatz vom Excelsior schon der Minibus wartet, der uns zur Certosa raufbringen soll. Ich nehme an, Sie haben Pontormos Fresken schon hundertmal gesehen, andernfalls würde ich Sie einladen mitzukommen. – Ach, das ist Maresciallo Guarnaccia. Für Silber kann ich ihn partout nicht begeistern, aber er interessiert sich sehr für Malerei. Er ist vom Palazzo Pitti. Darf ich bekannt machen: Professor Tomimoto von der Universität Kioto.«

Stumm vor Staunen streckte der Maresciallo die Hand aus.

Professor Tomimoto übersah sie geflissentlich und machte einen Diener.

»Und das ist Frau Professor Kametsu.«

Die Hand des Maresciallos begann zu flattern und wurde zurückgezogen.

Frau Professor Kametsu verneigte sich.

»Und ihre Studenten.« Lächelnd verneigten sich auch die Studenten.

»Freut mich wirklich, daß Sie mal ein bißchen frische Luft schnappen, Maresciallo. Wie hat Ihnen denn das Buch gefallen?«

»Äh…«

»Eine brillante Autorin. Sie wird uns sehr fehlen. Schon mit dem Mädchen gesprochen?«

Er mußte einen Moment nachdenken, ehe er mitkam. »Sie meinen die Tochter? Nein, noch nicht.«

»Sie müßte aber inzwischen hier sein. Schon wegen der Beerdigung. Kommen Sie mich bald wieder besuchen. Ich möchte verschiedenes mit Ihnen besprechen. Aber jetzt müssen wir weiter.«

Und schon stapfte sie in ihren derben Wanderschuhen los. Die Professoren und ihre Studenten verbeugten sich allesamt höflich und eilten hinterdrein.

Der Maresciallo, der ihnen nachsah, dachte, daß sie gewiß auch bei solchen Ausflügen hin und wieder einnickte, vielleicht vor einem Gemälde, vielleicht sogar an einer roten Ampel, aber diese wohlerzogenen Leute würden natürlich kein Wort darüber verlieren.

Ihm fiel ein, daß er den Capitano, den tyrannische alte Damen noch mehr aus der Fassung brachten als ihn, bezüglich der Signorina Müller nicht um Rat gefragt hatte. Im übrigen hatte er den Eindruck, daß er anfing, sie zu mögen. Vom anderen Ende der Brücke warf er noch einen hoffnungsvollen Blick flußaufwärts auf der Suche nach jenem blauvioletten Streifen am Horizont, der den Fallwind aus den Bergen anzukündigen pflegte. Aber nichts. Die Rot- und Ockertöne des Ponte Vecchio wirkten gedämpft, die Hügel dahinter lagen unter einem Dunstschleier. Na ja, Hauptsache, der Wind kam, bevor die Grippe auch ihn erwischte. Bis jetzt hatte er Glück gehabt und war mit einer einzigen schweren Erkältung Ende November davongekommen. Unwillkürlich beschleunigte er seinen Schritt, wie um zu verhüten, daß der Virus ihn einholte.

»Du darfst dir halt nur nicht einbilden, er wär böse auf dich, auch wenn's mal so aussieht.«

Der Maresciallo hatte den jungen Brigadiere Lorenzini vorübergehend mit der Leitung seines Büros betraut, und jetzt, um fünf Uhr nachmittags, war Lorenzini drin und redete. Guarnaccia zögerte an der Tür, im ungewissen, ob der Brigadiere telefonierte oder Besuch hatte. Wenn es sich irgend vermeiden ließ, wollte er nicht stören. Doch, es war zweifelsohne jemand bei ihm, sprach aber so leise, daß man nur ein schwaches, bekümmertes Murmeln hörte, ohne den Wortlaut ausmachen zu können.

Lorenzini klang mitfühlend. »Ich weiß, ich weiß, aber es ist nichts Persönliches, glaub mir. So ist er halt manchmal, und es hat keinen Sinn, ihn drauf anzusprechen, weil er doch nicht hinhören, geschweige denn antworten würde.«

Neuerliches bedrücktes Gemurmel. Der Maresciallo zog seine Brille heraus und polierte die Gläser, bevor er sie wieder in die Tasche schob. Ein Kaffee wäre nicht verkehrt, sobald Lorenzini die Person, die da bei ihm war, abgewimmelt hatte.

»Das glaube ich dir unbesehen – und merk dir: Auch wenn's vorbei ist, hat es keinen Sinn, ihn drauf anzusprechen, weil er sich dann nämlich nicht mehr erinnern kann und dir nicht glauben würde. Mach du nur ruhig deine Arbeit – und halt die Augen offen, denn wie schusselig er dir auch vorkommen mag… beinahe hätte ich gesagt: Er weiß, was er tut, aber natürlich weiß er's nicht. Trotzdem tut er das Richtige, und wenn du dich anstrengst, kannst du auch ohne hilfreiche Erklärungen was lernen. So, und nun Kopf hoch! Es ist doch immer noch besser, als den ganzen Tag in der Bude zu hocken, oder?«

Ein gewandter Redner, dieser Lorenzini. Konnte gut mit Leuten umgehen, besonders mit Ausländern… sprach auch einigermaßen Englisch…

Der Maresciallo warf einen Blick ins Dienstzimmer.

»Alles in Ordnung?«

»Jawohl.« Di Nuccio saß allein an der Funkvermittlung.

»Wo ist denn Fara?«

»Bei Lorenzini, dauert aber sicher nicht lange.«

»Ach…? Oh, da kommt er ja schon.«

Fara wurde rot wie eine Tomate, als er den Maresciallo sah, der ihm die Tür zum Dienstzimmer freigab und unverzüglich zu Lorenzini hinüberging.

»Können Sie mir ein Päckchen für die Staatsanwaltschaft herrichten, während ich den Papierkram erledige?«

»Wie groß?«

»Nur für ein paar Kapseln – ach, und legen Sie auch diese Packung bei, die mir der Apotheker gegeben hat. Wird dem Labor ein bißchen Zeit sparen, wenn sie die als Gegenprobe haben. … Was ist übrigens mit Fara los? Der Junge hat sich doch nicht in irgendwas reingeritten, oder?«

»Nein, er wollte bloß einen Rat von mir…« Lorenzini sah den Maresciallo forschend an und gestattete sich angesichts der ausdruckslosen Miene seines Chefs einen erklärenden Nachsatz: »Eigentlich hat er bloß ein bißchen Heimweh.«

»Na, da wird er bald drüber wegkommen – obwohl ich zugeben muß, daß diese Jungs heutzutage nicht so aussehen, als wären sie schon erwachsen genug für ihren Dienst. Aber das liegt vermutlich daran, daß ich alt werde, oder?«

»Ich fürchte, ja.« Lorenzini lächelte. »Aber mir geht's genauso, jetzt, wo wir den Kleinen haben. Müssen wohl väterliche Gefühle dahinterstecken. Ach, was ich noch sagen wollte: Die Fotos und die Pläne von der Villa Torrini sind gekommen. Wenn Sie also die Berichte noch fertigkriegen, dann können wir bei Dienstschluß alles zusammen wegschicken.«

»*Wenn* ich sie fertigkriege…«

Er schaffte es mit knapper Not. Erst schrieb er den

Durchsuchungsbericht und die Quittungen für Paß und Medikamente, dann öffnete er das Päckchen mit den Fotos, in der Hoffnung, darauf etwas zu entdecken, was er vor Ort übersehen hatte. Aber nein, Fehlanzeige. Nur die parfümierten Schaumflocken auf dem kalten, rotgefärbten Wasser und knapp darüber die blicklos auf ihn gerichteten Augen. Auf dem ersten Foto, das aufgenommen worden war, nachdem sie die Leiche umgedreht hatten, war auch seine Hand zu sehen. Die Glasscherbe in ihrem Gesäß. Das Getränk hatte sie nicht umgebracht – was immer in dem Glas gewesen war, sie hatte nicht davon getrunken. Aber warum lag es dann unter ihr? Er versuchte sich vorzustellen, was passiert, wenn einem ein Glas in die Wanne fällt und zerbricht. Man würde raussteigen, oder? Nicht drin sitzen bleiben und die Scherben aus dem Wasser fischen, sondern aufstehen … und vielleicht ausrutschen und sich schneiden – aber ob man dann nicht schrie? Oder ohnmächtig wurde… In jedem Fall würde es einigen Lärm verursachen, und Forbes – Forbes war nicht betrunken, zu dem Zeitpunkt noch nicht. Sie waren gerade erst heimgekommen, und Signora Torrini hatte sie noch gesehen. Die alte Dame würde sagen – oder fiele das auch unter die Rubrik übler Nachrede gegen einen, der so gut wie tot war? Er würde sie selber fragen müssen. Eins aber konnte er sofort klären. Er rief das gerichtsmedizinische Institut an.

»Nein, bedaure, er ist nicht da. Kann ich Ihnen vielleicht weiterhelfen? Ich bin sein Assistent. … Ja… ja… hab ich – nein, nicht nötig, ich erinnere mich ganz genau, daß wir die Schnittwunden auf post mortem diagnostiziert haben. Es ist zwar relativ viel Blut ausgetreten, weil sie im warmen

Wasser lag und obendrein mit dem ganzen Körpergewicht auf den Scherben lastete, aber kein Vergleich zu der Blutung, die solch tiefe Schnittwunden ausgelöst hätten, wenn sie noch am Leben gewesen wäre. Sonst noch was?... Keine Ursache.«

Eine Sackgasse. Dann also die Fastenkur. Die einzige, die er danach fragen konnte, war Signora Torrini, aber die ging nicht ans Telefon, obwohl er es ewig läuten ließ, weil er einkalkulierte, daß sie den Apparat erst lange würde suchen müssen. Merkwürdig. Er hatte den Eindruck gehabt, sie ginge nicht mehr aus, obwohl natürlich von Zeit zu Zeit der berühmte Giorgio auftauchen und sie vielleicht irgendwohin begleiten würde. Nun, da half alles nichts: Er mußte sich bei Gelegenheit an Forbes persönlich wenden. Ein Gedanke, der ihm gar nicht gefiel. Er war nach wie vor der Meinung, daß jeder andere besser geeignet wäre, Forbes zu verhören. Der Maresciallo gestattete sich einen flüchtigen Gedanken an die Signorina Müller, verwarf ihn jedoch gleich wieder. Das war mit ziemlicher Sicherheit eins von den Themen, über die sie *nicht* nachdachte. Er konnte sich ihre Reaktion lebhaft vorstellen: ›Fastenkuren!‹ Und dann würde sie das Gespräch unverzüglich auf eine höhere Ebene emporstemmen.

Seufzend fing er an zu tippen.

Unmittelbar nach Betreten des Schauplatzes wurde im Badezimmer des fraglichen Hauses, dessen Raumaufteilung den beigefügten Plänen zu entnehmen ist, ein weiblicher Leichnam sichergestellt...

Es kam darauf an, sich gegen alle Eventualitäten abzusichern. Der Maresciallo schob die Zunge zwischen die

Zähne, zielte mit zwei Wurstfingern auf die gewünschten Tasten und schrieb:

Aus den am Leichenfundort sichergestellten Spuren lassen sich zum gegenwärtigen Zeitpunkt keinerlei verbindliche Rückschlüsse auf Fremdeinwirken ableiten. Unter dem Vorbehalt, Nachstehendes gegebenenfalls durch Erkenntnisse aus meinen weiteren Ermittlungen ergänzen zu dürfen, übersende ich Ihnen in der Anlage:
– Totenschein
– Durchsuchungsbericht
– Sequestration zu zwei Arzneikapseln
– Sequestration zum Reisepaß von FORBES, JULIAN
– Fotografische Dokumentation
– Protokolle der Aussagen von TORRINI, EUGENIA *und* MÜLLER, ELISABETH

»Maresciallo?« Lorenzini klopfte kurz und kam mit dem Päckchen herein, als der Maresciallo eben seine Unterschrift unter den Bericht setzte, in dem alles aufgelistet, aber nichts geklärt war.

Er nahm die kleine, mit Bindfaden verschnürte Schachtel entgegen. »Bitten Sie doch einen der Jungs um ein Feuerzeug, ja?«

Lorenzini hielt zwischen zwei Fingern ein schwarzes Plastikfeuerzeug in die Höhe. »Schon geschehen.«

»Ah... Gehen Sie ruhig heim, es ist schon spät. Das hier können wir dem Staatsanwalt auch morgen schicken. Um die Zeit dürfte der kaum noch im Büro sein.«

Doch da hatte sich der Maresciallo geirrt. Ausgerechnet

als er das rote Wachs auf die Paketkordel träufelte, läutete das Telefon.

»Verdammt!« Wer immer das war, er würde warten müssen, bis er genügend Wachs geschmolzen und eine Hand frei hatte. Es war Fusarri.

»Da bin ich aber froh, daß ich Sie noch erwische. Ich höre, Sie waren in der Gerichtsmedizin. Schlechte Nachrichten, was?«

Der Maresciallo, dem der saloppe Kommentar in dem Zusammenhang unschicklich vorkam, schwieg. Darüber konnte Fusarri nur lachen. »Aber Maresciallo, nun erzählen Sie mir bloß nicht, daß eine ordentliche Mischung aus Alkohol und Schlaftabletten Ihnen nicht genauso willkommen gewesen wäre wie mir.«

Andererseits hatte es auch keinen Sinn, den Mann unnötig zu verärgern.

»Ganz recht, Signore. Natürlich hätte er dann behauptet, daß es Selbstmord war.«

»Natürlich. Aber immer noch besser, als mit leeren Händen dazustehn, so wie jetzt. Sie glauben doch, daß er's war.«

»Zum gegenwärtigen Zeitpunkt«, zitierte der unglückliche Maresciallo den Bericht auf seinem Schreibtisch, »lassen sich keinerlei Rückschlüsse auf Fremdeinwirken...«

»Uff! Dann müssen wir ihm eben anders beikommen. Gehen Sie zu ihm. Nehmen Sie seine Aussage zu Protokoll.«

»Ich dachte, daß Sie vielleicht...«

»Nein, nein, nein! Sie sind genau der richtige Mann dafür!«

Dem Maresciallo sank der Mut. Aber er besann sich gerade noch rechtzeitig, langte nach dem Siegel und drückte das Staatswappen mit der Aufschrift *Carabinieri Regione Toscana Stazione Palazzo Pitti* in das langsam erkaltende rote Wachs.

»Sind Sie noch dran?«

»Ja, Signore. Ich gehe gleich morgen hin.«

»Ausgezeichnet. Meiner Meinung nach ist er einer von diesen aufgeblasenen Intellektuellen. Mich würde er bestimmt totreden. Aber ich glaube nicht, daß ihm das bei Ihnen gelingt. Schade, daß ich bei diesem Aufeinandertreffen zweier diametral entgegengesetzter Geister nicht Mäuschen spielen kann, aber damit muß ich mich wohl abfinden. Sagen Sie ihm, ich hätte veranlaßt, daß die Leiche freigegeben wird. Er kann seine Frau beerdigen.«

»Und sein Paß… Ich meine, falls er danach fragt.«

»O nein! Den kriegt er so schnell nicht wieder! Führen Sie die üblichen Entschuldigungen an, Verzögerungen auf dem Dienstweg, alles unter Kontrolle, eine Sache von Tagen, eben das gängige Bürokratenchinesisch. Es ist übrigens auch Geld im Spiel, eine ganze Menge sogar. Ich hatte Besuch von einem Rechtsanwalt – aber zerbrechen Sie sich darüber nicht den Kopf, das erledige ich schon und halte Sie auf dem laufenden.«

»Besten Dank.«

War es möglich, daß der Capitano recht hatte? Daß Fusarri vielleicht… aber nein! ›Aufeinandertreffen zweier Geister!‹ Der Bursche machte sich gewiß nur lustig über ihn.

»Keine Ursache. Kostet mich doch bloß ein paar Telefonate nach England. Ihre Talente sind anderswo viel mehr von Nutzen. Also reden Sie mit diesem Forbes. Ich könnte mir gut vorstellen, daß Sie dem Kerl Angst einjagen.«

»Ich… *ihm?*«

»Tragen Sie eigentlich immer diese dunkle Brille?«

»Die brauch ich wegen einer Allergie«, verteidigte sich der Maresciallo, »meine Augen vertragen kein Sonnenlicht. Was zum Teufel…«

»Schon gut, schon gut.« Und Fusarri legte auf.

Es war nicht recht. So ein exzentrischer Mensch – das konnte nicht gutgehen. In diesem Beruf brauchte man ernsthafte Männer, Männer wie den Capitano Maestrangelo. Nein, es konnte einfach nicht gutgehen.

5

In dem wuchtigen Kamin flackerte ein Holzfeuer. Der Maresciallo war froh darüber, denn es gab sonst keine Heizung in der umgebauten Scheune. Aber das Feuer brannte offenbar noch nicht lange, denn in kurzen Abständen stahl sich ein blaßblaues Rauchwölkchen zwischen den Scheiten hervor und kräuselte sich bis hinauf zum Sims. Der harzig süße Holzgeruch vermischte sich mit dem aromatischen Duft des frischgebrühten Kaffees, den der Maresciallo widerstrebend abgelehnt hatte. Aber er wollte von diesem Forbes nichts annehmen. Er war nicht sicher, ob der Mann gerade erst aufgestanden war oder ob er nur Kaffee kochte, um eine Beschäftigung zu haben und seinem Besucher nicht untätig gegenübersitzen zu müssen. Wahrscheinlich kam beides zusammen.

Vor dem Kamin lag ein langfloriger weißer Teppich, und der Maresciallo achtete darauf, daß seine schwarzen Schuhe möglichst nicht mit ihm in Berührung kamen. Ein sehr gemütliches Zimmer, auch wenn er der Stabilität des Bambussessels mißtraute und sich entsprechend vorsichtig hinsetzte. Hübsch, aber zerbrechlich, dachte er und versuchte, sich ganz ruhig zu halten, denn sowie er sich bewegte, quietschte der Sessel unter ihm.

Forbes redete wie ein Wasserfall. Seit der Ankunft des

Maresciallos hatte er kaum einmal Luft geholt. Er sprach in der Hauptsache von sich. Der Maresciallo hörte nicht hin – zumindest nicht auf den Inhalt, sondern nur auf die Laute, den Akzent, die Angst. Als Forbes endlich auch an den Kamin kam, brachte er zwei Tassen mit.

»Sie haben doch nur aus Höflichkeit nein gesagt, stimmt's?«

Jetzt immer noch abzulehnen wäre wohl übertrieben gewesen. Dieser verfluchte Mistkerl! Hatte Signora Torrini nicht gesagt, Forbes erwiese ihr dauernd Gefälligkeiten, obwohl sie das eigentlich gar nicht wollte, nur um sich beliebt zu machen? Jetzt verstand er erst richtig, was sie damit meinte. Er hätte den ausgezeichneten Kaffee sehr gern getrunken, wenn nur ein anderer als Forbes ihn angeboten hätte. Wahrscheinlich war auch Signora Torrini froh gewesen, daß sich jemand um ihre Zitronenbäumchen kümmerte, doch dieser Jemand hätte ihr Sohn sein sollen. Trotzdem hatte Forbes seine Sache sicher sehr gut gemacht. So wie er auch jetzt einen guten Kaffee gekocht hatte. Wodurch alles nur noch schlimmer wurde. Und wie der Kerl redete! Er saß jetzt in dem Bambussessel ihm gegenüber, hatte die Beine übereinandergeschlagen, strich sich mit einem langen, überschlanken Finger den Bart und hatte den Ellbogen auf ein Knie gestützt. Dieses Knie zitterte. Nur ganz leicht zwar, aber es zitterte.

Wie schnell ihm die Haare ausgehen, dachte der Maresciallo mit einem Blick auf Forbes' Geheimratsecken und eingedenk des fast kahlen Hinterkopfs. Trotzdem wirkte der Mann jugendlich. Vielleicht weil sein Teint so zart und rosig war, wie man das oft bei Nordeuropäern fand.

»In diesem Beruf darf man sich nicht von Gefühlen unterkriegen lassen, sonst ist man bald weg vom Fenster. Ich habe einen Termin, den ich unbedingt einhalten muß.«

»Beruf?« Der Maresciallo tauchte kurz aus seinen Gedanken auf. Seines Wissens hatte Forbes keinen Beruf.

»Na, der Artikel, den ich für eine englische Sonntagszeitung schreibe. Der muß spätestens morgen auf die Post. Und darum versuche ich trotz allem zu arbeiten. Sie hätte es so gewollt.«

Der Maresciallo starrte ihn an, trank gedankenlos einen Schluck Kaffee und stellte dann, ärgerlich auf sich selbst, die Tasse auf den niederen Bambustisch, der zwischen ihnen stand.

Wieder sah er Forbes durchdringend an, bevor er verkündete: »Ich bin hier, um Ihnen zu sagen« – Forbes hatte nicht einmal gefragt, warum er gekommen war –, »daß der stellvertretende Staatsanwalt den Leichnam Ihrer Frau freigegeben hat. Wahrscheinlich möchten Sie sie so rasch wie möglich beisetzen lassen – morgen schon oder spätestens übermorgen.«

»Tut mir leid. Meine Freunde, ein Ehepaar, das uns beiden nahesteht – sie ist Engländerin, er Italiener –, die werden das alles für mich übernehmen. Die beiden schätzen mich sehr und wissen, daß ich diesen Artikel unbedingt schreiben muß, und abgesehen davon, solchen Dingen einfach nicht gewachsen bin.«

»Für uns alle kommt einmal im Leben der Zeitpunkt«, erklärte der Maresciallo, »wo wir uns mit ›solchen Dingen‹ befassen müssen. Sagten Sie, diese Leute sind mit Ihnen befreundet, oder waren es Freunde von Ihrer Frau?«

Signora Torrini war vielleicht etwas tattrig, aber diesen Burschen hatte sie durchschaut, was Guarnaccia jetzt zugute kam.

Forbes' Gesicht wurde zornrot. »Meine, wenn überhaupt. Besonders die Frau, Mary. Um ehrlich zu sein… na ja, sie war immer schon ein bißchen verliebt in mich. So etwas kommt vor, verstehen Sie – in gewissen Kreisen. Und da wird es auch durchaus akzeptiert.«

Wie schön, dachte der Maresciallo, besonders, wenn es darauf hinausläuft, daß andere einem das Begräbnis der eigenen Frau organisieren.

Forbes lehnte sich elegant zurück und spreizte eine Hand ab, eine Geste, die er offenbar den Italienern abgeschaut hatte.

»Ich hätte es nicht erwähnen sollen. Für jemanden wie Sie ist so was natürlich schwer zu verstehen, das begreife ich. Aber in verschiedenen Milieus gelten eben auch unterschiedliche Normen.« Die schwungvolle Handbewegung gelang formvollendet, doch der Maresciallo wußte, auch ohne hinzusehen, daß das übergeschlagene Bein immer noch zitterte und daß der Fuß auf und ab wippte, um dieses Zittern zu kaschieren.

»Das sind sehr hübsche Möbel«, sagte er, bemüht, ein unheimliches Knacken zu überspielen, das durch die behutsame Drehung entstand, mit der er Forbes besser ins Auge zu fassen hoffte.

Forbes war so verstört, daß es ihm mitten im Diskurs über das Gefälle zwischen den verschiedenen Milieus die Sprache verschlug. Der Maresciallo war nicht minder verstört, weil er ganz unverhofft in ein Wespennest gestochen hatte. Die Möbel schienen Forbes sehr viel mehr aufzuregen als die Beerdigung.

»Es sollte eine Überraschung sein, weiter nichts – diese Möbel waren ein Geschenk, und trotzdem könnte man meinen… aber wer hat Ihnen das überhaupt erzählt?«

»Was denn?«

»Irgend jemand muß es Ihnen gesteckt haben – vermutlich die Torrini, ich weiß, daß Sie bei ihr waren.«

»Ja, das stimmt.« Was war nur los mit dem Mann? »Aber wir haben uns nicht über Ihre Möbel unterhalten.«

»Verdammte Scheiße!« Er wandte sich ab und bedeckte das Gesicht mit der Hand. Forbes weinte. Der Maresciallo wartete schweigend. Es passierte also nicht nur, wenn er betrunken war. Bloß, warum sollte er ausgerechnet bei der Erwähnung seiner Möbel in Tränen ausbrechen? Nach einer kleinen Weile dämmerte ihm eine mögliche Erklärung.

»Sie sagen, es handelte sich um ein Geschenk. Waren die Möbel für den Geburtstag Ihrer Frau bestimmt?«

Forbes zog ein Taschentuch hervor und schneuzte sich lautstark. »Verzeihung. Nein, nicht zum Geburtstag. Es war ein Weihnachtsgeschenk.«

»Verstehe.« Der Maresciallo sah zu, wie der andere sich mit der Hand übers Gesicht fuhr.

»Ich dachte nur, Sie hätten an dem Tag etwas für Ihre Frau gekauft.«

»An welchem Tag?« Er langte nach seiner Tasse und schenkte sich aus der achteckigen Kanne nach, die am Feuer stand.

»An dem Tag, an dem sie gestorben ist. Das war doch ihr Geburtstag.«

Er zögerte, hätte um ein Haar die Tasse fallen lassen und verbrühte sich, als er sie auffing. »Herrgott! Jetzt hab ich mich verbrannt!« Er sprang auf und lief hinüber in den Küchenbereich, wo er, unablässig weiterfluchend, das Eisfach des Kühlschranks aufriß und seine Hand hineinschob.

»Sie hatten's also vergessen?«

»Ich muß da was drauf machen...« Damit rannte er die Wendeltreppe in einem Tempo hoch, das der Maresciallo nicht für möglich gehalten hätte. Aber natürlich war Forbes dran gewöhnt. Und außerdem hatte er es doppelt eilig, weil er auch vor seiner Frage davonlief. Nun, der Maresciallo hatte Zeit.

Trotzdem kam er nicht weiter, und wer weiß, vielleicht würde er hier nie zum Zuge kommen. Er hatte einfach keine Ahnung, wie er diesen Forbes packen sollte, und befürchtete außerdem, daß der seine Abneigung gegen ihn spürte. Wenn ja, dann würde das womöglich zu einer Beschwerde führen, zu Protestnoten des Konsuls, des Botschafters...

Guarnaccia hörte Forbes oben herumkramen. Er blieb eine ganze Weile weg und trug, als er wiederkam, um die rechte Hand einen ungeschickt mit der linken angelegten Verband. Der Maresciallo sagte nichts dazu, sondern fuhr fort, als ob Forbes seinen Platz nie verlassen hätte.

»Ich sprach gerade davon, daß Sie den Geburtstag Ihrer Frau vergessen haben. Hoffentlich hat sie's nicht zu schwer genommen?«

»Sie hat's gar nicht gemerkt. Ich meine, sie erwähnte es mit keinem Wort, und darum nehme ich an, sie hatte es selber vergessen...« Sein Blick schweifte ruhelos durchs Zimmer. Der Maresciallo, der ihn nicht aus den Augen ließ, kam zu dem Schluß, daß er nirgends hinschaute, sondern vielmehr nach etwas suchte.

»Komisch«, sagte er gedehnt, »komisch, daß ihre Freunde es auch alle vergessen hatten. Andererseits, falls Sie allein nicht dran gedacht hätten, die anderen dagegen wohl, dann hätte sie vielleicht aus Taktgefühl nichts gesagt. Frauen sind so, haben Sie nicht auch die Erfahrung gemacht?«

»Keine Ahnung«, gab Forbes unwirsch zurück. »Aber wenn Sie sonst keine Fragen mehr haben – ich sagte ja bereits, daß ich noch arbeiten muß.«

»Da wären noch ein oder zwei Punkte«, erklärte der Maresciallo bedächtig den jetzt ruhig und gleichmäßig brennenden Flammen. Er rührte sich nicht und spürte mehr, als daß er sah, wie Forbes' fieberhaft suchender Blick starr auf einem Punkt verharrte. Und indem er sich ein ganz klein wenig zurücklehnte, sah er sie auch – eine braune Lederhandtasche, die über einer Stuhllehne hing.

»Ich sollte Sie vielleicht darauf hinweisen«, sagte er, »da Sie ja neulich unpäßlich waren und es vielleicht nicht mitbekommen haben, daß unsere Spurensicherung das ganze Haus abgesucht hat – insbesondere nach Indizien für einen Selbstmord. Also Abschiedsbrief, Tabletten und so weiter.«

Forbes blieb stumm. Er dachte ein Weilchen nach, dann glitt sein Blick ins Leere bei dem Versuch, dem Maresciallo von Mann zu Mann in die Augen zu sehen, was kläglich mißlang.

»Die Post hat immer sie geholt. Der Briefträger steckt alles in den Kasten unten beim Tor. An dem Tag stopfte sie den ganzen Packen in ihre Tasche. Es sei nichts Wichtiges dabei, sagte sie…«

»Sehr taktvoll.« Der Maresciallo zückte sein Notizbuch.

»Was machen Sie da?« fragte Forbes erschrocken.

»Keine Sorge«, versetzte der Maresciallo ruhig. »Ich halte nicht fest, daß Sie den Geburtstag Ihrer Frau vergessen haben. Aber als ich das letzte Mal hier war, da waren Sie nicht in der Verfassung, mir zu schildern, wie der Tag verlief, der mit dem Tod Ihrer Frau endete. Können wir das jetzt nachholen? Haben Sie an dem Tag gestritten?«

»Nein!«

»Wann sind Sie morgens aufgestanden?«

»Früh. Ich jedenfalls. Ich hab mit der Arbeit an meinem Artikel angefangen. Celia schlief länger, weil sie am Abend zuvor lange nicht hatte einschlafen können.«

»Kam das oft vor?«

»Ich weiß nicht… Mitbekommen habe ich es nur, wenn sie's mir sagte und länger im Bett blieb. Ich dagegen schlafe schon, wenn ich nur den Kopf aufs Kissen lege.«

»Da müssen Sie ja ein reines Gewissen haben.« Es war ein Versuch, freundlicher zu erscheinen, doch der Maresciallo merkte im nachhinein, daß er dabei vermutlich zumindest hätte lächeln sollen.

»Ich arbeite sehr hart!« Die Beine waren immer noch übereinandergeschlagen, aber die Arme hielt er jetzt fest vor der Brust verschränkt.

»Und Sie haben auch an diesem Vormittag hart gearbeitet. Wie lange?«

»Das kann ich nicht genau sagen. Ein paar Stunden. Dann haben wir etwas gegessen.«

»Was?«

»Was wir gegessen haben? Ein englisches Frühstück. Von mir zubereitet.«

»Und woraus besteht ein englisches Frühstück? Eier…?«

»Eier und Speck, Tomaten, Würstchen, Toast. Von Zeit zu Zeit haben wir gern so reichlich gefrühstückt und dann durchgearbeitet bis zum Abendessen.«

»Und Ihre Frau hat das alles mitgegessen?« Wer weiß, vielleicht war auch das einer dieser Liebesdienste, die er anderen aufdrängte, und sie hätte eigentlich nichts weiter gewollt als eine Tasse Kaffee. »Sie war nicht grade auf Diät?«

»Warum sollte sie?«

»Sie starb mit leerem Magen. Wann haben Sie denn dieses englische Frühstück gegessen?«

»So gegen zehn.«

Das erklärte die Sache vermutlich, aber er würde zur Sicherheit trotzdem beim Gerichtsmediziner rückfragen. Von zehn Uhr morgens bis sechs Uhr abends hatte sie nichts mehr gegessen. Er machte sich einen Vermerk in sein schwarzes Notizbuch und schrieb absichtlich langsam, in der Hoffnung, Forbes irgendeine Reaktion zu entlocken, doch ohne Erfolg. Der Mann konnte sich den Pathologiebefund seiner frisch verstorbenen Frau anhören, ohne mit der Wimper zu zucken, aber wegen der neuen Möbel fing er an zu heulen!

»Und was war am Nachmittag?«

»Da sind wir in die Stadt gefahren. Erst waren wir auf der Post, dann haben wir uns getrennt. Sie ging zum Friseur – der hat über Mittag offen, und da ist am wenigsten los…«

Er bückte sich, um zwei Scheite nachzulegen, und hantierte unnötig lange damit herum. Der Maresciallo wartete schweigend.

Brüsk richtete Forbes sich auf. »Als die Läden nach der Mittagspause öffneten, haben wir uns wiedergetroffen und sind…«

»Wo waren Sie?«

»Bitte?«

»Wo waren Sie, während Ihre Frau beim Friseur war?«

»Ich habe eine Freundin besucht – Mary. Das ist die Frau, die…«

»Ich erinnere mich.«

»Sie hatte ein paar Bücher, die ich für meinen Artikel brauchte. Ich wollte mir bei ihr Rat holen, das war alles. Sie hat mal etwas Ähnliches für die *Herald Tribune* geschrieben, und da dachte ich, ich könnte mir einiges an Recherchen sparen. Es ist nichts passiert.«

»Haben Sie's versucht?«

»Nein, ich hatte andere Sachen im Kopf.«

»Und dann?«

»Nichts weiter. Wir haben noch Lebensmittel eingekauft und sind wieder heimgefahren. Celia wollte ein Bad nehmen… ein Bad vor…«

Auf seiner Stirn bildeten sich winzige Schweißperlen. Er sprang auf, schürte abermals das Feuer und setzte sich dann, mit fest vor der Brust gekreuzten Armen, auf die Kante seines Sessels.

»Bitte, erzählen Sie weiter.«

»Da gibt's nichts zu erzählen! Ich hab die Einkaufstüten ausgepackt, während sie ihr Bad nahm, das ist alles. Alles, verstehen Sie! Als sie ewig nicht runterkam, hab ich nach ihr gerufen, weil… Ja, richtig, ich wollte selber auch noch baden – das hatte ich ganz vergessen –, aber sie antwortete nicht. Also ging ich nachsehen, und da lag sie…«

»Sie hatte die Tür nicht abgeschlossen?«

»Natürlich nicht. Warum sollte sie, wo wir doch allein im Haus waren? Außerdem kann man die Badezimmertür gar nicht abschließen…« Das rasende Tempo, in dem sein Knie auf und ab wippte, konnte unmöglich beabsichtigt sein.

»Fahren Sie fort.«

»Aber womit denn! Ich kann doch nicht… Ich hab gesehen, daß sie tot war. Sie war tot…«

»Und woran ist sie Ihrer Meinung nach gestorben?«

»Woher soll ich das wissen? Ich meine, ich dachte an einen Herzanfall, irgend so was. Was hätte ich sonst denken sollen? Was glauben Sie, wie mir zumute war?«

»Ich weiß nicht. Die meisten hätten an Ihrer Stelle einen Arzt gerufen oder wenigstens einen Nachbarn um Hilfe gebeten.«

»Ich war viel zu durcheinander. Stand unter Schock. Nicht einmal erinnern kann ich mich mehr, so durcheinander war ich, können Sie das begreifen?«

»Also haben Sie was getrunken. Und Sie waren ganz sicher, daß sie tot war? Ich meine, haben Sie ihren Puls gefühlt, den Herzschlag?«

Forbes starrte ihn entsetzt an. Er wollte etwas erwidern, hielt sich aber im letzten Moment zurück. Seine Stirn glänzte jetzt vor Schweiß.

»Sie hätte ja noch am Leben sein können. Wenn Sie einen

Herzanfall vermuteten, dann wäre es doch naheliegend gewesen, den Notdienst vom Herzzentrum anzurufen.«

»Sie war tot! Wer hätte da noch helfen sollen, wenn sie doch tot war?«

»Aber Sie haben sich nicht vergewissert.«

»Ich konnte sie nicht anrühren… Ich konnt's einfach nicht! Ich hatte nie zuvor einen Toten gesehen, geschweige denn berührt…«

»Und trotzdem waren Sie überzeugt, daß Ihre Frau tot war.«

»So was weiß man einfach.«

»Und dann sind Sie hingegangen und haben eine ganze Flasche Wein ausgetrunken.«

»Ich weiß nicht mehr. Ich war so durcheinander. Und da hab ich angefangen zu trinken.«

»Was war in ihrem Glas?«

»Wein. Schlicht und einfach Wein. Manchmal trank sie um die Zeit gern einen Gin Tonic, aber an dem Abend war's Wein – ich hab ihn ihr hier unten in der Küche eingeschenkt, und sie hat ihn mit raufgenommen.«

»Und dann haben Sie sie nicht mehr gesehen, bis sie tot war – oder Sie sie für tot hielten.«

»Sie *war* tot.« Er ließ den Kopf in die Hände sinken, und der Maresciallo hörte ein unterdrücktes Wimmern. »O Gott, warum muß das gerade mir passieren? Mein Gott, warum?«

Passiert, dachte der Maresciallo, ist es deiner Frau. Aber er sprach den Gedanken nicht aus, sondern rückte nur vorsichtig ein Stück weiter vom Feuer weg, das ihm mittlerweile fast die Knie anschmorte.

»Ich höre, Ihre Frau hat Sie gut versorgt hinterlassen. Sie und natürlich auch Ihre Tochter.«

»Sie ist nicht meine Tochter. Es ist Celias Tochter aus erster Ehe.«

»Oh, bitte entschuldigen Sie. Ich dachte...«

»Dann haben Sie eben falsch gedacht. Celia hat ihr sicher das Haus in London vererbt, das weiß ich.«

»Sie wird zur Beerdigung herkommen?«

»Ja, und damit hat sich's.«

»Sie beide haben sich demnach nicht gut verstanden.«

»Das hab ich nicht gesagt.«

»Nein, aber wenn Sie sie nicht hierhaben wollen...«

»Sie studiert in England und führt ihr eigenes Leben.«

Es war nicht anders zu erwarten, sagte sich der Maresciallo. Ein Mann, der nicht einmal soviel Verantwortungsgefühl aufbringt, um für die Beerdigung der eigenen Frau zu sorgen, wird kaum die Verantwortung für deren Tochter übernehmen wollen. Forbes war aufgestanden. Er war sehr erregt, was er zu verbergen suchte, indem er sich mitsamt den Kaffeetassen in den Küchenbereich verdrückte. Der Maresciallo hatte das untrügliche Gefühl, daß es ihn große Anstrengung kostete, nicht einfach auf und davon zu laufen. Aber alles, was er sich getraute, war, dem Maresciallo den Rücken zuzukehren, während er die Tassen abwusch und dann noch einmal gründlich nachspülte.

»Das wär's dann wohl, nehme ich an? Ich meine, Sie haben meine Aussage zu Protokoll genommen, und wir können sie begraben. Damit ist die Geschichte zu Ende, nicht?«

»Sehr wahrscheinlich. Nur muß der Pathologe noch die

Untersuchungsergebnisse der inneren Organe auswerten, bevor er seinen Bericht abschließen kann.«

Das zeitigte keine Reaktion.

»Ich muß mein Leben leben. Was passiert ist, ist passiert, und ich muß sehen, daß ich irgendwie weiterlebe.«

Mein Leben, dachte der Maresciallo. Mein Leben, mein Artikel... Es erschütterte ihn so sehr, daß er es übernahm, die Worte zu sprechen, die Forbes nicht gefunden hatte: »Wie furchtbar traurig«, sagte er zu den knisternden Scheiten im Kamin, »daß es Ihrer Frau nicht vergönnt war weiterzuleben, daß eine so reichbegabte junge Frau auf diese Weise sterben mußte.«

»Wollen Sie etwa andeuten, daß ich es irgendwie hätte verhindern können?« Er stand immer noch mit dem Rücken zu ihm und hantierte jetzt geschäftig im Wandschrank.

»Nein, nein...«

»Tja, wenn das alles ist... Ich kann Ihnen jedenfalls nicht weiterhelfen.«

Der Maresciallo blieb sitzen, unsicher, verstört, aber auch unbeweglich.

»Lassen Sie sich nur Zeit«, sagte er, »und wenn Sie mit der Hausarbeit fertig sind, täten Sie gut daran, mir von den anderen Marys zu erzählen. Ich nehme doch an, daß es da noch andere gibt.«

Eins der brennenden Scheite rutschte vom Stapel und entsandte eine Wolke würzigen Rauchs ins Zimmer. Forbes hantierte immer noch außer Sicht in der Küche. Aber nach einer Weile trat er doch wieder an den Kamin.

»Wieso interessiert Sie das?«

»Ach, reine Routine, hauptsächlich, um die Möglichkeit eines Selbstmords auszuschließen. Eine betrogene Ehefrau... Wir werden, wie gesagt, erst dann völlige Gewißheit haben, wenn der endgültige Bericht des Pathologen vorliegt.«

»Mein Privatleben geht weder Sie noch Ihren Pathologen etwas an. Ich habe Affären gehabt, ja. Wer hat die nicht? Aber es war nie was Ernstes, und ich hatte niemals die Absicht, Celia zu verlassen, niemals!«

»Und wußte sie von den anderen Frauen?«

»Ja, sie wußte Bescheid. Weil ich's ihr gesagt habe.«

Das paßt zu ihm, dachte der Maresciallo. Er ist genau der Typ, der hingeht und alles beichtet, damit er sich hinterher besser fühlt.

»Und warum haben Sie das getan?«

»Weil ich ein Befürworter der offenen Beziehung bin. Es hätte mich belastet, Geheimnisse vor ihr zu haben. Außerdem – Sie haben sie ja nicht gekannt, aber sie hatte ein Herz, so groß wie eine Kathedrale. Sie war überhaupt nicht nachtragend, weil sie für alles Verständnis hatte. Und darum habe ich ihr auch alles erzählt.«

Arme Frau, dachte der Maresciallo.

»Und haben Sie ihr auch gesagt, daß Sie sie nie verlassen würden?«

»Aber natürlich. Das wußte sie genau.«

Dann hatte sie wahrhaftig ihr Kreuz zu tragen. Warum nahmen manche Frauen so etwas auf sich? Warum heirateten sie statt eines starken Mannes, der liebevoll für sie sorgte, Kerle wie den da? Wieso konnten sie ihre mütterlichen Instinkte nicht für ihre Kinder aufsparen?

»Ich möchte mich gerne mit diesen Damen in Verbindung setzen. Würden Sie mir Namen und Adressen geben?«

»Nein, das werde ich nicht tun! Hören Sie, was soll das eigentlich? Wollen Sie mir was anhängen, oder was?«

Der Maresciallo, der genau das versucht, aber nicht erreicht hatte, ließ es dabei bewenden. Er würde die Frauen auch so ausfindig machen. Das Begräbnis würde ihm Mary zuführen, und Mary würde ihn zu den anderen führen.

»Bitte, setzen Sie sich wieder«, sagte er. »Ich wollte Sie nicht aufregen. Aber Sie müssen doch verstehen, daß wir die Pflicht haben, Nachforschungen anzustellen, wenn jemand unter ungeklärten Umständen zu Tode kommt und die Todesursache nicht eindeutig festzustellen ist.«

Forbes trat noch einen Moment von einem Fuß auf den anderen, dann setzte er sich schweigend und starrte ins Feuer. Der Maresciallo musterte ihn von Kopf bis Fuß. Bis auf das Hemd trug er anscheinend dieselben Sachen wie neulich. Um die Tassen zu spülen, hatte er die Ärmel hochgeschoben, und die eine Manschette, die jetzt unterhalb des aufgekrempelten braunen Pulloverärmels baumelte, war arg durchgescheuert. Forbes' Unterarme waren ziemlich dünn und käsig. Jetzt begann er, die Ärmel herunterzurollen, hielt aber schon beim ersten zerstreut inne. Nirgends auch nur der kleinste Kratzer. Die Hände schlank, aber mit kräftigen Sehnen. Der Maresciallo stellte sich vor, wie diese Hände Celia Carters Kopf untertauchten, obgleich er wußte, daß er es nicht getan haben konnte, nicht ohne eine Schramme davonzutragen.

Säuglinge ersticken so. Wehrlose Babys, die den Kopf nicht heben können...

Warum hätte Celia Carter wehrlos sein sollen?

Den Blick immer noch auf die sehnigen Hände gerichtet, sagte er: »Ihr Vorgänger...«

»Vorgänger? Was soll denn das heißen?«

»Sie sagten doch eben, Ihre Frau sei schon einmal verheiratet gewesen. Und das Kind hat schließlich einen Vater, nicht?«

»Ach, der! Der ist tot. Er war sehr viel älter. Celia muß damals nach einer Vaterfigur gesucht haben. Immerhin hatte er einen Haufen Geld, und sie war hinterher fein raus. Als ich sie kennenlernte, war sie eine richtige lustige Witwe.«

»Dann steht das Kind jetzt ganz allein da – oder gibt es noch andere Verwandte?«

»Sie ist kein Kind mehr, und es kommt nicht in Frage, daß ich sie zu mir nehme!«

»Nein, nein... Sie hätten ja auch kaum genug Platz. Aber Sie sprachen von einem Haus in London?«

Wieder verschränkte Forbes abwehrend die Arme vor der Brust. »Das erbt garantiert sie. Ich lebe hier.«

»Warum?«

»Warum was?«

»Warum leben Sie hier? Ich frage nur so aus Neugier, aber ich kann mir nicht vorstellen, daß ich plötzlich mein Heimatland verlassen und mich irgendwo in der Fremde niederlassen würde... jedenfalls«, setzte er hinzu, »nicht ohne triftigen Grund.«

»Nein, das könnten Sie vermutlich nicht.« Der Maresciallo verstand sehr wohl, wie das gemeint war: Er wäre nicht dazu imstande, weil er einer niedrigeren Schicht angehörte, nicht aus dem richtigen Milieu kam, dem, das einem das Recht gab, von Land zu Land zu ziehen und sich – mit Billigung der eigenen Frau – in anderen Betten zu tummeln. Doch Guarnaccia ließ sich nicht beirren: »Wahrscheinlich gab es Probleme, die Sie dazu bewogen haben, England zu verlassen?«

»Nein, es gab keine Probleme!«

»Dann eine Beziehung, zu der Sie Abstand gewinnen wollten?«

»Nein! Haben Sie noch nie von Leuten gehört, die nach Italien oder Frankreich ziehen, weil es ihnen dort gefällt? Weil sie ein kultiviertes Ambiente schätzen – besonders Künstler und Schriftsteller… Na ja, davon lernen Sie in Ihrem Beruf wohl nicht viele kennen.«

»Viele nicht, nein«, bestätigte der Maresciallo bescheiden, »daher wahrscheinlich auch meine Neugier.«

Das Thema interessierte ihn wirklich. Vor allem aber überzeugten ihn die angeführten Gründe nicht. Was Forbes vorbrachte, klang plausibel, genau wie das, was die Signorina Müller über die besten Architekten der Welt und all das gesagt hatte. Trotzdem hatte er auch das nicht geschluckt. Schließlich gehörte man doch in das Land, in dem man geboren und aufgewachsen war. Und was war mit der Sprache? Außerdem hatte man nicht die gleiche Kultur, die gleichen Empfindungen wie andere Völker. Mit all dem belastete man sich doch nicht wegen ein paar schönen Bauwerken. Nein, nein, da mußte es schon noch einen anderen Grund geben. Die Italiener, die nach Deutschland gingen, taten das aus finanziellen Gründen, und sie konnten gar nicht schnell genug wieder heimkommen. In einer Notlage auszuwandern war eine Sache, sich freiwillig in die Verbannung zu begeben eine andere. Dafür mußte es einfach einen triftigen Grund geben. Vielleicht mußte man hartnäckig danach forschen, und womöglich würden die Befragten das Blaue vom Himmel herunterlügen, aber deswegen gab es ihn trotzdem, diesen Grund, und er würde ihn finden. Als dieser Entschluß gefaßt war, sagte er: »Ich weiß natürlich, wie sehr die Ausländer die hiesige Architektur schätzen und die Gemäldegalerien. Italien ist in der Tat ein wunderschönes Land. Ich stamme übrigens aus Sizilien.«

»Dann sind Sie aber auch ganz schön fern der Heimat.«

»Na ja, Sie wissen ja, wie das ist, beim Militär…«

Er konnte damit anfangen, daß er sich erkundigte, ob Forbes in England vorbestraft war. Nicht, daß er sich da große Hoffnungen gemacht hätte. Forbes sah aus wie einer, der ungerührt andere ins Elend stürzt, selbst aber immer heil davonkommt und fröhlich weitermacht – mit seinem Leben, mit seinem nächsten Artikel. Trotzdem würde der Maresciallo sich erkundigen.

Obwohl er längst alle Fragen gestellt hatte, die ihm nur einfallen wollten, saß er immer noch da und ließ den anderen seine Pausen füllen, bis er nur noch schwieg, während Forbes redete und redete, bemüht, ihn zu rühren, zu überzeugen, sich beliebt zu machen. Aber der Maresciallo sah ihn nur mit ausdruckslosen, hervorquellenden Augen an, und je zappeliger Forbes wurde, desto unbeweglicher saß er da. Als er meinte, nun habe sein Besuch lange genug gedauert, stand er abrupt auf, obwohl Forbes gerade mitten im Satz war. Er tat das nicht aus Unhöflichkeit. In Wahrheit hatte er, wie so oft, überhaupt nicht zugehört, sondern nur die wachsende Spannung beobachtet, die seinem Gefühl nach jetzt den Höhepunkt erreicht hatte. Der Mann hatte große Angst. Man konnte es förmlich riechen. Solche Angst, daß nicht einmal der ersehnte Aufbruch des Maresciallos ihm Erleichterung verschaffte – die freilich auch nur von kurzer Dauer gewesen wäre.

»Ich komme noch mal wieder«, erklärte der Maresciallo, als er seine Mütze zurechtrückte. »Im Laufe des Tages.« Das war ernst gemeint, auch wenn er eigentlich vorhatte, dann die Signorina Müller zu besuchen.

Forbes rieb ein Taschentuch zwischen seinen Handflächen, die offenbar ebenfalls schwitzten.

»Sie meinen, ich soll den ganzen Tag zu Hause bleiben…«

»Oh…« Der Maresciallo sah ihn zerstreut an. »Nicht, wenn Ihnen das Unannehmlichkeiten macht.«

Er hatte das sichere Gefühl, daß Forbes daheimbleiben würde, ja, daß er in jedem Fall geblieben wäre (selbst wenn er gewußt hätte, daß sein Besuch jemand anderem galt), einfach weil er nichts verpassen wollte. Schön und gut. Vielleicht fiel ihm ja noch etwas Sinnvolles ein, was er ihn bei seiner Rückkehr fragen konnte.

Und der Maresciallo kam zurück. Sein Wagen parkte gut anderthalb Stunden im Hof, wo man ihn von der Scheune aus gar nicht übersehen konnte, und der Kurzwellenempfänger durchbrach die Stille mit seinem Rauschen und Knattern und mit schnarrenden Stakkatodurchsagen. Ganz bestimmt hielt Forbes hinter der durchbrochenen Backsteinfassade Ausschau und lauschte.

Als der Maresciallo sich zum Gehen anschickte, senkte sich die Dämmerung über den kurzen Winternachmittag. Mechanisch knöpfte er seinen Überzieher zu und drückte die Mütze tiefer in die Stirn, als er auf den Wagen zuschritt, wo Fara schon den Motor anließ. Trotzdem überraschte ihn der kalte Luftzug, der ihm entgegenschlug. Binnen ein oder zwei Stunden war die Temperatur drastisch gesunken. Und als er nach links hinunter ins Arno-Tal blickte, sah er, wie in Florenz unter einer schweren, unbeweglich trägen Wolkendecke die ersten Lichter aufflammten. Doch jenseits der Stadt, wo das graue finstere Wolkenband zu Ende ging, zeichnete sich die Silhouette der Hügel glasklar vor einem blauvioletten, taghellen Horizont ab. Und weil es rings um die Villa Torrini so still war, konnte man es von weitem hören – ein fernes, schwaches Raunen.

6

Die *tramontana* erreichte Florenz noch in derselben Nacht. Sie fegte die roten Ziegel von den Dächern, warf Blumentöpfe von den Fensterbänken, schlug offene Fensterläden gegen bröckelnden Putz. Fernsehantennen wurden aus der Verankerung gerissen und baumelten bedrohlich über der Straße; Müllsäcke rutschten von allzu hoch getürmten Abfallhaufen und schlitterten den Gehsteig entlang, bis sie platzten und ihr Inhalt in die Freiheit trudelte. Mopeds stürzten um und blieben auf der Fahrbahn liegen; die Bäume schwankten und ächzten, indes ihre schwächeren Äste krachend niedersausten und die in ihrem Schutz geparkten Autos zerbeulten. Um drei Uhr morgens hatte der Nordwind fast alle Bewohner der Stadt aufgeweckt, und man sputete sich, die Läden zu verrammeln, vergessene Wäsche von der Leine zu holen oder eine besonders geliebte Balkonpflanze zu retten. Und als die Leute alle erdenklichen Vorkehrungen getroffen hatten, hielt der Lärm sie in ihren Betten wach: bald ein unheilvolles Krachen, das beängstigend nahe klang, bald das Heulen der Sirenen von Krankenwagen, Polizeiautos und Feuerwehr. Und als sie sich auch daran gewöhnt hatten, blieben sie wach, weil die Temperatur unter den Gefrierpunkt sank, sie sich aber nicht mehr dazu aufraffen konnten, aus dem Bett zu steigen und eine weitere Decke zu holen oder auch nur die Heizung anzustellen, die drei schwülwarme Wochen hindurch aus geblieben war. Die wenigen, denen es gelang, all diese Aufregungen zu verschlafen, wurden irgendwann sehr unsanft von Mann oder Frau geweckt.

»Hör doch! War das unser Dach?«

»Hast du die Läden alle zugemacht? Irgendwo klappert was!«

»Du schläfst doch nicht? Gut, dann zieh den Bademantel über und geh mal nachsehen – ach, und wenn du sowieso gerade auf bist…«

Der Maresciallo, dessen Läden alle gut verschlossen waren und der auch die Heizung eingeschaltet hatte, lag trotzdem wach und horchte auf die Geräusche von draußen. Sie waren es freilich nicht, die ihm den Schlaf raubten. Er lauschte ihnen nur, weil er ohnehin wach war und das schon seit geraumer Zeit. Die Schuld daran trug er selbst, und das wußte er auch. Guarnaccia litt Höllenqualen. Beim Abendbrot hatte er sich gehorsam an seine Diät gehalten, weshalb er hinterher, statt friedlich vor dem Fernseher einzudösen, noch munter genug gewesen war, um seine Notizen über das neue Strafrechtsverfahren zu studieren. Er hatte sich an den Küchentisch gesetzt, damit Teresa drüben im Wohnzimmer ungestört einen Film sehen konnte. Aber nach etwa anderthalb Stunden peinigte ihn der Hunger so arg, daß er sich dabei ertappte, wie er denselben Satz fünf- oder sechsmal hintereinander las, ohne auch nur ein Wort zu behalten. Und aus rechtschaffenem Zorn darüber, daß sein Magen ihn an der Erfüllung seiner Pflichten hinderte, machte er sich vier Panini mit einer Wurst, die gewürzt war mit Pfefferkörnern und Fenchelaroma. Einer frischen, fetthaltigen Wurst, die man beim besten Willen nicht mit Wasser hinunterspülen konnte. Guarnaccia spülte mit Wein nach.

Etwa eine halbe Stunde lang fühlte er sich richtig euphorisch und las frohgemut und zielstrebig weiter.

Hieraus erhellt eindeutig, daß Eingriffe dieser Art unvereinbar sind mit der Anklägerrolle des Staatsanwalts, welchem aufgrund des tradierten dialektischen Gleichgewichts zum Beklagten keinerlei Verfügungsgewalt über letzteren zusteht, woraus wiederum der Verzicht des erstgenannten auf jedweden Sonderstatus im verfahrenstechnischen Bereich erfolgt.

Was alles ganz plausibel klang, während er es las, sich aber regelmäßig in Luft auflöste, sowie er zum nächsten Absatz überging. Der Maresciallo nahm einen neuerlichen Anlauf, wobei er unbehaglich auf dem harten Stuhl herumrutschte und sich mit einer Hand zerstreut den Bauch tätschelte.

Unter Berücksichtigung dieses verkürzten Handlungsspielraums sieht die Prozeßordnung vor, die Amtsverrichtung vom Devolutionsrecht ins Substitutionsrecht umzuwandeln und die Rolle der Staatsanwaltschaft als Organ der Rechtspflege neu zu definieren...

Vielleicht, daß man sich in einem bequemen Sessel besser konzentrieren könnte. Eine Weile plagte er sich noch ab, bis ihm dämmerte, woher seine Beschwerden kamen. Die vier Stullen hatten sich in seinem Bauch scheinbar zu vier Brotlaiben ausgewachsen. Er hatte wohl übertrieben. Wie konnte er auch nur so leichtsinnig sein?

Das hatte er nun davon. Um vier Uhr morgens brannten die Pfefferkörner ihm Löcher in die Eingeweide, das Magenknurren vermengte sich mit dem Aufruhr draußen und mit den Problemen, die sich wie Mühlsteine in seinem Kopf wälzten. Und als alle Ingredienzen der Schlaflosigkeit beisammen waren, gab er noch die letzte und alles entscheidende Prise hinzu, indem er sich die bange Frage stellte, wie er seinen morgigen Auftritt vor Gericht überstehen sollte, wenn er heute nacht kein Auge zutat.

Schon wieder eine Sirene... diesmal von der Ambulanz. Wenn er weiter solche Blähungen hatte, würde er die auch bald brauchen. Vielleicht konnte er sich allein schon durch die Bewegung Linderung verschaffen, wenn er aufstand und etwas gegen Sodbrennen einnahm. Aber er war so müde und zerschlagen, daß er gar nicht erst aus dem Bett kam. Das ungestüme Heulen des Windes setzte ihm zu wie Kindergeschrei. Diffuse Ängste plagten ihn, doch er war zu müde, um ihnen auf den Grund zu gehen, auch wenn er sich noch so sehr anstrengte. Denn wenn er nun schon wach lag, konnte er wenigstens ein paar Dinge klären. Angefangen mit der Exilfrage. Da hatte er gar nicht so falsch gelegen. Signorina Müller hatte Österreich während des Krieges verlassen, weil ihre Mutter Jüdin war... Nein, schon vor dem Krieg, sobald ihr klar wurde, woher der Wind wehte, war sie nach London gegangen und von dort vor den Bomben in ein winziges Küstennest geflohen...

Ein ohrenbetäubender Krach, gefolgt von einem metallischen Scheppern draußen auf dem Kies. Bestimmt hatten die Bäume in den Boboli-Gärten heute nacht allerhand abgekriegt.

Aus dem Bedürfnis nach einer bequemeren Lage drehte er sich vorsichtig auf die Seite, aber das war noch schlimmer. Also rollte er sich wieder auf den Rücken, immer bemüht, Teresa nur ja nicht zu wecken.

Als feindlicher Ausländerin hatten sie ihr in England mit Internierung gedroht. Sie hatte zweifellos recht, wenn sie sagte, daß man nach einer solchen Erfahrung nirgends mehr richtig zu Hause ist und sich also getrost das Land aussuchen kann, das einem am besten gefällt.

Doch wie war das mit Forbes? Der Signorina Müller war nichts Ehrenrühriges über ihn bekannt, aber sie interessierte sich eben nicht sonderlich für andere Leute. Und nach allem, was sie durchgemacht hatte, konnte man es ihr nicht verübeln, daß ihr die Künste näherstanden als die Menschen. So lebte sich's gewiß ungefährlicher. Nun, wenn er vorbestraft war, würden sie das bald erfahren. Aufgrund des Territorialitätsprinzips waren die Engländer den hiesigen Rechtspflegeorganen gegenüber zur Auskunft verpflichtet... Was war doch gleich wieder bei der Rolle des Anklägers als Organ der Rechtspflege zu beachten? Richtig: *das tradierte dialektische Gleichgewicht zum Beklagten... hieraus erfolgt... hieraus erfolgt?*

Er lauschte. Das war die Feuerwehr. Wenn dieser elende Wind doch nur ein bißchen nachlassen wollte, aber das würde drei Tage dauern. Die *tramontana* brauchte immer drei Tage, bevor sie sich ausgetobt hatte. Dieses verdammte Sodbrennen! Wenn er sich wenigstens aufraffen könnte, in die Küche zu gehen und einen Kamillentee zu kochen. Hatte er eigentlich überhaupt schon geschlafen? Er konnte sich nicht erinnern.

Tatsächlich nickte er zwischendurch immer wieder kurz ein, war aber im Schlaf fast ebenso unruhig wie im Wachen. Der Wind heulte weiter, in seinem Hirn bekriegten sich die Gedanken, und er kam nicht gegen die Schmerzen an. Dennoch konnte er manches, was ihm durch den Kopf ging, nur geträumt haben. So zeigte Forbes ihm einmal seine Unterarme und erklärte, warum sie und seine Hände frei von Kratzern waren. Die Erklärung klang überzeugend, und der Maresciallo rang sich sogar dazu durch, den Mann jetzt, wo das Rätsel gelöst war, nicht mehr ganz so unsympathisch zu finden. Schuld war natürlich der Wind. Das hatte er nur nicht bedacht. Aber wie sollte ein Mensch auch denken, wenn er solche Bauchschmerzen hatte? Er tat immerhin sein Bestes. *Hieraus folgt… Eingriffe dieser Art… folgt eindeutig…*

»Salva!«

»Was ist los?«

»Du sprichst im Schlaf. Fehlt dir was?«

»Ich hab nur schlecht geträumt.«

Er wollte ihr nicht sagen, was ihm fehlte, denn dann würde er auch die vier Stullen beichten müssen.

»Du wälzt dich schon seit Stunden immerzu von einer Seite auf die andere.« Sie stellte keine peinlichen Fragen, sondern stand einfach auf und ging in die Küche. Er hörte, wie sie den Wasserkessel aufsetzte, und auch, wie sie den Kühlschrank aufmachte und im nächsten Moment: »Ja, um Himmels willen!« seufzte.

Sie brachte ihm zwei Tabletten zum Lutschen und dann eine Tasse Kamillentee, schön lauwarm. Gegen halb sechs schlief er ein.

»Professor Forli, nachdem Sie uns die Verletzungen beschrieben haben, welche die verstorbene Anna Maria Grazzini erlitten hat, können Sie uns da auch sagen, welche dieser Verletzungen die Todesursache war?«

»Die innere Blutung, hervorgerufen durch den Schlag, der zur Perforation der Bauchspeicheldrüse führte.«

»Und das steht zweifelsfrei fest?«

»Jawohl.«

»Herr Professor, hätte Anna Maria Grazzini Ihrer Meinung nach diese Verletzungen überleben können, sofern sie umgehend in ärztliche Obhut gekommen wäre?«

»Möglicherweise.«

»Würden Sie auch so weit gehen, es ›wahrscheinlich‹ zu nennen?«

»Ich denke, das kann ich vertreten, ja. Eine Bluttransfusion hätte sie fürs erste auf jeden Fall gerettet. Ich kann natürlich nicht ausschließen, daß aufgrund der Kopfverletzungen in der Folgezeit eventuell Komplikationen aufgetreten wären, doch die Wahrscheinlichkeit ist angesichts dieser für sich genommen relativ ungefährlichen Verletzungen eher gering.«

Der Maresciallo war eben erst gekommen und hatte sich auf seinen Platz gesetzt. Sein Gesicht brannte wie Feuer, doch als er sich umsah, stellte er fest, daß es fast allen so ging. Auf dem Herweg hatte ihnen der eiskalte Wind ins Gesicht gepeitscht, und nun saßen sie in einem überheizten Gerichtssaal.

»Wenn also die Angeklagten, als sie endlich von dem inzwischen praktisch bewußtlosen Opfer abließen, einen Notarzt gerufen hätten, statt jener unheilvollen, gemeinsam getroffenen Entscheidung zu folgen, dann wäre Anna Maria Grazzini Ihrer Meinung nach noch am Leben?«

»Mit der Einschränkung, daß unvorhergesehene Komplikationen hätten auftreten können, würde ich das fast mit Sicherheit bejahen.«

»Und falls die Angeklagten später den Rat des Beamten befolgt hätten, der ihren Notruf bei der Polizei entgegennahm und sie aufforderte, einen Rettungswagen zu rufen – hätte das Opfer selbst *dann* noch eine realistische Überlebenschance gehabt?«

»Dazu müßte ich wissen, wieviel Zeit verstrichen war und wieviel Blut die Frau inzwischen verloren hatte.«

»Ich kann Ihnen nicht sagen, Herr Professor, wieviel Blut sie verloren hat, aber ich kann Ihnen sagen, daß, während die Angeklagten ihr blutendes, halb ohnmächtiges Opfer hinunter zum Wagen trugen oder schleiften und mit ihm in eine ruhige Seitenstraße hinter dem Forte del Belvedere fuhren, schätzungsweise fünfzehn bis zwanzig Minuten verstrichen – vorausgesetzt, die zu Protokoll gegebenen Zeiten sind korrekt.«

»In dem Fall ist die Wahrscheinlichkeit geringer...«

»Aber sie besteht immer noch?«

»Möglicherweise, ja.«

»Und trotzdem sind, wie wir gehört haben, noch einmal *kostbare zehn Minuten*...«

»Einspruch!« Der Verteidiger war aufgesprungen. »Mein Mandant konnte unmöglich wissen, daß Signora Grazzini eine innere Blutung davongetragen hatte. Ich protestiere gegen diese im höchsten Grade tendenziöse Art der Befragung.«

»Stattgegeben. Die Anklage ist gehalten, sich auf die zur Tatzeit waltende Faktenlage zu beschränken. Nachträgliche Spekulationen sind vor Gericht unerheblich.«

Womit er recht hat, dachte der Maresciallo. Trotzdem würden die Ausführungen des Staatsanwalts, selbst wenn sie aus dem Protokoll gestrichen wurden, ihre emotionale Wirkung auf die Geschworenen nicht verfehlen. Die Verteidigung plädierte auf fahrlässige Tötung, womit sie rein juristisch gesehen womöglich sogar richtig lag, aber der Staatsanwalt wollte den Angeklagten einen Mord anhängen, und er würde höchstwahrscheinlich damit durchkommen, schon allein, weil die Kerle sich ihrer so feige entledigt hatten. Ihnen war es einzig darum gegangen, sie loszuwerden, und am Ende hatten sie sie ihm aufgehalst.

»Ich behaupte«, dröhnte der Staatsanwalt ungerührt, »daß die drei Angeklagten sich über das Ausmaß der Verletzungen, die sie der Grazzini zugefügt hatten, sehr wohl im klaren gewesen sind. Ja, es kann gar nicht anders sein, denn warum hätten sie sonst alles daran gesetzt, die Frau loszuwerden? Hätten sie, wie behauptet, ihr größtes Problem wirklich in der Trunkenheit der Grazzini gesehen – was wäre dann naheliegender gewesen, als sie einfach ins Bett zu legen? Damit sie ihren Rausch ausschlafen konnte! Mario Saverino und Chiara Giorgetti hatten doch erreicht, was sie wollten, nicht wahr? Sie konnten das Kind zum Weihnachtsfest mit zu sich nach Hause nehmen. Und warum, meine Damen und Herren Geschworenen, warum taten sie das nicht? Warum entwarfen sie statt dessen einen ausgeklügelten Plan, um sich der Grazzini zu entledigen, um sie – und nicht das Kind! – aus der Wohnung zu bekommen? Sie haben gehört, was Mario Saverino aussagte: ›Wir wollten nicht, daß sie stirbt. Nein, keiner wollte, daß sie stirbt, und darum haben wir die Polizei gerufen.‹ Und damit, meine Damen und Herren, haben wir aus dem Munde eines der Angeklagten den Beweis dafür – einen spontan und aus eigenem Antrieb gelieferten Beweis –, daß die drei sehr wohl wußten, wie gefährlich die Verletzungen der Grazzini waren. So gefährlich, daß sie die Frau aus lauter Angst loswerden wollten. So gefährlich, daß sie fürchteten, falls die Grazzini sterben und man sie in ihrer Wohnung finden würde …«

»Einspruch!«

»Stattgegeben. Herr Staatsanwalt, ich sehe kaum einen relevanten Bezug zwischen Ihren Spekulationen und dem Gutachten des Herrn Gerichtsmediziners. Vielleicht sparen Sie sich Ihre Ausführungen für Ihr Plädoyer auf. Bitte, Herr Verteidiger.«

Der Maresciallo hatte erleichtert festgestellt, daß der Staatsanwalt, zwar aggressiv wie eh und je vorging, den Pathologen aber mit seiner Wiederholungstaktik verschonte. Vielleicht war diese Taktik ungeeignet für maßgebende Zeugen und blieb den Wehr- und Ahnungslosen vorbehalten. Der Maresciallo hätte gern gewußt, wohin er zwischen diesen beiden Extremen gehörte.

Jetzt hatte Chiara Giorgettis Verteidiger das Wort. Er mußte ihr unbedingt Bewährung verschaffen, egal, wie das Urteil ausfiel, und zwar wegen des kleinen Mädchens. Man hatte sich nach langem Hin und Her darauf geeinigt, daß das Kind nicht auszusagen brauchte. Das war immerhin etwas. Zwar hatte man sie verhört und ihre Antworten aufgezeichnet, aber wäre sie vorgeladen worden, dann hätte sie mit ihren zehn Jahren unweigerlich verstanden, daß sie in einem Mordprozeß gegen ihre eigene Mutter aussagte.

Der Maresciallo hatte das Kind in den letzten Wochen zweimal besucht. Die Großmutter schickte das Mädchen nicht mehr zur Schule. Das hatte natürlich Ärger gegeben, doch er konnte es ihr kaum verdenken. Die einzige Lösung wäre wohl, die Kleine, wenn alles vorüber war, in eine andere Schule zu schicken.

Mein Gott, war das eine Hitze! Giorgettis Anwalt war klein, dick und polterig, und sein Gesicht glühte wie eine Pfingstrose über der verrutschten weißen Halsbinde.

»Spricht irgend etwas für die These, daß Anna Maria Giorgetti – Verzeihung, Chiara Giorgetti sich der Verletzten ganz einfach entledigen wollte? Wenn es so gewesen wäre, warum machte sie dann – und zwar aus eigenem Antrieb – den ersten Anruf bei der Polizei? Einen Anruf, der sie leicht hätte belasten können, ja, der sie belastet hat! Gleichwohl entschloß sie sich zu diesem Anruf, ganz allein, aus eigenem Impuls und gegen den Widerstand von…«

Warum zum Teufel konnte er ihre Namen nicht behalten? Der Prozeß dauerte doch inzwischen lange genug. War er nur ein schlechter Redner, oder hatte auch er Probleme mit dem neuen System?

»Von… Mario Saverino. Sie haben sich geirrt, waren ahnungslos – ahnungslos, was die Folgen ihres Tuns betraf, und warum? Weil sie eben nicht wußten, ja gar nicht wissen konnten, wie schwer die Grazzini verletzt war. Bitte, sagen Sie uns, Professor Forli: Hätte ein Laie überhaupt erkennen können, daß eine innere Blutung eingesetzt hatte?«

»Das würde ich bezweifeln.«

»Es gibt dafür also keine – sagen wir äußeren Anzeichen?«

»O doch...«

»Aber keine, die eine so unerfahrene Person wie Chiara Giorgetti oder meinetwegen auch ich zu deuten wüßte?«

»Ich fürchte, nein, außer...« Der Pathologe warf einen Blick zum Richtertisch und entschloß sich dann fortzufahren: »Außer, daß in diesem Fall einer der Beteiligten die Verletzung verursacht hatte und wohl kaum annehmen konnte, daß ein derart heftiger Schlag in den Unterleib folgenlos bleiben würde.«

Sehr verärgert, aber dennoch außerstande zu parieren, wühlte der Anwalt in seinen Notizen und versuchte dem Richter darzulegen, daß der verhängnisvolle Schlag hier nicht zur Debatte stünde, ja bereits erwiesen sei, daß seine Mandantin – deren Name ihm gerade noch rechtzeitig einfiel – nicht diejenige gewesen sei...

»Ja, ja, das ist uns hinreichend bekannt. Können wir dann fortfahren?«

»Keine weiteren Fragen.«

Der Maresciallo wollte sich schon erheben, aber nach kurzem Flüstern hin und her hatte es den Anschein, als wolle Chiara Giorgetti sich in eigener Sache äußern. Nun, viel schlechter als ihr Anwalt konnte sie sich wohl auch nicht vertreten. Und da setzte sie sich auch schon auf den roten Plastikstuhl, die Augen fest auf den Richter geheftet. Zwei Carabinieri nahmen hinter ihr Aufstellung. Giorgettis schwarze Haare waren im Gefängnis gewachsen und hingen ihr strähnig um den Kopf. Aber abgenommen hatte sie bestimmt nicht, denn sie wirkte so unförmig wie eh und je in dem rotgrünen Glitzerpullover. Der Maresciallo erinnerte sich, daß sie den oder einen ganz ähnlichen auch bei der Festnahme getragen hatte, einen Festtagspulli für den Heiligabend.

»Signora Giorgetti, in welchem Verhältnis standen Sie zu der verstorbenen Anna Maria Grazzini?«

Der Staatsanwalt führt das Kreuzverhör, aber sie sah trotzdem immer nur den Richter an.

»Wir waren nicht verwandt…« Ihre laute Stimme wurde schwächer, als sie merkte, wie stark sie durchs Mikrophon dröhnte, das sie mit ihrer kratzigen Röhre gar nicht gebraucht hätte. Tatsächlich machte sie Miene, davon wegzurücken, traute sich dann aber doch nicht.

»Dem Gericht ist bekannt, daß keine Blutsverwandtschaft vorliegt. Bitte schildern Sie uns, wie gut Sie sie kannten, welche Rolle sie in Ihrem Leben spielte, in welchem Verhältnis Sie zueinander standen.«

»Sie hatte ein Verhältnis mit Antonio.«

Man sah gleich, daß sie sich nicht für die Fragen des Staatsanwalts interessierte. Und sie beantwortete sie so lässig, wie man eine Fliege verscheucht. Womöglich hatte sie gehofft, sich direkt an den Richter wenden und ihn bitten zu können, sie – wegen des Kindes – aus der Haft zu entlassen.

»Die Verstorbene war die Lebensgefährtin von Antonio Pecchioli, Ihrem geschiedenen Mann, ist das richtig?«

»Ja.«

»Haben Sie Ihren Mann wegen seiner Beziehung zur Grazzini verlassen?«

»Was? Nein. Wie hätte das gehen sollen? Er kannte sie damals ja noch gar nicht. Er hat sie erst später kennengelernt.«

»Nachdem Sie ihn verlassen hatten und mit Mario Saverino zusammengezogen waren, den Sie später heirateten?«

»Ja.«

»Das Sorgerecht für Ihr Kind wurde Ihrem Mann zuerkannt?«

»Einspruch!« Das Gesicht des Anwalts war womöglich noch röter als zuvor, als er jetzt aufsprang, doch sein Einspruch wurde abgewiesen. Der Maresciallo sah sich in dem überheizten Saal um und beobachtete, statt der Verhandlung zuzuhören, Gesichter. Es gab kaum etwas, das er nicht über Chiara wußte, deren Mutter, die sich jetzt um die Kleine kümmerte, vor Jahren zu ihm gekommen war, weil sie herausgefunden hatte, daß ihre Tochter heroinsüchtig war. Das heißt, herausgefunden war wohl nicht ganz das richtige Wort, schon weil sie von solchen Dingen keine Ahnung hatte.

»Sie hat's mir gesagt, ach was, ins Gesicht geschrien hat sie's mir... Ich konnte ihr nichts mehr geben, und da hat sie mich geschüttelt, ja sogar geschlagen hat sie mich. Sehen Sie sich nur mein Auge an. Ich schäme mich, so einkaufen zu gehen, aber man läßt mich ja sowieso nirgends mehr anschreiben. Ich habe nur meine Rente, wissen Sie, und obwohl das Mädel sonst tagelang nicht nach Hause findet – am Zahltag ist sie immer da. Jedesmal...«

Selbst nach diesem Vorfall war die arme Frau wieder zu

ihm auf die Wache gekommen und wollte in aller Unschuld Anzeige erstatten, weil man bei ihr eingebrochen und den Fernseher gestohlen hatte. Er hatte sie mit Mühe davon abgehalten, den Diebstahl anzuzeigen, und überredete sie statt dessen, Chiara in eine Entziehungskur zu schicken. Und sie hatte tatsächlich die Finger von dem Zeug gelassen, vor allem, weil sie fast unmittelbar nach der Entlassung von Pecchioli schwanger geworden war. Pecchioli, der nur halb so groß war wie sie und dem Gewicht nach höchstens ein Viertel von ihr – Pecchioli, der den Maresciallo so sehr an seinen armen kleinen Freund Vittorio erinnerte! Aber er hatte sie bei der Stange gehalten. Er ging seiner Arbeit nach und kümmerte sich rührend um das Kind. Sie waren einigermaßen zurechtgekommen, hatten sich jedenfalls über Wasser gehalten, und nach acht Jahren Ehe waren sie sogar soweit, daß sie bei ihrer Mutter ausziehen und sich eine eigene Wohnung nehmen konnten. Die war dunkel und eng und die Miete dafür unverschämt hoch, aber trotzdem... Und dann kam eines Tages Saverino daher, und Chiara tauschte das karge Leben und ihre winzige Küche gegen vergnügte Abende in den Clubs und ein paar neue Kleider. Doch sie fand sich nur zu bald am Spülstein wieder; diesmal gelegentlich mit einem blauen Auge zur Belebung der eintönigen Hausarbeit. Die Frage des Sorgerechts für das Kind war in Wirklichkeit nie von Amts wegen geklärt worden. Die Kleine blieb bei ihrem Vater, weil ihre Mutter sie verlassen hatte, und ihre Mutter verschwendete nie einen Gedanken an sie, bis es ihr irgendwann richtig dreckig ging und sie begriff, daß sie nichts und niemanden mehr hatte. Saverino blieb zwar bei ihr, vorausgesetzt, sie spurte, aber er langweilte sich mit ihr. Und da fiel Chiara plötzlich ein, daß sie Sehnsucht nach ihrer kleinen Fiammetta hatte, die ihr doch wenigstens die Einsamkeit vertrieben hätte. Selbst dann war sie nicht so dumm, das Sorgerecht zu beantragen. Saverino hatte ein Vorstrafenregister – kein aufsehenerregendes, aber er war immerhin vorbestraft. Chiara selbst war aktenkundig wegen Drogenmißbrauchs, und ihr Anwalt versuchte sie eben jetzt daran zu hindern, daß sie das preisgab.

»Einspruch! Herr Vorsitzender, seit der Geburt des Kindes vor zehn Jahren…«

»Stattgegeben.«

»Würden Sie dem Gericht bitte schildern, wie es zu dem Streit kam, der zum Tode der Anna Maria Grazzini führte?«

»Es war Heiligabend. Antonio hatte versprochen, daß ich Fiammetta über Weihnachten haben dürfte. Mario und ich, wir sind hin, um sie zu holen.«

»Um wieviel Uhr war das?«

»Weiß ich nicht.«

»Sie wissen es nicht!«

Schon wieder seine bewährte Masche! Aber in diesem Fall war sie zumindest nicht ganz unberechtigt, weil Chiara log, genau wie die beiden anderen gelogen hatten, als es um den Zeitpunkt ging, zu dem der Streit ausgebrochen war. Der Staatsanwalt vermutete zu Recht, daß sie das Kind wohl kaum um Mitternacht abgeholt hatten. Und doch war die Grazzini in den frühen Morgenstunden auf der Straße abgeladen worden. Dafür gab es nur eine logische Erklärung, daß nämlich die drei stundenlang gezögert hatten, ehe sie sich entschieden, die schwerverletzte Frau loszu-werden. Stunden, in denen sie wissen mußten, wie schlecht es um sie stand, weil sie sonst ihrer Wege gegangen wären. Aber sie gingen nicht, sondern blieben, alle drei, blieben mit einer Frau zusammen, die ihnen unter den Händen verblutete, während das Kind… Stunden voll panischer Angst, in denen sie, statt wie gelähmt dazusitzen, das Leben der armen Frau hätten retten können und sich selbst vor dem bewahren, was nun geschah. Warum hatten sie so gehandelt? Aus Selbsterhaltungstrieb natürlich, und genau der war ihnen dann zum Verderben geworden. Wenn sie es nicht so raffiniert hätten anstellen wollen…

Und Forbes? Auch er hatte sich, nachdem geschehen war, was auch immer geschehen sein mochte, hingesetzt und nachgedacht, und beim Denken begann er, um sich Mut zu machen, mit dem Trinken. Das war sein Verhäng-nis gewesen. Daß er sich sinnlos betrunken hatte.

»Ich hatte alles vorbereitet. Eine Krippe hab ich gekauft und einen Baum mit richtigen Kerzen. Geschenke…« Chia-ra versagte die Stimme, und als sie weitersprach, gingen ihre Worte fast in Schluchzen unter: »Ich wollte mein klei-nes Mädchen bei mir haben! Es war doch Weihnachten, und ich wollte…« Sie wischte sich die Tränen von den Wangen und schniefte so laut, daß das Mikrophon fast ex-plodiert wäre. »Ich hab kein Taschentuch…«

Die kleine Fiammetta wäre die einzige gewesen, die ihnen hätte sagen können, wann ihre Mutter und Saverino eingetroffen waren. Aber sie hatte nichts verraten.

»Ich kann mich nicht erinnern. Aber ich glaube, es war schon sehr spät.«

Und ihre Augen in dem Gesichtchen, das zu alt war für den schmächtigen Körper, hatten den Maresciallo angefleht, nicht weiter in sie zu dringen.

»Möchtest du wieder bei deiner Mami wohnen?«

»Ja.«

»Bist du denn nicht gern bei der Oma?«

»Doch.«

»Aber du willst nicht bei ihr bleiben?«

»Doch, aber ich darf nicht.«

»Wenn du sagst, daß du's möchtest, dann darfst du schon.«

»Nein, es geht nicht. Meine Mami hat's gesagt.«

»Wieso? Hat sie dir auch gesagt, warum's nicht geht?«

»Weil die Oma schon sehr alt ist und bald sterben wird, wie Bobo.«

»Wer ist Bobo?«

»Der Kater von der Oma. Er ist gestorben, weil er sehr alt war, und überfahren hat man ihn auch noch, und sie tun einen in eine Kiste, wenn man tot ist, und da kann man nicht raus, weil man auf dem Friedhof bleiben muß, und darum muß ich zu meiner Mami ziehen.«

Obwohl ihr kleines Gesichtchen schon so alt und verhärmt aussah, war ihr Geist ebenso unterentwickelt wie ihr Körper. Als der Maresciallo sie fragte, ob sie ihm erzählen könne, was passiert sei, da malte sie ihm ein Bild, das er nicht verstand, obwohl sie ihm die Strichmännchen einzeln beim Namen nannte.

Später hatte ein Kinderpsychologe die Zeichnung und das Kind analysiert und dringend davon abgeraten, Fiammetta dem Prozeßgeschehen auszusetzen.

»*Hast du meinen Papa ins Gefängnis gesperrt, oder macht er Ferien?*«

Er hatte ihr darauf nicht antworten können, aber zum Dank dafür, daß er bei ihr ein Auge zugedrückt hatte, ließ sie es ihm durchgehen.

»War die Grazzini schon betrunken, als Sie ankamen – wann immer das gewesen sein mag?«

»Sie war betrunken und machte uns eine schreckliche Szene.«

»Kam das oft vor?«

»Nicht andauernd, aber wenn, dann hat sie voll durchgedreht. Antonio wollte immer, daß sie zum Doktor geht, aber sie hat ja nicht auf ihn gehört.«

»Wieso sollte sie zum Arzt? Weil sie Alkoholikerin war?«

»Sie war keine Alkoholikerin, sie war bekloppt. Der Suff hat's immer in Gang gebracht, aber sie war bekloppt, und Antonio meinte, das wär von dem Unfall gekommen. So ein Kerl im Lieferwagen hat sie mal mit ihrem Moped zusammengefahren, und dabei ist ihr der Schädel aufgeplatzt. Danach fing es an. Sie ging immer in diese Pianobar auf der Piazza, wo gesungen wird, und früher oder später fing sie mit irgendwem Streit an. Und wenn die sie vor die Tür setzten, dann drohte sie, daß sie ihnen die Fenster einschmeißt und lauter solche Sachen. Sie brüllte und keifte stundenlang, und dann klappte sie auf einmal zusammen und fing an zu heulen. Der Wirt mußte nach Antonio schicken, damit der sie holt, und Antonio hatte solche Mühe mit ihr, daß er oft grün und blau war, bis er sie endlich zu Hause hatte.

Vor dem Unfall war sie ganz anders, aber daß sie zum Doktor geht, das hat er trotzdem nicht geschafft.«

»Und an dem fraglichen Abend: War sie da ausfallend, oder hatte sie schon das depressive Stadium erreicht?«

»Sie hat rumgebrüllt wie verrückt.«

»Also war sie ausfallend?«

»Sie hat geschrien, und nach Antonio hat sie sogar getreten, weil sie nicht wollte, daß er uns Fiammetta mitnehmen läßt.«

»Hat sie einen Grund dafür genannt?«

»Fiammetta könne auch Weihnachten bei ihr verbringen, hat sie gesagt, wenn ihr Haus das ganze Jahr hindurch gut genug für sie sei.«

»Und das schien Ihnen Grund genug, sie zu schlagen?«

»Niemand hat sie geschlagen! Sie war's, die um sich gehauen hat – und damit wir Fiammetta nicht mitnehmen konnten, hatte sie ihre Kleider versteckt.«

»Was denn, all ihre Sachen?«

»Das, was sie hätte anziehen sollen. Die Sachen, die ich ihr gekauft hatte – einen rosa Trainingsanzug, in den sie ganz vernarrt war. Eigentlich sollte sie den zu Weihnachten kriegen, aber ich hatte ihn Antonio schon vorher gegeben, damit sie ihn anziehen konnte, wenn sie mit zu uns kam. Und diese Schlampe hatte ihn versteckt – oder weggeschmissen. Jedenfalls haben wir ihn nicht wiedergefunden.«

»Hatten Sie denn gar kein Verständnis dafür, daß es zu gewissen Reibereien kam, wenn Anna Maria Grazzini, die Ihre Tochter in der Tat das ganze Jahr über betreute, Ihnen das Kind zu Weihnachten plötzlich abtreten sollte?«

»Weihnachten? Was für ein Weihnachten hätte sie denn dort gehabt? Da war doch nirgends eine Kerze oder auch nur ein bißchen Lametta aufgehängt. Die Wohnung war ein Saustall, und die Frau hatte nicht mal was zum Essen eingekauft. Darum war Antonio ja auch auf unserer Seite. Wie hätte er das Kind in so einem Dreckloch lassen können!«

»Nun gut, aber wie wir gehört haben, kam es nicht oft zu solchen Szenen, und es bleibt die Tatsache, daß die Grazzini sich um Ihre Tochter gekümmert hat.«

»Was denn, das nennen Sie kümmern? Herrgott noch mal, es war neun Uhr, und das Kind hatte noch nicht mal was zu essen gekriegt!«

Der Staatsanwalt entspannte sich und wartete schweigend, bis auch der letzte es begriffen hatte. Erst sah es so aus, als ob Chiara die einzige im Saal wäre, die nicht merkte, was sie angerichtet hatte. Dann zischte Saverinos Stimme hinter den Gitterstäben seines Käfigs hervor.

»Blöde Kuh!« herrschte er sie an.

In panischer Angst riß sie den Kopf herum, und als sie die Siegerpose des Staatsanwalts erblickte, verzog sich ihr Gesicht, und sie gab ein furchtsames Winseln von sich.

Ihr Anwalt erhob sich, röter und nervöser denn je, und bat um die Erlaubnis, sich mit seiner Mandantin zu beraten, was ihm auch gestattet wurde.

Während der nun folgenden Unterbrechung hörte der Maresciallo, wie jemand hereinkam und auf der Pressebank Platz nahm. Galli von der *Nazione*. Merkwürdig, war eigentlich nicht seine Kragenweite, dieser Prozeß. Er interessierte sich sonst nur für größere Fälle. Außerdem war schon ein Reporter von der *Nazione* da, ein sehr viel jüngerer Mann. Galli, der eben seinen langen grünen Lodenmantel auszog, war wie immer tadellos gekleidet und sah aus, als käme er frisch vom Friseur. Gut möglich, daß es so war. Was sollte denn das? Galli machte quer durch den Saal Zeichen, aber es blieb keine Zeit festzustellen, wem sie galten und warum, denn just in dem Moment wurde der Maresciallo aufgerufen.

Er hatte kein ungutes Gefühl, als er auf dem roten Plastikstuhl Platz nahm, der allerdings viel zu klein war für ihn. Der Staatsanwalt bildete sich jetzt bestimmt ein, er hätte Chiara ausgetrickst und sie dazu verleitet, die Uhrzeit preiszugeben. Dabei hatte er sie in Wirklichkeit nur als Rabenmutter vorführen wollen, um zu beweisen, daß kein Grund bestand, ihr, im Interesse des Kindes, ein leichteres Strafmaß zuzubilligen. Das Geständnis war eine reine Gratisdreingabe und weit eher Chiaras Unbeherrschtheit zu verdanken als dem taktischen Geschick des Anklägers… Abgesehen von einem leichten Augenjucken und einer gewissen Benommenheit nach der schlaflosen Nacht, fühlte der Maresciallo sich stark und zuversichtlich in dem Bewußtsein, daß er alles über Chiara und ihre Familie wußte, während die anderen schon Mühe hatten, ihre Namen zu behalten. Er war endlich wieder auf der Höhe. Zudem hatte Teresa nach der Wurstorgie seine Diät abgeblasen und persönlich sein Frühstück überwacht. Doch falls da eine Verbindung bestand, so war sich der Maresciallo ihrer nicht bewußt. Er fühlte sich nur einfach besser.

»Maresciallo, war Ihnen schon vor den tragischen Ereignissen vom Weihnachtsabend bekannt, daß und warum Antonio Pecchioli Probleme mit der Grazzini hatte?«

»Jawohl. Die Besitzer des Cafés, in dem sie Stammgast war, haben uns einmal ihretwegen alarmiert.«

»Würden Sie dem Gericht den Vorfall schildern?«

»Pozzi, der Inhaber des Cafés, genannt Piano Bar, an der Piazza dei Cardatori Numero zehn, rief an dem fraglichen Abend um neunzehn Uhr fünfundzwanzig die Wache im Palazzo Pitti an und meldete einen randalierenden Gast. Ich ging persönlich in Begleitung von Carabiniere di Nuccio zur Piazza dei Cardatori und fand Anna Maria Grazzini draußen vor dem Café, wo sie auf dem Gehsteig saß. Eine Gruppe von Anwohnern stand um sie herum, offenbar bemüht, sie zum Heimgehen zu bewegen.«

»Und ist Ihnen die Grazzini durch aggressives Verhalten aufgefallen?«

»Nicht, als wir dazukamen. Vorher hatte sie im Café etliche Gläser und einen Stuhl zertrümmert, aber als wir eintrafen, da weinte sie nur noch laut und beschuldigte alle Welt, weil man sie angeblich schlecht behandle.«

»Mit anderen Worten, Sie haben die Grazzini zu keinem Zeitpunkt gewalttätig erlebt?«

»O doch! Als Carabiniere di Nuccio ihr aufhelfen wollte, hat sie ihm ein blaues Auge geschlagen.«

»Aber kann man das Ihrer Meinung nach wirklich als aggressives Verhalten einstufen, Maresciallo, oder würden Sie es nicht eher auf etwas übermäßigen Weingenuß zurückführen?«

»Weder noch.« Jetzt konnte er es nicht mehr verhindern.

»Weder noch?«

Die bewährte Taktik! Der Maresciallo zuckte nicht mit der Wimper.

»Pozzi, der Wirt, versicherte mir, daß sie völlig nüchtern ins Café gekommen sei und nur zwei Gläschen getrunken habe. Ihr Benehmen war schon sehr eigenartig, und mehrere Zeugen bestätigten, daß ihre Ausfälle auf den Mopedunfall zurückgingen.«

»Verstehe. Aber selbst wenn Sie die Grazzini, aus welchem Grund auch immer, in gewalttätiger Stimmung erlebten, waren Sie doch imstande, sie zu bändigen – Sie beide oder nur der Carabiniere?«

»Nur Carabiniere di Nuccio.«

»Und war er gezwungen, seinerseits Gewalt anzuwenden, um die Grazzini zu bändigen? Hat er ihr Handschellen angelegt? Sie geschlagen? Zu Boden geworfen?«

»Sie saß ja bereits auf dem Gehsteig. Aber als er sich niederbeugte, um mit ihr zu reden, da fuchtelte sie so wild mit den Armen, daß er sie mit aller Kraft festhalten mußte. Nachdem er sie endlich auf die Füße gestellt hatte, brachten wir sie nach Hause und übergaben sie der Obhut von Antonio Pecchioli.«

»Ich danke Ihnen, Maresciallo. Also, meine Damen und Herren Geschworenen, ich halte fest: Ein einziger Mann war in der Lage, die Grazzini ohne Gewaltanwendung zu bändigen, als sie sich in einem hochgradig aggressiven Zustand befand. Kommen wir nun zum vierundzwanzigsten Dezember. Maresciallo, wollen Sie uns bitte die Ereignisse dieses Tages aus Ihrer Sicht schildern?«

Der Maresciallo war mit dem Verlauf der Befragung alles andere als zufrieden. Es mußte doch jedem einleuchten, daß die Anwesenheit zweier großer, kräftiger Männer in Uniform mehr bewirkte als alles Zureden der eigenen

Familie. Aber er hatte keine Ahnung, ob er sich gegen diese irreführende Interpretation zur Wehr setzen durfte. Eher unwahrscheinlich, dachte er. Es war schließlich nicht seine Aufgabe… wenn auch der Gerichtsmediziner seinen Einwand vorgebracht und darauf hingewiesen hatte… Der Augenblick der Entscheidung verstrich, und ihm blieb keine andere Wahl, als mit seiner Aussage fortzufahren.

»Morgens um 2 Uhr 17 läutete es mehrmals an der Pforte unserer Wache im Palazzo Pitti. Meine Männer, deren Schlafsaal über dem Büro mit der Klingelanlage liegt, hörten es, und zwei von ihnen gingen hinunter ans Haustelefon. Eine Frau, die ihren Namen nicht nennen wollte, behauptete, sie sei gerade über die Piazza Pitti gegangen, als vor unserem Tor jemand zusammenbrach. Auf die Frage, ob sie einen Krankenwagen gerufen habe, antwortete sie, nein, es gebe keine Telefonzelle in unmittelbarer Nähe und die Bars seien alle schon geschlossen. Als meine Männer ans Tor eilten, fanden sie Anna Maria Grazzini am Boden liegend. Von der Frau, die bei uns geläutet hatte, keine Spur. Einer der Carabinieri telefonierte nach einem Krankenwagen, der andere kam und holte mich.«

»Danke, Maresciallo, das genügt fürs erste. Wenn ich recht orientiert bin, dann ist doch die Wache im Palazzo Pitti des Nachts geschlossen, und alle Notfälle werden direkt über Ihr Präsidium in Borgo Ognissanti abgewickelt?«

»Jawohl. Wer Hilfe braucht oder eine Straftat melden will, kann sich entweder persönlich dorthin wenden oder gegebenenfalls unter 112 den Notdienst anrufen.«

»Eben. Und wie wir bereits wissen, hatten Chiara Giorgetti und Mario Saverino zwar versucht, unter 113 den polizeilichen Notdienst zu erreichen. Doch als das nicht zum erhofften Resultat führte, riefen sie nicht, wie man ihnen geraten hatte, die Ambulanz und alarmierten auch nicht den Notdienst der Carabinieri unter 112 – nein, sie kamen zum Palazzo Pitti und läuteten bei Ihnen! Haben Sie eine Erklärung dafür, Maresciallo?«

»Höchstwahrscheinlich lag es daran, daß Chiara Giorgetti mich kannte. So was kommt öfter vor bei uns.«

»Und sie kannte Sie, weil Sie ihr vor ein paar Jahren aus gewissen – sagen wir Schwierigkeiten, herausgeholfen haben?«

Chiaras Verteidiger war schon fast aufgesprungen, doch der Staatsanwalt winkte ab. Guarnaccia sah ihm an, daß er sich nur höchst ungern vom verbotenen Terrain zurückzog.

»Sie wollte aber gar nicht zu Ihnen, in dieser Nacht, oder, Maresciallo? Sie wußte ja, daß Ihre Wache um diese Zeit geschlossen war und daß Sie höchstwahrscheinlich längst im Bett lagen. Und darum hat Sie auch gar nicht nach Ihnen persönlich gefragt und erst recht nicht Ihr Erscheinen abgewartet. Ist es nicht so?«

»Jawohl.«

»Gut. Aber warum dann Sie, Maresciallo, statt der 112? Wir haben von dem Angeklagten Saverino gehört, daß die Giorgetti in der Tat darauf bestand, zum Palazzo Pitti zu fahren, weil der Fall angeblich bei Ihnen am besten aufgehoben wäre. Aber wäre es nicht plausibler, davon auszugehen, daß sie bei Ihnen geläutet hat, weil sie wußte, daß Sie nicht im Dienst waren und einige Zeit verstreichen würde, bis jemand kam – just die Zeit, die sie und ihre Begleiter brauchten, um sich aus dem Staub zu machen? Mit anderen Worten, sie riefen nicht die 112 an, aus Angst, es könne eine Streife in der Nähe sein, die zu schnell eintreffen und sie überraschen würde!«

»Einspruch!«

»Stattgegeben. Herr Staatsanwalt, der Maresciallo ist nicht hier, um seine Meinung zu Ihren Spekulationen kundzutun, sondern um seine Aussage zu machen. Könnten wir uns freundlicherweise auf die Fakten beschränken?«

»Keine weiteren Fragen.«

»Herr Verteidiger?«

Der Verteidiger, der sich bemühte, Halsbinde und Papiere gleichzeitig zu ordnen, erreichte damit lediglich, daß seine Krawatte noch mehr verrutschte und die Papiere zu Boden flatterten. Der Maresciallo starrte ihn mit seinen hervorquellenden Augen ausdruckslos an und wartete.

»Im Verlauf dieses Prozesses war viel von Gewalt die Rede, Maresciallo. Nun kennen Sie, wenn ich recht verstehe, meine Mandantin seit etlichen Jahren. Würden Sie Signora Giorgetti als gewalttätig bezeichnen?«

»Nein.«

»Und halten Sie sie für eine starke Persönlichkeit, die auf Menschen und Ereignisse in ihrer Umgebung Einfluß nimmt?«

»Nein.«

»Wie würden Sie sie denn charakterisieren?«

»Als willensschwach und leicht beeinflußbar.«

»Nun hat meine Mandantin ausgesagt, daß sie an den körperlichen Ausschreitungen gegen Signora Grazzini nicht beteiligt war, diese aber gleichwohl nicht verhindern konnte. Würden Sie sagen, daß diese Aussage im Einklang mit Ihrem Bild von meiner Mandantin steht?«

»Jawohl.«

Und scheint es Ihnen dann nicht auch bemerkenswert, daß ausgerechnet die Schwächste der drei Beteiligten diejenige war, die darauf bestand, Ihnen, als einer Person ihres Vertrauens, die Sorge dafür zu übertragen, daß Signora Grazzini in ärztliche Behandlung kam? Sind Sie nicht mit mir der Meinung, daß dies, in Anbetracht ihres schwachen Charakters, ein sehr deutlicher Beweis ist für die Sorge meiner Mandantin um Signora Grazzini?«

»Nein.« Es war recht geschickt, dauernd von seiner ›Mandantin‹ zu reden, damit man nicht merkte, daß er immer wieder ihren Namen vergaß, aber seinen kleinen Einschub hatte der Anwalt vorbereitet, ehe Chiara sich mit der Uhrzeit verplapperte. Der Maresciallo wollte nicht, daß Chiara ins Gefängnis kam, doch er war mit dem Richter der Meinung, man solle sich an die Fakten halten und dann entscheiden. Der kleine Verteidiger lief schon wieder ganz rot an, und es war klar, daß er auf seiner These beharren würde, einfach weil er kein zweites Konzept parat hatte.

»Aber geht denn nicht aus ihrer Handlungsweise hervor, daraus, daß sie, die sonst nie die Initiative zu ergreifen pflegte, dies plötzlich doch tat, geht daraus nicht hervor, daß sie als einzige von den dreien Anteilnahme empfand?«

»Sie hatte nur von allen die meiste Angst. Und auf mich ist sie gekommen, weil ich ihr schon einmal aus der Patsche geholfen hatte.«

»Erlauben Sie, Maresciallo, aber das ist doch wohl jetzt Ihr persönlicher Eindruck.«

»Bitte um Verzeihung. Ich dachte, danach hätten Sie gefragt, nach meinem persönlichen Eindruck. Jedenfalls, Angst hatte sie, daran besteht kein Zweifel. Als ich in die Wohnung kam, war sie regelrecht hysterisch. Aber nach eigener Aussage hat sie die 112 deshalb nicht angerufen, weil sie und die beiden anderen dann vielleicht aufgegriffen worden wären, bevor sie nach Hause zurückkonnten. Ist im Protokoll nachzulesen. Davor fürchtete sie sich, und außerdem hatte sie Angst, daß die Grazzini sterben und sie Saverino verlieren könnte.«

»Maresciallo, das sind doch wieder nur lauter Vermutungen, oder?«

»Nein. Das steht so im Protokoll ihrer Aussage.«

Voller Wut wechselte der Anwalt das Thema.

»War Signora Grazzini noch am Leben, als Sie ans Tor kamen?«

»Ich war mir nicht sicher… ich dachte zuerst schon…«

Der Maresciallo stockte, weil ihm sein Traum einfiel und er darauf gefaßt war, daß der Staatsanwalt gleich aufspringen und ihm ein »*Sie dachten?*« entgegenschleudern würde. Aber der Staatsanwalt war ganz in eine im Flüsterton geführte Beratung mit seinem Assistenten vertieft.

»Welche Vorkehrungen haben Sie getroffen?«

»Ich holte eine Decke und legte sie ihr über. Sie war schwer verletzt, deshalb hielten wir es nicht für ratsam, sie zu bewegen. Ich habe allerdings versucht, ihren Puls zu ertasten.«

»Und sie gab kein Lebenszeichen von sich? Irgendeinen Laut, ein Stöhnen vielleicht?«

»Nein, gar nichts. Als der Krankenwagen kam und sie

abholte, bin ich mit einem meiner Männer hinterhergefahren. Bei der Ankunft in der Klinik konnte man nur noch ihren Tod feststellen.«

»Noch eine letzte Frage. Sie kennen meine Mandantin gut und bescheinigen ihr einen schwachen Charakter. Würden Sie sagen, daß ihr Verhalten sehr stark davon abhängt, unter wessen Einfluß sie steht?«

»Jawohl.«

»Und würden Sie Saverinos Einfluß für positiv halten oder eher für negativ?«

»Letzteres.«

Das würde Chiara ihrem Anwalt bestimmt nicht danken. Wenn er sie auf Saverinos Kosten rauspaukte, dann würde irgendwann der Tag der Abrechnung kommen. Man konnte ihn ja nicht ewig einsperren.

»Keine weiteren Fragen.«

»Damit ist die heutige Verhandlung geschlossen.«

Der Maresciallo war zwar froh, daß er nicht länger auf dem unbequemen kleinen Stühlchen kauern mußte, aber andererseits hatte er gehofft, das ganze an einem Tag hinter sich zu bringen. Nun würde man ihn zur Verhaftung noch einmal gesondert vernehmen. Uff! Früher, in der guten alten Zeit, hieß es einfach: Bestätigen Sie Ihren schriftlichen Bericht, danke und auf Wiedersehen. Er sah noch, wie man Chiara abführte, und wandte sich dann dem Ausgang zu.

»Maresciallo!«

Er roch das Parfum, bevor er den Rufer entdeckte.

»Galli! Es überrascht mich, daß Sie sich mit so was abgeben.«

»Sie Witzbold!« Galli schlüpfte in seinen grünen Lodenmantel und betastete prüfend sein hochgeföntes schwarzes Haar. Er sah eigentlich nicht besonders gut aus, und wie der Maresciallo litt auch er an Übergewicht, aber dafür war er so gepflegt wie eine sündhaft teure Katze mit Stammbaum, und seine Frau, die der Maresciallo bei irgendeinem offiziellen Anlaß einmal von weitem gesehen hatte, war ein Superweib. Mit langer Mähne und endlos langen Beinen wie ein Fotomodell.

»Ich bin hier, weil ich *Sie* sprechen wollte. Als ich in Ihrem Büro anrief, sagte man mir, daß Sie bei Gericht sind. Es geht um Forbes.«

7

Der Maresciallo knöpfte seinen Überzieher zu und setzte die Brille auf, bevor sie aus dem prunkvollen Barockportal traten und die Sonne ihn blenden konnte.

»Letzte Nacht war's fünf Grad unter Null«, sagte Galli. »Ich glaube, uns hat's ein paar Ziegel vom Dach geweht. Das wird mich wieder 'ne schöne Stange kosten.«

Die Carabinieri, die draußen auf Posten standen, sahen trotz der dick gepolsterten, kugelsicheren Westen unter der Uniform völlig durchfroren aus. Krampfhaft umklammerte jeder seine Maschinenpistole und zog die Schultern hoch zum Schutz gegen das wütende Heulen der *tramontana,* das ihnen in den Ohren dröhnte.

»Kommen Sie, ich lade Sie auf einen Kaffee ein.«

»Also… mein Fahrer wartet.«

Doch Fara saß so mollig warm und windgeschützt hinter der sonnenbestrahlten Windschutzscheibe, daß man ihn getrost noch ein bißchen länger warten lassen konnte. Der Maresciallo mußte seine Mütze mit beiden Händen festhalten, als sie die Piazza San Firenze überquerten und der einladenden Wärme einer großen Eckbar zustrebten.

Die eisige *tramontana* lieferte ihnen den Vorwand dafür, sich den starken Kaffee mit einem Schuß Grappa servieren zu lassen.

»Daß Sie den Fall Forbes bearbeiten, weiß ich von Fusarri«, erklärte Galli. »Der freut sich anscheinend wie ein Schneekönig, daß er Sie zugeteilt bekommen hat.«

»Pah!« Das war auch wieder typisch Fusarri, daß er unter den Journalisten Freunde hatte anstatt, wie es klüger gewesen wäre, nur Bekannte. Er und Galli hatten wahrscheinlich sogar denselben Schneider und Friseur. Auch daß sie zuviel rauchten, hatten beide gemeinsam. Galli steckte sich gerade eine an, allerdings gottlob nur eine einfache Zigarette.

»Sie mögen ihn nicht? Tja, kann mir denken, daß er nicht unbedingt Ihr Typ ist. Aber ihr Carabinieri könnt ja die Magistrati sowieso nicht leiden, schon aus Prinzip nicht, geben Sie's ruhig zu.«

Der Maresciallo gab, schon aus Prinzip, nichts dergleichen zu.

»Ich finde ihn nur ein bißchen merkwürdig, das ist alles. Diese Art, ständig so zu gucken, als ob er was Wichtigeres im Kopf hätte und einem nur aus Höflichkeit zuhörte. Ich weiß, er hat viel um die Ohren, aber trotzdem... Was kann denn wichtiger sein als der Fall, den er grade bearbeitet?«

»Die Frauen.«

»Was?«

Galli lachte vergnügt.

»Wußten Sie das nicht? Na ja, Ihnen wird er so was vermutlich kaum auf die Nase binden. Aber es stimmt schon – außer gutem Essen und seinen Zigarillos sind die Frauen sein einziges Hobby. Ist auch 'n ganz wackerer Kämpfer, das können Sie mir glauben. Wir haben so ein-, zweimal dieselbe Flamme gehabt – aber nie gleichzeitig, er ist nicht der Mann, mit dem ich mich gern anlegen würde.« Galli kniff die Augen gegen den Rauch zusammen und grinste den Maresciallo von der Seite an. »Sie haben ihn natürlich durchschaut, Guarnaccia! Er hört Ihnen tatsächlich nur aus Höflichkeit zu – na ja, man könnte auch sagen mit einer Art bildungsfreudigem Interesse. Er könnte es sich übrigens jederzeit leisten, seinen Beruf an den Nagel zu hängen, aber die Arbeit macht ihm einfach Spaß.«

»Aha. Das erklärt manches.«

»Bis zu einem gewissen Punkt, ja, aber daß Sie mir jetzt keine falschen Schlüsse ziehen. Der Mann ist brillant! Doch nun zu Forbes. Sagen Sie, werden Sie ihn verhaften?«

»Wieso? Ich hätte übrigens nicht gedacht, daß der Fall für Sie interessant wäre.«

»Ist er auch nicht, wenn Sie an eine Story denken. Außerdem bin ich mit dem Bestechungsskandal in der Stadtverwaltung voll ausgelastet. Nein, Forbes interessiert mich, weil wir seit Jahren schon mit den Forbes befreundet sind.«

»Wenn das so ist«, sagte der Maresciallo seufzend, »dann können Sie mir sicher mehr erzählen als umgekehrt. Ich kann Ihnen eigentlich nur sagen – vorausgesetzt, Sie verwenden's nicht –, daß einer wie ich bei dem Fall nichts verloren hat. Ich gehöre zu Leuten wie denen da.« Er deutete auf das Gerichtsgebäude gegenüber. »Wenn so was passiert wie mit der Grazzini, dann können Sie sich drauf verlassen, daß ich die Schuldigen in ein paar Tagen hinter Schloß und Riegel habe. Aber einer wie dieser Forbes…«

»Den mögen Sie auch nicht? Ja, verstehe schon, keine Antwort ist auch eine Antwort. Wissen Sie, ich hab zwar gesagt, wir wären befreundet…« Galli stockte.

»Aber es war Celia Carter, die Sie gemocht haben«, ergänzte der Maresciallo.

»Dann wissen Sie also doch etwas?«

»Nein, nein… Bloß eine Nachbarin, die ein bißchen getratscht hat. Von ihr hörte ich, daß sie sich sogar gestritten hätten, Forbes und seine Frau, weil all ihre Freunde angeblich nur Celias Freunde waren.«

»Das ist wohl mehr oder weniger richtig. Aber ich dachte, Sie hätten rausgekriegt – und wenn nicht, dann erfahren Sie es bestimmt noch, es ist allgemein bekannt –, daß ich selber eine kleine Schwäche für Celia hatte.«

»Nein, das wußte ich nicht. Sie meinen, Sie hatten eine Affäre mit ihr?«

»Hätten wir gehabt, wenn's nach mir gegangen wäre, aber sie war ja so fanatisch treu. Sie hatte ein Faible für mich, auch wenn ich's selber sage, aber sie weigerte sich, ›Ehebruch‹ zu begehen – jedenfalls solange, wie sie Forbes nicht endgültig abgeschrieben hatte, und das fiel ihr halt verdammt schwer. Verständlich, denn wer gibt schon gerne zu, daß er eine Niete gezogen hat? Die Frauen jedenfalls nicht, schon aus Angst, sie könnten sich blamieren und hinterher als Trottel dastehen. Aber in dem Fall war *er* beides, Niete und Trottel. Gut, für ersteres konnte er vielleicht nichts, aber daß er so ein Trottel war, das kann man ihm sehr wohl vorwerfen. Wie kann einer so eine Frau haben – eine wie Celia findet man unter tausend höchstens einmal, das dürfen Sie mir glauben – und sie am ausgestreckten Arm verhungern lassen? Er hatte sie seit einem Jahr nicht mehr angerührt, das hat sie mir selbst erzählt. Und wer immer das über ihre Freunde gesagt hat, muß einen ziemlich guten Riecher haben. Forbes ist in meinen Augen ein richtiger kleiner Scheißkerl, wenn Sie mir den Ausdruck verzeihen, und wenn er was mit ihrem Tod zu tun hat, dann interessiert mich das brennend, Story hin oder her. Also, was brauchen Sie an Informationen?«

»Wenn ich das nur wüßte. Dieser Forbes… Wenn ich recht verstanden habe, wird er einen schönen Batzen erben.«

»Hm.« Gallis Blick war eher skeptisch. »Noch zwei Kaffee!« rief er dem Barkeeper zu. »Falls Sie auf ein Motiv rauswollen, dann glaub ich nicht, daß Sie da richtig liegen. Er konnte nämlich auch zuvor frei über ihr Geld verfügen, und zwar, ohne daß er irgendwelche Verantwortung zu tragen gehabt hätte.«

»Hat er selber denn gar nichts verdient?«

»Der?« Galli lachte. »Womit hätte der denn was verdienen sollen?«

»Er sagt, er schreibt einen Artikel.«

»Ach so, ja, Julian schreibt dauernd irgendeinen Artikel. Für ein oder zwei hat er vielleicht sogar Honorar kassiert, aber die waren ursprünglich Celia angeboten worden, und sie hat sie dann an ihn abgetreten. Wahrscheinlich hat sie auch noch die halbe Arbeit gemacht, ihn aber die Anerkennung dafür einstreichen lassen. Was er sonst noch schreibt, sind undotierte Beiträge für irgend so eine englische Illustrierte, die hier gedruckt wird und gratis in den Hotels ausliegt. Die übrige Zeit arbeitet er an seinem legendären Buch. Nein, Forbes verdient rein gar nichts, aber Celia hat ihm soviel Geld gegeben, wie er nur wollte.«

»Klingt ganz nach einem verwöhnten Kind.«

»Genau das ist er! Und wenn sie ihm nicht die Artikel geschrieben hat, dann hängte er sich an mich oder an Mary, damit wir ihm was vermitteln.«

»Und haben Sie sich darauf eingelassen?«

»Mehr oder weniger. Da kann man sich schwer rausreden. Unter Journalisten – echten Journalisten – ist so was auch üblich. Wir helfen einander aus, schon weil man in dem Beruf ja immer unter Zeitdruck steht. Aber das funktioniert normalerweise eben wechselseitig und nicht so wie bei diesem Schnorrer Forbes.«

Der Maresciallo griff stirnrunzelnd nach seinem zweiten Kaffee. Die Bar füllte sich langsam mit Angestellten aus den umliegenden Büros, die gerade Frühstückspause hatten.

»Sie machen sich also nicht gegenseitig Konkurrenz?«

»Mit solchen Trotteln wie Forbes jedenfalls nicht, nein! Ich weiß, was Sie meinen, aber der Druck, die Story vor den anderen Zeitungen ins Blatt zu hieven, ist in der Regel nicht mehr so groß, zumindest dann nicht, wenn die Fernsehnachrichten das Thema ohnehin schon am Abend zuvor behandelt haben.«

»Verstehe. Trotzdem, was Forbes angeht… ich hätte ihn für einen intelligenten Mann gehalten – was nicht heißen soll, daß ich das beurteilen kann.«

»Doch, an Intelligenz fehlt's ihm nicht, aber er wird nie ein guter Journalist oder Schriftsteller werden. Schon weil er nicht kontaktfähig ist. Der Bursche interessiert sich einzig und allein für sich selbst, das werden Sie doch auch gemerkt haben… Ach, entschuldigen Sie mich einen Moment?«

Der junge Journalist, der im Gericht gewesen war, hatte eben die Bar betreten und gab Galli ein Zeichen, daß er ihn sprechen wolle. Während die beiden sich rasch und in gedämpftem Ton am Eingang unterhielten, guckte der Maresciallo gelassen in die verglaste Vitrine unter der Theke, wo eine große Auswahl an Cremetorten und Platten mit belegten Brötchen ausgestellt war. Der Gedanke an ein richtiges Mittagessen, das ihn zu Hause erwartete, ließ ihn den Anblick ganz ruhig ertragen.

»'tschuldigung.« Galli trat wieder neben ihn, eine Zigarette im Mundwinkel, die nicht angezündet war. »Mario ist übrigens auch an dem Fall Forbes interessiert.« Der junge Journalist war noch immer an der Bar, blieb aber für sich. »Die Story, daß Julian total abgefüllt im Schlafzimmer gefunden wurde, die hat er geschrieben. Stimmt das übrigens?«

»Doch, ja.«

»Er hätte sich gern mit Ihnen unterhalten, aber ich hab ihn abgewimmelt.« Galli nahm die Zigarette aus dem Mund, beäugte sie skeptisch und schob sie sich wieder zwischen die Lippen.

»Ich hab leider kein Feuer«, sagte der Maresciallo.

»Danke, brauche ich auch gar nicht. Ich versuch's mir abzugewöhnen, deshalb warte ich immer 'ne Weile, ehe ich mir eine anstecke. Wovon sprachen wir gerade?«

»Davon, daß Forbes sich nur für die eigene Person interessiert. Mir gegenüber hat er sich allerdings als Frauenliebhaber ausgegeben. Unter anderem erwähnte er eben diese Mary.«

»*Was?* Mary und Forbes? Und wer hat Ihnen das erzählt?« Galli nahm die Zigarette aus dem Mund, drehte sie zwischen Zeigefinger und Daumen und starrte den Maresciallo baßerstaunt an.

»Ich sag doch, er selber! Er sprach von einer ganzen Reihe von Freundinnen, hat mir aber nur den einen Namen genannt. Na ja, und ich dachte… wenn er und seine Frau…«

»Gott, was für ein Schwein! Hören Sie, Guarnaccia, daran ist kein wahres Wort. Der ist ja wohl übergeschnappt! Mary kann ihn nicht ausstehen und hat ihn nur ertragen, weil sie eng mit Celia befreundet ist… war. Und wenn Julian es wirklich mit einer anderen getrieben hätte, dann wären wir garantiert alle im Bilde gewesen. In einer Stadt wie Florenz kann man so was nicht geheimhalten… Gut, ich hab oft genug miterlebt, daß er's versucht hat, bloß ist er nie zum Zug gekommen. Nein, was für ein schmutziger Trick, so was von Mary zu behaupten – und ausgerechnet Ihnen gegenüber.«

»Vielleicht hat er's nicht nur mir erzählt. Er behauptet jedenfalls, seine Frau habe auch Bescheid gewußt.«

Galli war genauso entsetzt wie der Maresciallo, als er es erfahren hatte.

»Wenn das wirklich wahr ist, dann hatte sie sich vielleicht doch endlich dazu durchgerungen, ihn zu verlassen, und dann hätten Sie Ihr Motiv.«

»Schön wär's, nur hätte er es mir dann bestimmt nicht auf die Nase gebunden. Sie sagten eben, Sie hätten mitangesehen, wie er versucht hat, mit anderen Frauen zu flirten. Wo war denn das?«

»Im *Il Caffè*. Wir verkehren alle da. Und er kam bestimmt zwei-, dreimal pro Woche.«

»Was für ein Café?«

»Na, *Il Caffè*. Das müssen Sie doch kennen, ist gleich gegenüber von Ihrer Wache an der Piazza Pitti.«

»Ach, *das* meinen Sie. Die halten sich nie an die Sperrstunde.«

»Ach, was! Die nehmen bloß Rücksicht auf unsereinen, der manchmal bis elf Uhr abends oder gar bis Mitternacht arbeiten muß. Und wenn Sie noch was wissen wollen: Julian ist auch diese Woche im *Il Caffè* gewesen. Wo Celia noch nicht mal unter der Erde ist.«

Der Maresciallo, der in Galli immer nur den hartgesottenen Zyniker gesehen hatte, musterte ihn überrascht. Der Mann war richtig außer sich.

»Sie haben sie wirklich gern gehabt, was?«

»Ja, sehr.« Hastig schob er die Zigarette in den Mund und zündete sie an. »Sie muß mit irgendwem drüber geredet haben. Wenn sie ihn wirklich verlassen wollte, dann hätte sie's jemandem gesagt. Sprechen Sie mit Mary. Sie kommt am ehesten in Betracht... und fragen Sie sie auch gleich wegen Weihnachten. Was immer er getan oder Celia vorgegaukelt hat, das muß an Weihnachten passiert sein.«

»Wie kommen Sie darauf?«

»Weil kein Mensch sie da zu Gesicht gekriegt hat. Sie sind zu keiner Party gekommen, obwohl sie mehrfach zugesagt hatten. Wir wußten alle, daß da irgendwas nicht stimmt.«

Der Maresciallo seufzte. »Gut, ich werde diese Mary fragen. Hoffentlich weiß sie auch etwas, denn aus ihm habe ich nichts rausgekriegt. Außer, wenn ich's recht überlege, daß er ihr ein paar Möbel gekauft hat.«

»*Er* habe ihr was gekauft?«

»Ja, gut, nach dem, was Sie mir da erzählen, wird er vermutlich mit ihrem Geld bezahlt haben, aber viel weiter bringt uns das auch nicht, oder?«

Sein Blick glitt hinüber zum Aufgang des Gerichtsgebäudes auf der anderen Seite der Piazza. »Ich bin Ihnen dankbar für das, was Sie mir erzählt haben, aber ich wünschte trotzdem, ich hätte die drei da gleich am Tag danach festgenommen. Ich kannte Chiara Giorgetti schon, als sie noch ein halbes Kind war, und ich kenne auch ihre Mutter.«

Galli, der seinem Blick gefolgt war, schwieg einen Moment und sagte dann: »Sie haben es schon mal geschafft – falls es das ist, was Ihnen Kopfzerbrechen macht... daß es Ausländer sind. Aber denken Sie nur an den Fall mit dem Holländer...«

»Nein, nein... das allein ist es nicht! Der Holländer, das war ein Handwerker, kein Intellektueller, schon gar kein Schriftsteller, und außerdem habe ich mit diesen Leuten nie ein Wort gesprochen. Sie halten vielleicht nicht viel von Julian Forbes, aber er ist klüger als ich, und ich weiß so gut wie nichts über ihn. Ich verstehe ihn nicht und werde ihn nie verstehen. Aber das ist nicht Ihr Problem... Ich weiß gar nicht, warum ich Ihnen das alles erzähle.«

»Aber ich weiß es: weil ich sie gern gehabt habe, darum, stimmt's?«

»Da könnte was Wahres dran sein.«

»Warum auch immer – Sie täuschen sich jedenfalls mit Ihrer Einschätzung. Julian Forbes ist ein Feigling, körperlich wie moralisch. Wahrscheinlich hat er eine Heidenangst vor Ihnen. Und noch eins: Was immer Sie für eine Vorstellung von Intellektuellen haben – die können Sie getrost vergessen! Denn schauen Sie, wo ist der Unterschied? Sex, Suff, Eifersucht, Angst und Feigheit. Die ganze Welt ist ein Dorf... Sie werden vielleicht ein bißchen länger brauchen, bis Sie Forbes kriegen, aber es eilt ja auch nicht, oder? Hauptsache, Sie kriegen ihn, bevor er noch jemandem antun kann, was er Celia angetan hat. Sie hätte weiß Gott was Besseres verdient gehabt, aber jetzt ist es zu spät.«

Aus der Tiefe rufe ich, Herr, zu dir. Herr, höre meine Stimme, laß deine Ohren vernehmen die Stimme meines Flehens!

Der Maresciallo hatte sich in der Kapelle ganz nach hinten gesetzt, damit zwischen ihm und Celia Carters Familie und Freunden ein paar Reihen frei blieben. Die Messe hatte schon begonnen, als er hereinschlüpfte. Der Priester, ein Ire, hatte sie auf lateinisch gelesen, da Angehörige ganz verschiedener Nationen zugegen waren, aber die Gebete, die er jetzt sprach, während er den Sarg aussegnete, trug er auf englisch vor. Für den Maresciallo kam dieser Kirchgang sehr überraschend, aber eigentlich war alles, was er erfahren hatte, seit Father Jameson sich gestern abend mit ihm in Verbindung gesetzt hatte, eine einzige große Überraschung gewesen. Angefangen damit, daß Celia Carter katholisch war.

Er hatte angenommen, daß sie als Engländerin zur anglikanischen Kirche gehören würde, und sich auf einen protestantischen Gottesdienst in der Via Maggio eingestellt. Statt dessen saß er nun in der Kapelle, die zum Hospital San Giovanni di Dio gehörte und in unmittelbarer

Nachbarschaft zum Carabinieri-Hauptquartier in Borgo Ognissanti gelegen war. Father Jameson hatte ihm erzählt, daß er hier einmal wöchentlich eine Messe in englischer Sprache zelebriere. Nicht, daß Celia Carter je daran teilgenommen hätte. Er habe sie überhaupt nur dieses eine Mal getroffen, sagte er, aber als Mary Price Mancini, eine enge Freundin der Toten und selbst praktizierende Katholikin, zu ihm gekommen sei, um die Beerdigung zu besprechen, da habe er sich entschlossen, mit jemandem zu reden. – Er fragte im Präsidium, wer zuständig sei, und man verwies ihn an Capitano Maestrangelo, der ihn ruhig anhörte und dann den Maresciallo verständigte.

»Ein Jesuit, ein Ire, hat aber einen Großteil seines Lebens hier verbracht. Ich finde, Sie sollten sich anhören, was er zu sagen hat.«

»Sie war katholisch? Ich hätte nie gedacht…«

»Ich war selber ganz erstaunt. Aber sie ist nicht zur Kirche gegangen, insofern… Sie könnten nicht vielleicht in der Kapelle vorbeischauen? Heute abend wird der Leichnam dorthin überführt, und der Priester möchte dabeisein.«

»Natürlich.« Und so war er hingefahren. Der Sarg stand schon an derselben Stelle wie jetzt, im Mittelgang vor dem Altar. Und genau wie jetzt hatte der Priester daneben gekniet, am äußersten Ende der linken Bank, und gebetet. Aber gestern abend sprach er die Gebete auf lateinisch, und der Maresciallo hatte sie verstanden. Auf englisch konnte er nur hier und da ein vertraut klingendes Wort aufschnappen, aber er war als Junge Meßdiener gewesen und hatte oft genug an einem Requiem teilgenommen, um zu erkennen, daß es sich um den gleichen Text handelte.

So du willst, Herr, Sünden zurechnen, Herr, wer wird bestehen?

Mit der Mütze in der Hand hatte er das Knie gebeugt, einen Moment gewartet und dem Priester dann dezent auf die Schulter getippt.

»Ah... sind Sie der Maresciallo? Es ist so dunkel hier drin, und meine Augen sind auch nicht mehr, was sie mal waren.«

Es brannten nur die beiden Kerzen am Kopf- und am Fußende des Sarges. Und der Maresciallo hatte kaum den Altar erkennen können, auf dem ein Strauß weiß schimmernder Lilien seinen Duft in den kalten Kirchenraum verströmte. Jetzt, da Father Jameson gemessenen Schrittes, so daß man sein leichtes Hinken kaum bemerkte, den Sarg umkreiste, war der zarte Blumenduft vom Weihrauch überlagert.

Denn bei dir ist die Vergebung, daß man dich fürchte. Und ich harre des Herrn.

Heute morgen brannten sehr viel mehr Kerzen, so daß zumindest der Altarraum hell erleuchtet war. Das Türchen zur Sakristei lag indes auch jetzt im schummrigen Dämmer verborgen.

Gestern abend hatte Father Jameson den Weg gewiesen, und der Maresciallo war ihm gefolgt.

»Geben Sie auf die Stufe acht. Hoffentlich frieren Sie nicht, wo ich nur ein einstrahliges Heizöfchen habe. Aber ich versuche, möglichst wenig Strom zu verbrauchen, weil meine Gemeinde alles andere als reich ist, Sie verstehen... Früher einmal, da habe ich die Messe auf englisch in der Kathedrale gelesen und dort auch die Beichte abgenommen, aber ich bin sehr zufrieden hier. Es ist schön ruhig, und wir halten jeden Sonntag unsere Messe. Setzen Sie sich, Maresciallo... verzeihen Sie, ich habe schon wieder Ihren Namen vergessen.«

»Guarnaccia.«

»Guarnaccia, richtig, ja. Maresciallo Guarnaccia – kein Florentiner Name, oder?«

»Nein, ich stamme aus Sizilien.«

»Ah! Ich bin zwar nie dort gewesen, aber es muß wunderschön sein, besonders das Meer. Ein ›Meer in den Farben des Weins‹ – und dabei denke ich jetzt nicht an Homer, sondern an die Erzählung von Sciascia, Ihrem Landsmann aus unserer Zeit, ein hervorragender Schriftsteller. Aber kommen Sie, wärmen Sie sich ein bißchen die Hände, die sind ja ganz blaugefroren.«

Der Maresciallo kam der Aufforderung dankbar nach. Seine Hände waren wirklich steif vor Kälte, trotz der dicken Lederhandschuhe.

»Danke sehr. Es ist wirklich bitterkalt – das macht der eisige Wind.«

»Ja, der fährt einem bös in die Knochen, und meine Knochen sind alt und ein wenig rheumatisch, weshalb ich denke, daß der liebe Herrgott uns ein Tröpfchen Marsala verzeihen wird, meinen Sie nicht auch?«

Er ging und holte eine Flasche und zwei Gläser von einem hohen, antiken Büfett. Antik war auch der Stuhl, den er dem Maresciallo angeboten hatte, ausladend wie ein Thron und mit reichem Schnitzwerk verziert. Die zweite Sitzgelegenheit aber war ein einfacher Küchenstuhl aus Resopal, und der Tisch gehörte offensichtlich dazu, denn wenn auch die Platte von einem abgewetzten Gobelin verdeckt war, so konnte man doch die staksigen Metallbeine darunter hervorschimmern sehen. Das elektrische Heizöfchen sah uralt und würdig aus, und die abgetragenen schwarzen Hosen des Priesters glänzten spiegelblank. Aber dieser Father Jameson hatte etwas an sich, das alle Äußerlichkeiten im Nu vergessen ließ. Der Maresciallo fand ihn auf Anhieb sympathisch. Er fühlte sich wohl in seiner Gesellschaft, und noch bevor der Priester ihm erklärte, weshalb er ihn hatte sprechen wollen, spürte er zum ersten Mal seit Celia Carters tragischem Tod, daß er jemanden gefunden hatte, der ihn von einem Teil seiner Last befreien würde.

Meine Seele harret, und ich hoffe auf Sein Wort.

Abgesehen von allem anderen, hatte Father Jameson ihm auch ganz praktisch geholfen, indem er Mary Mancini anrief und für heute, nach der Beerdigung, ein Treffen zwischen ihr und dem Maresciallo vereinbarte. Guarnaccia war ziemlich sicher, daß er sogar von hinten erraten konnte, wer Mary war. Bestimmt die Frau, die neben dem gertenschlanken blonden Mädchen stand, das eigentlich nur Celia Carters Tochter sein konnte. Nach allem, was er jetzt wußte, würde er sich auf jeden Fall auch mit dem Mädchen unterhalten müssen, aber vorher wollte er lieber noch mit Mary sprechen, die sich hoffentlich in dieser rätselhaften Geschichte ein bißchen auskannte.

In der Kapelle gab es anscheinend überhaupt keine Heizung, so ausgekühlt wie der Raum war. Selbst wenn die Lilien aus Eis gewesen wären, hier wären sie nicht geschmolzen. Den Maresciallo biß die Kälte in Nase und Ohren.

Meine Seele wartet auf den Herrn von einer Morgenwache bis zur anderen. Israel, hoffe auf den Herrn! Denn bei dem Herrn ist die Gnade...

In der Regel teilte er, was die Geistlichkeit betraf, die Meinung der Signora Torrini. Aber seine Erfahrung beschränkte sich auch hauptsächlich auf die Landpfarrer daheim, die einem damit drohten, daß die Seele schwarz und eitrig würde, wenn man die heilige Kommunion versäumte... Wie war Signora Torrini eigentlich auf das Thema gekommen? Er nahm sich vor, sie bei Gelegenheit zu fragen. Father Jameson jedenfalls hatte etwas an sich, das ihm schon gestern abend so gutgetan hatte, daß er ruhig und entspannt an seinem winzigen Glas Marsala nippte und trotz der eisigen Kälte, gegen die das einstrahlige Heizöfchen kaum etwas ausrichten konnte, keine Eile hatte, zum Thema zu kommen. Erst hatten sie sich ein Weilchen über ihre jeweilige Heimat unterhalten, und es war der Maresciallo, der die Rede aufs Exil brachte.

»Aber Maresciallo, ich bitte Sie, kein Priester der Welt würde sich in Italien wie im Exil fühlen, hier im Herzland der Kirche. Und ich denke, ein bißchen gilt das vielleicht für jeden Katholiken.«

»Sie meinen, auch für jemanden wie Celia Carter? Aber wenn ich recht verstanden habe, war sie keine praktizierende Katholikin.«

»Nein. Aber so eng wollte ich das auch nicht verstanden wissen. Ich dachte mehr an Kultur und Erziehung im allgemeinen. Nehmen Sie zum Beispiel die liebe Mary Mancini: Die befindet sich rundum wohl hier. Sie hat einen Italiener zum Mann und fühlt sich ihm vielleicht stärker verbunden, als wenn sie nach anglikanischem Ritus mit einem Engländer verheiratet wäre. Natürlich hat sich seit dem Zweiten Vatikanischen Konzil sehr viel verändert, und Mischehen werden längst nicht mehr so scheel angesehen wie in früheren Zeiten. Aber trotzdem werfen sie Probleme auf, und die sind nach meiner Erfahrung durchaus nicht nur streng religiöser Natur. Nein, da gibt es ganz subtile, aber hartnäckige Differenzen unterschiedlichster Prägung, die auch jetzt, in den Tagen der Ökumene, noch längst nicht aufgehoben sind.«

»Und Sie meinen, daß Celia Carter unter solchen Problemen gelitten hat?«

»Ganz gewiß, ja.«

»Ist sie deshalb zu Ihnen gekommen?«

»Oh, aber sie wollte gar nicht zu mir, nein, nein.«

»Ich dachte, Capitano Maestrangelo habe gesagt...«

»Daß ich mit ihr gesprochen habe, ja. Aber sie kam nicht mit dem Vorsatz, mich aufzusuchen, obwohl sie gewiß Hilfe gesucht hat. Ihrem Capitano gegenüber bin ich nicht so ins Detail gegangen. Er ist ohne Zweifel ein sehr beschäftigter Mann, und außerdem meinte er gleich, daß meine Geschichte in erster Linie Sie anginge. Und was Mrs. Carter betrifft, so war sie auch nicht hier in der Kapelle. Man könnte sagen, ich habe sie – oder sie hat mich durch Zufall gefunden, ich weiß es nicht. Es war in der Kathedrale nach einer Samstagsmesse, bei der ich ministriert hatte, wie ich das manchmal anläßlich hoher Feiertage mit sehr regem Kirchenbesuch tue.«

»Fiel dieser Samstag vielleicht in die Weihnachtszeit?«

»Sie wissen also doch schon etwas?«

»Eigentlich nicht, nein. Nur, daß Signora Carter etwas sehr Schlimmes widerfahren sein muß, und zwar just um die Weihnachtszeit.«

»Verstehe. Ja, Sie haben recht, es war Heiligabend. Ich hatte, wie gesagt, bei der üblichen Samstagsmesse ministriert, damit die Brüder, die das normalerweise tun, sich vor der Mitternachtsmesse noch etwas ausruhen konnten, und wollte mich gerade auf den Heimweg machen. Das war so gegen sechs, denke ich. Die Kathedrale war nur schwach erleuchtet, und Besucher waren nur noch sehr wenige da. Bloß eine kleine Gruppe, die vor der Krippe Kerzen anzündete, und eine andere, die, mit Kunstführern ausgerüstet, vor dem Fresko von John Hawkwood stand.

Ich habe sie nicht gleich bemerkt, und dann nahm ich sie zuerst nur aus dem Augenwinkel als dunkle Silhouette wahr und dachte, es sei eine dieser älteren Frauen, die oft allein in einem leeren Gotteshaus knien und beten. Aber aus irgendeinem Grund habe ich sie mir dann doch genauer angesehen. Irgend etwas stimmte nicht mit ihr, die Haltung war zu starr, zu verkrampft. Ich war schon fast an ihr vorbei, doch dann stockte ich unwillkürlich. Sie betete nicht, da noch nicht. Sie war wohl niedergekniet, aber es sah eher so aus, als ob sie zusammengebrochen wäre. Ihre Arme hingen leblos herunter, und allerlei Päckchen und Schachteln, offenbar Weihnachtseinkäufe, waren um sie her am Boden verstreut. Sie hielt die Augen geschlossen, ihr Atem ging langsam und schwer. Aus Sorge, daß sie vielleicht krank sei, berührte ich sie sacht an der Schulter.

›Fehlt Ihnen etwas? Brauchen Sie Hilfe?‹

Sie wandte mir das Gesicht zu, und da sah ich, daß ihr gequältes Atmen vom Weinen herrührte. Ihre Wangen waren tränennaß, die Augen stark geschwollen. Sie antwortete auf italienisch.

›Ich kann nicht nach Hause…‹

›Freilich nicht… in dem Zustand. Kommen Sie, setzen Sie sich erst einmal einen Moment.‹

Ich mußte sie stützen und fürchtete, trotz ihres erkennbaren Seelenschmerzes, ehrlich gesagt vor allem um ihr körperliches Wohl.

›Ist Ihnen schwindlig?‹

Sie schüttelte den Kopf. ›Ich kann nicht nach Hause‹, wiederholte sie und versuchte, ihre Weihnachtseinkäufe aufzuheben, die aber unter ihren fahrigen Händen nur noch ärger durcheinanderpurzelten. Und überdies schien der bloße Anblick der Pakete sie in neuerliche Verzweiflung zu stürzen, denn plötzlich stieß sie die Sachen von sich und begann zu schluchzen. Wir alle weinen, schon von Kind auf, anders, wenn uns jemand hören kann, ist Ihnen das schon einmal aufgefallen, Maresciallo? Nun, ich sammelte die Päckchen ein und faßte die Bedauernswerte beim Arm.

›Kommen Sie mit mir und ruhen Sie sich ein Weilchen aus, bis es Ihnen wieder besser geht. Aber nicht hier – es ist immer so kalt in diesem gewaltigen Kirchenschiff.‹

Sie folgte mir lammfromm, konnte aber kaum aus eigener Kraft gehen, so daß ich sie stützen mußte und dabei buchstäblich die Last ihres Kummers fühlte. Ich brachte sie in die Mesnerkammer hinter der Sakristei und machte Licht.

›Kann ich Ihnen irgend etwas anbieten?‹

Sie schüttelte den Kopf. Ich befürchtete immer noch, sie könne zusammenbrechen, denn schon das Atmen kostete sie offenbar große Mühe.

›Möchten Sie mir denn erzählen, was Sie bedrückt? Oder wollen Sie vielleicht beichten?‹

Sie schaute mich verständnislos an. ›Beichten?‹

›Sie sind doch katholisch?‹

›Das schon, ja. Aber ich gehe nicht zur Kirche…‹

›Heute sind Sie gekommen. Waren Sie in der heiligen Messe?‹

›Nein…‹

Ich setzte mich dicht vor sie hin, denn sie sah aus, als könne sie jede Minute vornüberkippen. Sie weinte immer noch, schien aber gar nicht zu merken, wie ihr die Tränen über die Wangen liefen, und ihr Schluchzen war verstummt.

›Versuchen Sie, tief durchzuatmen. So ist's gut. Und nun sehen Sie mich an, mein Kind. Ich bin Priester und außerdem ein sehr alter Mann. Was es auch sein mag, ich höre es vermutlich nicht zum ersten Mal, und Ihnen verschafft es vielleicht Linderung, sich auszusprechen, besonders einem Fremden gegenüber, falls Sie mich lieber so betrachten denn als Priester.‹

›Ja.‹

›Haben Sie denn noch mit niemandem über das gesprochen, was Sie bedrückt?‹

Sie schüttelte den Kopf. ›Ich schäme mich zu sehr, ich kann nicht…‹

›Aber Sie möchten auch nicht beichten?‹

Wieder schüttelte sie den Kopf. ›Ich weiß nicht, was ich

getan habe… Doch irgendwas muß ich getan oder vielleicht auch zu tun versäumt haben. Ich fühle mich verantwortlich, aber zu beichten habe ich nichts.‹

›Wissen Sie denn, was Sie in die Kathedrale geführt hat?‹

›O ja, meine Angst.‹

›Sie brauchen Hilfe.‹

›Ich hab mich gefürchtet. Dabei hab ich mir solche Mühe gegeben, und ich dachte… ich hab mich zusammengenommen, war einkaufen. Ich kaufte… dann bin ich einfach hier drinnen zusammengeklappt. Ich schaff's nicht, ich kann's einfach nicht! Und dabei will ich nicht sterben, Pater, das müssen Sie mir glauben, aber vielleicht geschieht es ja immer so, *gegen* den eigenen Willen!‹

›Selbstmord?‹

›Ja…‹

›Davor fürchten Sie sich?‹

Sie nickte. ›Aber ich will es nicht, glauben Sie mir.‹

›Ich glaube Ihnen ja, meine Tochter. Wollen Sie einen Augenblick mit mir beten?«

›Das kann ich nicht, nicht mit Worten.‹

›Schon gut, daß Sie hergefunden haben, ist im Grunde auch ein Gebet, nicht wahr? Haben Sie denn als Kind gebetet?‹

›Mit meinem Vater, ja. Als ich noch ganz klein war.‹

›Und welche Gebete haben Sie miteinander gesprochen? Erinnern Sie sich nach all den Jahren noch an eins davon?‹

›Nur an ein einziges. *Aus der Tiefe… rufe ich… zu dir…*‹

›Das *De profundis*?‹ Für ein kleines Kind schien mir das

eine seltsame Wahl. ›Es ist wunderschön. Ein Bußpsalm. Wollen wir ihn jetzt gemeinsam sprechen?‹

›Ich habe nicht viel davon behalten...‹

Aus der Tiefe rufe ich, Herr, zu dir.
Herr, höre meine Stimme, laß deine Ohren verneh-
men die Stimme meines Flehens!
So du willst, Herr, Sünden zurechnen, Herr, wer
wird bestehen?
Denn bei dir ist die Vergebung, daß man dich
fürchte.
Ich harre des Herrn; meine Seele harret, und ich
hoffe auf sein Wort.
Meine Seele wartet auf den Herrn von einer Mor-
genwache bis zur anderen.
Israel, hoffe auf den Herrn! Denn bei dem Herrn ist
die Gnade und viel Erlösung bei ihm,
und er wird Israel erlösen aus allen seinen Sünden.

Als ich mit dem Gebet zu Ende war, sah ich, daß ihr Atem langsam und regelmäßig ging und daß sie auch wieder Farbe bekam.

›Ich hatte es nicht vergessen. Ich dachte, es wäre mir entfallen, aber während Sie das Gebet sprachen, ist es mir Satz für Satz wieder eingefallen. Ich danke Ihnen. Er war so ein guter Mensch, mein Vater. Glauben Sie, daß sie wirklich etwas bedeutet, die Floskel, die immer bemüht wird – im Zustand geistiger Umnachtung?‹

Dann erzählte sie es mir, und ich begriff, wovor sie sich fürchtete. Sie hatte Angst vor dem Schmerz, jenem unerträglichen, leidvollen Schmerz, der ihren Vater in den Selbstmord getrieben hatte. Sie erzählte mir alles über die Krankheit ihrer Mutter – sie kann damals nicht älter als acht oder neun Jahre alt gewesen sein –, eine schreckliche Form von Krebs, die ihr Gesicht dermaßen entstellte, daß sie das Kind gegen Ende nicht mehr zu sich lassen wollte.

›Sie wollte mich nicht erschrecken, und vor allem wollte sie nicht so in meiner Erinnerung weiterleben.‹

Sie wußte instinktiv, daß ihr Vater ihrer Mutter irgendwie zum Sterben verholfen hatte.

›Habe ich die geflüsterten Gespräche zwischen ihm und seiner Schwester belauscht? Ich kann mich wirklich nicht erinnern. Ich habe die Morphiumzäpfchen nie gesehen, die die Pflegerin jeden Tag daließ, und doch war mir bewußt, daß sie da waren, und ich spürte den Schrecken, den sie hervorriefen, eine elend kalte, panische Angst im Bauch.‹

Ihr Vater hatte seine Frau noch nicht einmal um ein Jahr überlebt.

›Er nahm Schlaftabletten. Man sagt, das sei eine weibliche Suizidmethode, aber er zog sich obendrein noch eine Plastiktüte über den Kopf, um ganz sicherzugehen.‹

Sie war zu jung, als daß sie ihm hätte helfen können, zu jung, um mit ihm zu reden, andererseits aber so sensibel, daß sie sich Vorwürfe machte, weil sie der Situation nicht gewachsen gewesen war.

›Es lag nicht nur daran, daß sie ihm fehlte, da bin ich mir ganz sicher. Natürlich fühlte er sich einsam, aber ihre grauenvolle Krankheit, zusammen mit seinen Schuldgefühlen wegen des Morphiums… Ach, ich mache ihm keinen Vorwurf, jetzt nicht mehr.‹

›Aber sich selbst machen Sie Vorwürfe?‹

›Ich konnte ihm nicht helfen. Ich war nicht stark genug, nicht wichtig genug für ihn.‹

›Sie waren nur ein Kind.‹

›Darum geht es nicht! Das Alter hat nichts damit zu tun. Ich habe ihm nicht geholfen, das ist alles, was zählt. Soll ich Ihnen etwas sagen: Alles, was ich tue, jedes Buch, das ich veröffentliche, jede gute Kritik, jeder Erfolg, sind nur dazu da, meine Schuld bei ihm wiedergutzumachen, ihn zu trösten, ihm etwas zu geben, wofür es sich zu leben lohnt – nur ist er eben tot. Was hat das Ganze also für einen Sinn? Ich habe das noch nie jemandem erzählt, und vielleicht war es mir, bevor ich es jetzt aussprach, nicht einmal bewußt. Ich glaube, darum lebe ich nicht mehr gern in England, wo ich vielleicht immer daran denken müßte.‹

›Aber irgend etwas hat Sie dazu gebracht, auch hier daran zu denken. War es der eigene Schmerz, der auch Sie in die Idee des Selbstmords flüchten läßt, dieser Schmerz, von dem Sie glauben, daß er übermächtig werden könnte?‹

›Ja, das… *Aus der Tiefe rufe ich, Herr, zu dir: Herr, höre meine Stimme…* aber er hat mich nicht gehört! Mein Vater war ein guter Mensch.‹

›Und trotzdem sind Sie sehr böse auf ihn, ist es nicht so?‹

›Böse?‹

›Er hat Sie im Stich gelassen. Und mir kommt es nicht so vor, als ob Sie ihm vergeben hätten. Jetzt sind Sie böse auf mich, nicht wahr? Aber Selbstmord ist eine furchtbare Sünde, und die zu verzeihen war wohl zu schwer für ein so kleines Mädchen. Vielleicht hätten Sie das lieber Gott überlassen sollen.‹

›Aber sollten nicht auch wir Menschen einander verzeihen?‹

›Doch, ja, aber wir sind solche Amateure, finden Sie nicht? Und Gott ist ein Profi – ah, sieh da, Sie können ja lächeln! Das freut mich. Aber warten Sie, ich will noch die Lampe dort drüben anmachen, bei der kümmerlichen kleinen Deckenbirne kann ich Sie ja kaum sehen.‹

Und ich mußte sie mir einfach genauer ansehen. Schließlich erzählte sie mir nur von Dingen, die viele, viele Jahre zurücklagen, die zwar wichtig, aber doch nicht der Grund waren, der sie am Weihnachtsabend in ein fast leeres Gotteshaus geführt hatte. Beim Sprechen beobachtete ich nun prüfend ihr Gesicht.

›Weihnachten kann eine sehr schwierige Zeit sein. Für die Armen, die Einsamen, für die, die erst kürzlich einen geliebten Menschen verloren haben.‹

Sie antwortete nicht, schloß aber für einen Moment die Augen und war gewiß wieder den Tränen nahe.

›Es ist sehr anstrengend, über Dinge zu reden, die uns tief berühren. Vielleicht sollten Sie jetzt heimgehen. Und wenn Sie wiederkommen und sich aussprechen wollen – ich bin immer bereit zuzuhören.‹

Sie schüttelte den Kopf.

›Ich *habe* ihm vergeben. Wie hätte ich ihm nicht verzeihen können, wo er so viel durchgemacht hat? Und ich hatte mir geschworen, nie wieder einen Menschen, den ich liebe, zu enttäuschen oder ihn gar in der Stunde seiner Not im Stich zu lassen! Aber es geht nicht, und ich weiß nicht, was ich noch tun kann!‹

›Nicht doch! Sie tun schon viel zuviel, und alles, um sich

Trost zu verschaffen. Denn Sie waren ja die Verlassene, das bedauernswerte Geschöpf, diejenige, die man in der Stunde ihrer Not allein gelassen hat. Aber manipulieren Sie jetzt nicht andere, um Ihren eigenen Schmerz zu lindern?‹

Heute frage ich mich, ob ich zu grausam war, zu brüsk – aber ich dachte natürlich, ich würde womöglich nie wieder Gelegenheit haben, mit ihr zu sprechen, und so war es ja auch. Im übrigen war sie eine intelligente Frau, andernfalls hätte ich mich nicht so weit vorgewagt. Es ist so ein weitverbreitetes Problem, finden Sie nicht auch, Maresciallo, diese Tendenz, uns mit Hilfe anderer zu trösten? Die meisten Menschen machen es über ihre Kinder, ist Ihnen das schon mal aufgefallen? Haben Sie Kinder?«

»Zwei Jungs.« Der Maresciallo verspürte eine leise Beklemmung, wie in Erwartung einer uneingestandenen Schuld.

»Zwei kleine Söhne.« Die Augen des Priesters leuchteten, aber nicht vorwurfsvoll, sondern ausgesprochen gütig. »Das müssen schwere Zeiten gewesen sein in Ihrer Jugend in Sizilien, sicher ähnlich wie damals in Irland, als ich jung war.«

»Allerdings, ja.« Guarnaccias Stimme klang abwehrend.

»Und es muß Ihnen viel Freude bereiten, den beiden all das zu ermöglichen, was Sie einst entbehrt haben.«

Der Maresciallo dachte an die Skiferien der Jungs und an eine ganze Reihe kleiner Extravaganzen, die er nicht hätte erlauben sollen. Aber er war stolz darauf gewesen, daß er den Kindern all das bieten konnte. Ob er die beiden verzog?

»Sie verwöhnen sie ein bißchen, womit Sie nur ein klein wenig Ihrem Egoismus frönen, Maresciallo. Freilich werden Ihre Kinder dadurch einmal nicht Ihre Charakterstärke haben.«

»Es fällt schwer, den Kindern etwas zu verweigern, obwohl man es sich leisten kann.«

»Stimmt. Das ist sogar sehr schwer – und wenn Sie's trotzdem täten, könnten Ihre Kinder das womöglich mißverstehen und Ihnen gram sein deswegen. Ja, eine einfache Lösung für dieses Dilemma gibt es wohl nicht. Trotzdem habe ich es am Weihnachtsabend gewagt, diese Frau auf das Problem hinzuweisen, und sie hat mich verstanden, da bin ich mir ganz sicher. Und als ich nun hörte, daß Sie den Todesfall untersuchen, da hatte ich sofort das Gefühl, ich müsse mit Ihnen sprechen. Ich war so überzeugt, wie menschliche Fehlbarkeit das nur zuläßt, daß sie sich nicht das Leben genommen hat und daß sie, welches Problem sie auch belastet haben mag, eine gewisse Klarheit gewonnen und die Krise fast schon überwunden hatte, als sie die Kathedrale verließ. Und weiter dachte ich mir, obwohl ich damit womöglich in Ihr Revier eindringe, Maresciallo, daß jemand, der wußte, wie intensiv sie sich mit dem Gedanken an Selbstmord beschäftigt hatte ... also vielleicht dürfte ich mich ja nicht erkühnen ...«

»Sie meinen, dieser Jemand könnte versucht haben, es wie einen Selbstmord aussehen zu lassen?«

»So ungefähr, ja. Aber natürlich weiß ich nicht allzuviel über die näheren Umstände ihres Todes.«

»Die kennt niemand genau.« Der Maresciallo runzelte die Stirn. »Fest steht nur, daß keinerlei Indizien auf Selbstmord hindeuten. Aber falls es mir nicht gelingt herauszubekommen, was Weihnachten vorgefallen ist ...«

»Richtig. Aber an Weihnachten kommt, wie gesagt, mit Vorliebe alles mögliche hoch, werden Krisensituationen forciert. Mithin könnte das Problem der Frau schon seit geraumer Zeit bestanden haben.«

»Ja…« Der Maresciallo spielte mit dem Gedanken, ihm von Forbes und seiner Mary-Mancini-Geschichte zu erzählen. Vermutlich würde das dem Pater nicht gefallen, denn Mary Mancini war anscheinend eines seiner treuesten Gemeindemitglieder, und außerdem sah es ja auch ganz so aus, als sei an der Sache nichts Wahres dran. Er beschloß, sich auf Andeutungen zu beschränken.

»Möglicherweise gab's da andere Frauen – Forbes, ihr Mann, hat mir das selbst erzählt –, und es könnte durchaus sein, daß er es ihr an Weihnachten gesagt hat.«

Der alte Priester antwortete nicht gleich. Er senkte den Blick auf das winzige Glas und drehte es langsam zwischen den pergamentenen Fingern. »Ja, nun… so etwas würde natürlich großes Leid auslösen…«

»Aber keine solche Verzweiflung, wie Celia Carter sie empfand?«

»Ich bin sicher, das war nicht der Grund. Nein, nein! Nein, Maresciallo, damit hatte es überhaupt nichts zu tun. Erinnern Sie sich, daß sie zu mir von ihrer Scham sprach? Aber sie hatte sich nichts zuschulden kommen lassen, denn sie hatte ja, ihrem Gefühl nach, nichts zu beichten. Nein, es muß um etwas viel Schlimmeres gegangen sein. … Aber lassen Sie mich zu Ende erzählen. Als ich sah, wie erschöpft sie war, sammelte ich ihre Pakete ein und half ihr auf.

Während wir durch den Mittelgang der Kathedrale zum

Portal zurückgingen, spürte ich, wie sehr sie vor der Begegnung mit der Außenwelt zurückschreckte. Und sie konnte sich nur mit Mühe auf den Beinen halten. Der Organist hatte mit den Proben für die Mitternachtsmesse begonnen und spielte gerade etwas aus dem *Messias*. Ich weiß zwar nicht mehr genau, was es war, aber mir fiel dabei ein Vers ein – Sie kennen ihn bestimmt – *Er trug unsre Krankheit und lud auf sich unsre Schmerzen…*

Auch Celia Carter, Gott hab sie selig, war schmerzbeladen. Aber der Quell all ihres Kummers, Maresciallo, war die Tochter. Ja, bis ich heute morgen mit Mary Price Mancini darüber sprach, hatte ich sogar den Eindruck, daß das Mädchen tot sei, vielleicht ein tragischer Drogenfall oder etwas Ähnliches.

Endlich erreichten wir den Ausgang, und ich wollte ihr schon die Pakete wiedergeben, als sie abermals zusammenbrach. Sie konnte sich nicht überwinden, die Sachen anzurühren – dadurch kam ich auf den Gedanken, ihr Kind sei tot, verstehen Sie?

›Ich habe ihr alles gekauft… ich kaufte – Sachen, die sie sich wünschte, alles, wovon ich glaubte, es könne ihr… Ach Gott, ich will nicht nach Hause!‹

Sie nahm sich zusammen, so gut es ging, aber die Weihnachtseinkäufe mochte sie nicht zurücknehmen, sondern bestand darauf, daß ich sie behielt und an diejenigen meiner Pfarrkinder verteilte, die meiner Meinung nach zu Weihnachten einer kleinen Extrafreude bedürften. Plötzlich versuchte sie zu lachen, gerade so, als wolle sie sich über sich selbst lustig machen. ›Sogar einen Baum habe ich gekauft…‹ Aber dabei weinte sie. Ihre letzten Worte waren:

›Ich will mein kleines Mädchen wiederhaben! Alles andere könnte ich ertragen, aber das nicht. Ich will mein kleines Mädchen wiederhaben!‹

Sie schob sich durch die Seitenpforte, die gleich wieder hinter ihr zuschlug. Ich folgte ihr, so rasch es meine rheumatischen Beine erlaubten, aber als ich auf die Stufen vor der Kathedrale hinaustrat, war sie schon im Gedränge der Weihnachtskundschaft verschwunden. Irgendwo in diesem regen Treiben, der Fröhlichkeit und dem weihnachtlichen Lichterglanz, der den dämmerigen Nachmittag erhellte, irrte ein guter Mensch umher, eine Frau, von der ich nicht einmal den Namen wußte, sondern nur, daß ihre Seele schmerzbeladen war.

Wir können so wenig füreinander tun, Maresciallo, so herzlich wenig. Aber ich betete mit ihr am Heiligabend, und heute nacht werde ich wieder neben ihr beten. So wird sie wenigstens nicht allein sein. Darum bat ich Sie auch hierher, obwohl es gewiß hart war, Sie an solch einem Abend in die Kälte hinauszuhetzen.«

»Nein, nein…« wehrte der Maresciallo ab und erhob sich steifbeinig in der kalten Mesnerkammer. »Nein, Sie haben ganz richtig gehandelt.«

8

Der Herr schenke ihr die ewige Ruhe
Und lasse Sein Licht leuchten über ihr immerdar.
Sie ruhe in Frieden. Amen.

Der Maresciallo stahl sich leise hinaus und wartete in der Nische neben dem Eingang, wo er wenigstens einigermaßen vor dem eisigen Wind geschützt war. Von hier aus sah er zu, wie Forbes hinter dem Sarg aus der Kapelle trat. Er trug einen dunklen Anzug, der aber nicht schwarz war, genausowenig wie seine Krawatte. Die Tochter ging neben ihm, und der Maresciallo sah zum ersten Mal ihr Gesicht. Sie war hübsch; sehr zart, fast zerbrechlich und vom Typ her deutlich heller als ihre Mutter. Auch sie war nicht in Schwarz, sondern trug einen schweren dunkelblauen Mantel. Ihr Blick traf den Maresciallo, und das, wie ihm schien, nicht zufällig, sondern so, als ob sie nach ihm Ausschau gehalten hätte. Überraschenderweise hatte sie dunkle Augen. Der Maresciallo, der sie sich der hellblonden Haare wegen blauäugig vorgestellt hatte, bemerkte jetzt auch, daß sie pinkfarbenen Lippenstift aufgetragen hatte. Obgleich er sich nicht gerade für einen Experten hielt, fand er, daß sie wirklich sehr hübsch aussah. Als man den Sarg auf den Leichenwagen hob, wankte sie und schien sich auf Forbes' Arm stützen zu wollen, doch der kam ihr zuvor und wich seitwärts aus. Mary Mancini sprang rasch vor, nahm das Mädchen beim Arm und dirigierte es mit sanftem Druck zu der Limousine, die gleich hinter dem Leichenwagen stand. Forbes stieg notgedrungen auf der anderen Seite ein, denn offenbar war dies der einzige angemietete Trauerwagen, alle anderen waren mit eigenen Fahrzeugen gekommen. Im Fonds rückte Forbes ostentativ von dem Mädchen ab und starrte aus seinem Fenster, scheinbar ohne die Anwesenheit des Maresciallos zur Kenntnis zu nehmen. Aber er hätte genausogut Augen im Hinterkopf haben können, so deutlich spürte Guarnaccia, daß er in Wirklichkeit niemand anderen wahrnahm.

»Wollen wir gehen?« Mary Mancini stand neben dem Maresciallo. Sie sprach im Flüsterton. Zuvor schon hatte sie ihm erklärt, daß sie nicht mit auf den Friedhof könne, weil sie dann nicht rechtzeitig zu Hause wäre, wenn ihre Jüngste aus der Schule kam.

Der Leichenzug setzte sich in Bewegung, und die beiden überquerten hinter dem letzten Wagen die Straße.

»Ist das Ihr Auto, das mit dem Chauffeur? Wir können aber auch gut zu Fuß gehen. Da brauchen wir nämlich bloß hier über die Brücke und sind bestimmt schneller da.«

Der Maresciallo war zwar völlig durchfroren, mochte ihr aber nicht widersprechen. Also gab er Fara rasch Anweisung, ohne ihn zu fahren, und dann strebten sie der Brücke zu. Der Wind blies ihnen so heftig ins Gesicht, daß der Maresciallo kaum Luft holen konnte, doch auf Mary Mancini wirkte die *tramontana* anscheinend gesprächsfördernd.

»Ein gutaussehender Junge, nicht wahr?«

»Wie bitte?«

»Na, Ihr Fahrer! Macht auch einen sehr intelligenten Eindruck, und man sieht gleich, daß er Sie vergöttert!«

Eine solche Bemerkung im Verein mit dem böigen Wind verschlug dem Maresciallo vollends die Sprache, und die beiden überquerten schweigend die Brücke.

»Jetzt hier links. Finden Sie nicht auch, daß die *tramontana* einfach himmlisch ist? Mir kommt sie immer vor wie ein belebender Frühjahrsputz. Normalerweise steht die Luft so träge über dem Arno-Tal, daß man das Gefühl hat, Achselschweiß einzuatmen. Dieses muntere Lüftchen haben wir wirklich dringend gebraucht.« Damit hob sie das Gesicht empor und schnupperte entzückt die eisige Luft. »Natürlich wollen wir nicht, daß uns ein Brocken erlesener Renaissancearchitektur auf den Kopf fällt.« Eine Bemerkung, die ihr vermutlich der Anblick der Feuerwehr eingab, die eben dabei war, das Sträßchen, in das sie einbiegen wollten, zu sperren, um einem solchen Mißgeschick vorzubeugen. »Wir können aber auch gleich hier durch.«

Sie wohnte in einer ruhigen, abgelegenen Seitenstraße, deren Parterreläden fast ausnahmslos von Handwerkern belegt waren. Heute traten sie freilich, bis auf den markanten Geruch von Leim und Lack, kaum in Erscheinung, denn alle hatten ihre Türen zum Schutz gegen den Wind fest verschlossen, so daß die gewohnten Geräusche wie Sägen und Hämmern und das Radiogedudel aus den Werkstätten kaum zu hören waren. Es gab nur einen Kaufladen in der Straße, ein kleines Lebensmittelgeschäft, wo Mary Mancini jetzt eintrat und fragte: »Post für uns?«

»Ja, es war was dabei… Augenblick, da muß irgendwo

ein Päckchen sein – Luigi! Wo ist das Päckchen für Signora Mancini?«

»Hinter der Brotmaschine, und ein Brief liegt auch dabei.«

Päckchen und Brief wurden aufgespürt, aber nicht, bevor die Kaufmannsfrau die Gegenwart des Maresciallos registriert hatte, den sie wiedererkannte, wenn auch nur vom Sehen.

»Wir haben eine Versicherung abgeschlossen«, verkündete sie jetzt, an ihn gewandt.

»Ach ja...?«

»Wegen der Fassade. Wo bei uns den ganzen Tag Kundschaft ein und aus geht, tragen wir doch das größte Risiko. Uns werden sie belangen, wenn was passiert, das hab ich auch schon zur Signora Mancini gesagt, und mit den Ausbesserungsarbeiten können sie ja nicht vor Juni anfangen – da kommen Betonbrocken runter so groß wie *Parmigiano*-Laibe, hab ich zu denen gesagt. Und wenn so ein Ding mal jemanden trifft, dann ist's aus. Aber jetzt sind wir versichert, das mit der Police kann Ihnen mein Mann erklären – Luigi!«

»Nein, nein, Sie brauchen Luigi nicht zu rufen!« Mary Mancini blickte von ihrem Päckchen auf und kam dem Maresciallo im letzten Moment zu Hilfe. »Der Maresciallo ist hier, um mit mir über die Freundin zu sprechen, die heute morgen beerdigt wurde.«

»Ach... doch nicht die Dame, die...«

»Doch, ja. Aber er hat wenig Zeit, und darum führe ich ihn jetzt lieber nach oben.«

So leicht ging das freilich nicht, was der Maresciallo, der

an solche Dialoge gewöhnt war, auch keine Sekunde geglaubt hatte. Erst gab es noch allerhand Palaver wegen des Päckchens, für das man nicht hatte unterschreiben müssen, was sie aber selbstverständlich, wäre es nötig gewesen, auch getan hätten, vorausgesetzt, die Signora sei einverstanden, nur wisse man heutzutage halt nie, und man wolle schließlich nicht irgendwas für andere Leute unterschreiben, das die, hätten sie Bescheid gewußt, lieber nicht unterschrieben gehabt hätten – aber in diesem Fall war zum Glück gar keine Unterschrift verlangt worden, jedenfalls glaubte sie das, allerdings hatte heute morgen Luigi die Post entgegengenommen, weil sie nämlich gerade bediente, doch sie war ziemlich sicher, daß er gesagt hatte, es sei nichts zu unterschreiben gewesen – Luigi!

»Tut mir leid«, sagte Mary Mancini, als sie endlich entkommen waren, »aber jeder Mensch freut sich über ein bißchen Aufmerksamkeit, und ich bin so oft nicht da, wenn der Briefträger kommt – außerdem sind die beiden es so gewöhnt, unsere Post mit anzunehmen, daß sie gekränkt wären, wenn ich den Boten bitten würde, oben zu klingeln. Und bei dieser elenden Tür käme er sowieso nicht rein.«

Mary Mancini drückte auf die Klingel neben der wuchtigen Eichentüre, trat dann einen Schritt zurück und spähte nach oben. Zwei Stockwerke höher öffnete sich ein Fenster, ein langhaariges Mädchen sah zu ihnen hinunter und verschwand gleich wieder.

»Ihr Schlüssel ist der einzige, der momentan funktioniert. Sie ist bestimmt gleich wieder da…«

Und wirklich erschien das Mädchen kurz darauf wieder

am Fenster und warf einen riesengroßen Eisenschlüssel hinunter, den Mary geschickt auffing.

»Das macht die Übung, wissen Sie.«

Doch selbst jetzt war es noch kein leichtes, die Tür zu öffnen, und als das Schloß endlich aufsprang, mußte der Maresciallo ihr helfen, den Türflügel so weit nach innen zu stoßen, bis er dank des eigenen Gewichts zurückschwang. Drinnen im Treppenhaus war es fast stockfinster, und der Maresciallo nahm die Brille ab.

Es war offenbar einmal ein recht elegantes Stadthaus gewesen. Die hochgewölbte Decke im Eingangsbereich wurde von steinernen Säulen getragen, und in der Mitte führte eine breite Treppe nach oben. Heute jedoch lehnten überall Fahrräder und Mopeds, die Wände waren rissig, und die Ausdünstung überalterter Rohrleitungen war überlagert von einem schweren, penetrant süßlichen Duft wie nach Vanille.

»Geben Sie acht«, warnte Mary, »es ist ziemlich düster auf der Treppe, aber wir können der Eigentümerversammlung nichts Exklusiveres abluchsen als eine Fünfundzwanzig-Watt-Birne… Der Geruch kommt übrigens aus den Parterreräumen im Hof. Da wird für die Bars gebacken. Riecht ein bißchen widerlich, obschon wir selber das nach zwanzig Jahren kaum noch wahrnehmen. Aber bitte – treten Sie ein.«

»Danke sehr. Schön warm hier drinnen.« Und auch sehr unordentlich, aber auf eine heitere Art, die von buntbewegtem Familienleben zeugte und von zu wenig Zeit fürs Aufräumen.

»Verzeihen Sie das Durcheinander. Und warm erscheint

es Ihnen bloß, weil Sie so durchfroren sind. Dieses Haus läßt sich sehr schwer heizen. Ich schlage vor, wir bleiben in der Küche, da ist es noch am wärmsten, und ich mache uns was Heißes zu trinken. Legen Sie doch den Mantel ab.«

Das Küchenfenster ging auf den Klostergarten in der Parallelstraße hinaus. Die Krone eines großen immergrünen Baumes schwankte heftig im Wind, aber die Sonne, die voll hereinschien, machte den kleinen Raum mollig warm.

»Mögen Sie einen Milchkaffee?«

»Ja, sehr gern.« Er sah ihr beim Kaffeekochen zu und fühlte sich in ihrer Gegenwart so unbefangen, als hätte er sie schon seit Jahren gekannt. Vielleicht kam das daher, daß sie selber so ungezwungen auftrat. Sie war hochgewachsen, genauso groß wie der Maresciallo, und bewegte sich ganz locker und selbstsicher. In ihrem hellbraunen Haar schimmerten die ersten grauen Strähnen, die Augen waren tiefblau. Sie trug kein Make-up, sah aber auch so sehr nett aus, fand der Maresciallo. Ja, in jeder Beziehung eine nette Frau.

»Dankeschön.«

»Der Zucker steht auf dem Tisch.« Sie setzte sich ihm gegenüber und wärmte die Hände an der Tasse. »Wie sind Sie denn mit Father Jameson zurechtgekommen?«

»Ich fand ihn sehr sympathisch.«

»Ja, er ist ein Schatz. Und konnte er Ihnen helfen?«

»Ein bißchen. Nein, eigentlich hat er mich ein ganzes Stück weitergebracht. Sie kennen doch Galli, den Journalisten?« Mary nickte. »Er hatte den Eindruck, daß an Weihnachten etwas vorgefallen sein muß zwischen Forbes und seiner Frau, und genau an Heiligabend ging Mrs. Carter zu

Father Jameson – oder vielmehr, sie traf zufällig mit ihm zusammen. Aber Father Jameson meint, es kommt oft vor, daß langanhaltende Probleme sich gerade an Weihnachten zuspitzen, und ich denke, da hat er recht.«

»Hat Celia ihm denn erzählt, was sie bedrückte?«

»Nein, nein… Sie hat nur gesagt, daß sie sich schämt.«

»Ach? Ich kann mir nicht vorstellen, daß Celia… Es sei denn, sie schämte sich für etwas, das Julian getan hat. Sie hatte einen ausgeprägten Beschützerinstinkt, und vermutlich spielte auch ihr Stolz eine Rolle dabei.«

»Ja, ja…« So wohl er sich auch in ihrer Gesellschaft fühlte, die nächste Frage fiel ihm wirklich nicht leicht. Aber er kam nun einmal nicht darum herum. »Forbes gab mir zu verstehen…« Hilfesuchend schaute er in die tiefblauen Augen. »Er gab mir zu verstehen, daß er…«

Und sie kam ihm zu Hilfe. »…einen Angriff auf meine Tugend verübt hätte, wie es so schön heißt? Das hat er tatsächlich behauptet?«

»Na ja… mir hat er sogar erzählt, daß er Erfolg gehabt hätte.«

»Was? Das haben Sie ihm doch nicht geglaubt?«

»Geglaubt habe ich gar nichts, da ich Sie ja beide nicht kannte. Aber auch Galli hat mir versichert, es sei alles Blödsinn.«

»Natürlich! Aber es ist schon auch sehr merkwürdig, oder? Ich meine – Sie glauben doch nicht, daß Celia sich umgebracht hat, stimmt's?«

»Nein, nein…«

»Dann müssen Sie ihn in Verdacht haben. Für mich ist er verdächtig, das können Sie mir glauben, und Sie wären vermutlich nicht hier, wenn Sie ihn nicht genauso auf dem Kieker hätten. Warum also sollte er seine Lage mit unwahren Prahlereien noch schlimmer machen, als sie ist?«

»Das weiß ich auch nicht. Und jetzt, wo ich Sie kennengelernt habe, kann ich mir nicht vorstellen, wie er auf die Idee gekommen ist, auch nur den Versuch zu wagen, Sie…«

Er hielt erschrocken inne, als er merkte, daß man seine letzten Worte womöglich als Beleidigung auffassen mochte, auch wenn er sie ganz anders gemeint hatte. »Ich wollte damit nicht…«

»Ich weiß genau, was Sie sagen wollten.« Sie lächelte ihn an. »Und ich bin nicht gekränkt, im Gegenteil, ich fasse es gewissermaßen als Kompliment auf. Also, dankeschön. Arme Celia! Aber Sie haben wohl nicht verstanden, auf was Forbes aus war. Ihm ging es nicht um Sex. Ich hatte nie den Eindruck, daß ihm daran viel lag. Nein, was ihn interessierte, das waren nicht unsere Reize, sondern allein sein Ego.«

»Unsere?«

»Aber ja. Er hat Ihnen also nicht alles erzählt?«

»Sie waren die einzige, die er mit Namen nannte, aber er hat schon gesagt, daß es auch andere gab.«

Mary lächelte bitter. »Die gab es natürlich ebensowenig wie mich, wenn Sie verstehen, was ich meine. O ja, versucht hat er's bei jeder einzelnen von Celias Freundinnen. Ganz systematisch! Eine nach der anderen hat er uns belagert, und eine nach der anderen haben wir ihn abblitzen lassen.«

»Das war also kein Geheimnis?«

»Aber nein! Ich hab ihm eine Standpauke gehalten und ihn wie einen begossenen Pudel abziehen lassen. Trotzdem war ich sicher, daß er es auch anderswo probieren würde, und hab mich umgehört. Ich weiß von fünf weiteren Fällen. Julian war bei Celia impotent, und zwar schon seit geraumer Zeit, und das war seine Art, sie zu bestrafen. Außerdem wollte er beweisen, daß wir ihn genauso gern hätten wie sie und daß er ebenso brillant und bedeutend sei wie Celia. Beides traf nicht zu. Ist schon komisch, nicht? Die Welt ist voll von hingebungsvollen Ehefrauen, die stolz sind auf den Erfolg ihrer Männer, aber umgekehrt scheint das nicht zu funktionieren.«

»Vielleicht, wenn er selber auch erfolgreich gewesen wäre…«

»Sind die hingebungsvollen Ehefrauen auch nicht. Die sonnen sich nur im Ruhme ihrer Göttergatten.«

»Verheiratet waren sie schon, oder? Ich frage nur, weil der Name in ihrem Paß…«

»O ja, Celia hat weiter den Namen Carter geführt, teils wegen Jenny, teils weil der Autorenname Carter bereits ein Begriff war, aber sie hat Julian ordnungsgemäß geheiratet. Ich hatte oft den Eindruck, es tue ihr im nachhinein leid, obgleich sie nie was gesagt hat. Sie hatten schon vorher zusammengelebt, und ich hab das Gefühl, ihre Probleme hatten bereits da begonnen, und Celia versuchte sie durch diesen Schritt aus der Welt zu schaffen, Sie wissen schon – wie diese Frauen, die schwanger werden, um ihre Ehe zu retten. Na, jedenfalls klappte auch das nicht, und indem er versuchte, mit ihren engsten Freundinnen ins Bett zu gehen, wollte er sich gewissermaßen aneignen, was ihr gehörte. Ein anderer seiner charmanten kleinen Tricks bestand darin, bei jedem Interview, das ein Journalist mit ihr machen wollte, anwesend zu sein, vor allem hier in Florenz. In London konnten sie sich viel freier bewegen. Das Haus dort ist sehr groß, und im übrigen kann man immer ins Pub ausweichen oder so. Aber hier, in diesem beengten Domizil, hätte sie ihn schon hinauswerfen müssen, wenn er nicht aus eigenem Antrieb diskret verschwand, was ihm natürlich nie einfiel.«

»Sie meinen, er saß dabei und hörte zu?«

»Julian und zuhören? Daß ich nicht lache! Der Journalist – in einem Fall war ich es, die ein Interview für ein britisches Hochglanzmagazin machen sollte – stellte Celia eine Frage, doch bevor sie auch nur den Mund aufmachen konnte, gab er bereits die Antwort, und zwar ganz ausführlich. Er redete über ihre Arbeit, als ob sie gar nicht da wäre oder als ob…«

»Als ob sie tot wäre?«

»Ja, ich glaube, das wollte ich tatsächlich sagen, auch wenn ich es früher nie so gesehen habe. Er ist doch jetzt ihr Nachlaßverwalter, oder? Er wird ihre Tantiemen einstreichen, ihre Bücher neu herausgeben und seinen Namen draufsetzen… Womöglich schreibt er sogar ein Buch über sie und baut sich auf ihren armen Gebeinen tatsächlich noch eine eigene Karriere auf – und für jeden, der ihn nicht näher kennt, wirkt er ja durchaus glaubwürdig! Hatten Sie nicht auch den Eindruck?«

»Na ja, als ich ihn das erste Mal sah, da lag er sturzbetrunken im Zimmer neben der Leiche seiner Frau, also… Trinkt er eigentlich immer soviel?«

Mary nippte an ihrem Kaffee und runzelte grüblerisch die Stirn. »Hm, nein. Ich hatte nie den Eindruck, daß er sich regelrecht betrinkt. Normalerweise trank er nicht mehr als wir anderen auch, aber es ist komisch... Ich versuche, mich genau zu besinnen... die paarmal, die ich ihn so betrunken gesehen habe, daß er umgekippt ist... Ich weiß natürlich nicht, ob er da womöglich vorher schon anderswo getrunken hatte, also kann ich's nicht beschwören, aber ich bin fast sicher, daß er auch da nicht mehr intus hatte als alle anderen.«

»Sie meinen, er hat vielleicht sonst noch was genommen, womöglich Rauschgift?«

»Nein! Jetzt weiß ich, woher's kam! Er hatte Angst. Da bin ich mir ganz sicher. Es passierte immer nur dann, wenn er sich fürchtete. Einmal geschah es kurz nach meiner Auseinandersetzung mit ihm. Wir waren bei Galli zum Abendessen, und ob Sie's glauben oder nicht, er versuchte es tatsächlich wieder, begrapschte mich und bettelte darum, mich besuchen zu dürfen. Dabei war Celia im selben Raum! Ich sagte ihm auf den Kopf zu, daß ich über seine Avancen bei anderen Frauen Bescheid wisse und die Absicht hätte, Celia endlich die Augen zu öffnen. Er war außer sich vor Angst. Dann wurde zu Tisch gebeten, aber noch bevor wir beim Hauptgericht angelangt waren, entschuldigte er sich und verschwand, angeblich ins Bad. Doch er kam nicht zurück, und Celia fand ihn schließlich besinnungslos auf dem Bett unserer Gastgeber. Soviel konnte er aber gar nicht getrunken haben, verstehen Sie, und... Was ist?«

Der Maresciallo drehte sich um und sah das junge Mädchen, das ihnen den Schlüssel heruntergeworfen hatte, in der Küchentür stehen. Sie sagte etwas zu ihrer Mutter, das Guarnaccia nicht verstand.

»Sprich bitte italienisch«, ermahnte die Mutter sie sanft und wies auf den Maresciallo.

»Entschuldigen Sie.« Das Mädchen streckte ihm die Hand hin. »Ich bin Katy. Kommen Sie wegen Jennys Mutter?«

»Die beiden sind befreundet«, erklärte Mary, »oder zumindest studieren sie zusammen. Katy hat sie heimgebracht, wissen Sie. Daher die Verzögerung – Katy hatte nämlich noch eine Prüfung. Aber wir dachten, Jenny solle besser nicht allein reisen. Ach, ich wünschte, wir hätten sie überreden können, hier zu bleiben.«

»Du hättest drauf bestehen sollen, Mami. Sie sollte jetzt wirklich nicht bei dieser verrückten alten Sissi sein, finde ich. Jenny wird sich dort nur unglücklich fühlen!«

»Aber ich konnte sie schließlich nicht zwingen, oder? … Sag mal, wie viele Pullover hast du eigentlich an, du Clown?«

»Fünf!« Lachend zog das Mädchen den weitesten Pulli bis über ihre wollbestrumpften Knie hinunter. »Und Legwarmer! In meinem Zimmer ist es nämlich eiskalt!«

Ihre Mutter reckte sich und legte den Arm um sie. »Ach, du Armes, dann setz dich doch her zu uns. Du kannst dem Maresciallo von Jenny erzählen.«

»Da gibt's nicht viel zu erzählen! Aber ich hatte dich was gefragt, Mami, und du hast mir wie üblich nicht geantwortet.«

»Oh, ich hab ganz vergessen, worum's ging…«

»Auch wie üblich! Soll ich das Nudelwasser aufsetzen?«

»Ach so, ja.« Mary sah auf ihre Uhr. »Der Boss kommt in zehn Minuten. Nicht mein Mann«, erklärte sie dem Maresciallo, »der kommt zum Mittagessen nicht nach Hause. Unser Boss, das ist meine Jüngste – wir haben noch einen siebzehnjährigen Sohn –, Lizzy dagegen ist erst sechs.«

»Sie ist Mamis Ausrutscher!« Katy, die eben einen großen Topf auf den Herd wuchtete, wollte sich ausschütten vor Lachen.

»Halt den Mund und setz dich hin. Das kommt in den besten Familien vor.«

Katy setzte sich zu ihnen an den Tisch und zog ihre fünffachen Ärmellagen über die klammen Hände.

»Sag, Mami, was sollen wir nur tun wegen Jenny? Ob ich sie überrede, heute abend mit uns auszugehen, und dann schauen wir, daß es recht spät wird, damit sie bei uns übernachten muß?«

Mary machte ein skeptisches Gesicht. »Ich würde bis morgen warten. Gleich am Tag der Beerdigung gehört sich das nicht, finde ich. Oder was meinen Sie?«

Es schmeichelte dem Maresciallo, daß sie ihn um seine Meinung fragte. »Ich würde auch sagen, lieber morgen. Seid ihr zwei gut befreundet?«

»Ach, na ja… Wir studieren an derselben Uni, und unsere Eltern verkehren miteinander, da müssen wir uns schon vertragen.«

»Heißt das, du magst sie nicht?«

»Nein, nein. Sie tut mir wohl eher leid. Jenny ist intelligenter als ich, glaub ich wenigstens, aber trotzdem braucht sie eine Woche für ein Referat, das ich in ein paar Stunden schreibe. Und sie geht nirgends hin, sondern hockt immerfort nur zu Hause und hämmert auf dem Klavier rum.«

»Nicht jedem macht es Spaß, so ein Party-Schmetterling zu sein wie du«, warf Mary ein.

»Party-Schmetterling! Ach, Mami, du bist so was von altmodisch – und ich sehe nicht ein, warum man trotz Klavierspielens nicht auch mal weggehen oder einen Freund haben kann. Aber Jenny hat noch nie einen gehabt. Die Jungs laden sie ein, weil sie so hübsch ist, aber nur einmal, denn sie kriegt ja den Mund nicht auf. Ehrlich, ohne Flachs, sie sitzt stundenlang rum wie ein Stockfisch, und wenn man sie was fragt, dann antwortet sie bloß mit Ja oder Nein.«

»Demnach vertraut sie sich dir also nicht an?« fragte der Maresciallo, der seine letzte Hoffnung schwinden sah. »Sie hat dir nicht zum Beispiel erzählt, daß sie Weihnachten Ärger mit ihrer Mutter hatte?«

»Nein... aber wir haben die Carters an Weihnachten auch gar nicht gesehen, oder, Mami?«

»Sie waren am Weihnachtstag bei uns zum Essen eingeladen«, sagte Mary, »aber dann haben sie in letzter Minute abgesagt.«

»Und als ihr nach den Ferien wieder auf die Universität zurückkamt? Ist dir da an ihr keine Veränderung aufgefallen?« Der Maresciallo blickte von Katy zu Mary. »Ich meine, wenn ihre Mutter doch in einem solchen Zustand war...«

»Sie hatte abgenommen«, sagte Katy nachdenklich. »Nicht, daß sie je dick gewesen wäre, aber nach Weihnachten war sie echt spindeldürr. Und das ist sie noch. Ist dir doch auch aufgefallen, oder, Mami?«

»Sie denken an Drogen, nicht wahr?« fragte Mary den Maresciallo.

»Aber *Mami*!«

»Katy, das kann man nicht immer so ohne weiteres feststellen.«

»Du nicht, nein, aber meine Generation schon. Wir wissen ganz genau, wer bei uns grade was nimmt!«

»Soll das heißen, ihr nehmt alle irgendwas? Katy, du wirst doch nicht…«

»Ach, Mami! Um Himmels willen! Jenny hat gar nichts genommen, die hat höchstens gefastet. Und falls bei ihr zu Hause irgendwas vorgefallen ist, dann hat sie's mir jedenfalls nicht erzählt. Trotzdem glaube ich, daß sie die Nase voll hatte von Julian, und das kann ich ihr nicht verdenken. Ich konnte den noch nie ausstehen. Jedesmal, wenn er mich sieht, will er wissen, was ich studiere, und dann hält er mir prompt 'ne Vorlesung über mein Fach.«

»Wahrscheinlich will er hilfsbereit sein«, meinte Mary.

»Sag lieber angeben. Außerdem pfeif ich auf seine Hilfe. Jenny muß sich das gefallen lassen, aber ich doch nicht. Sie sagt, sie hätte ohne ihn das Abitur nie geschafft, aber wie kann sie das wissen, wenn sie's nicht allein probiert hat? He, Augenblick mal…«

»Ist dir doch noch was zu Weihnachten eingefallen?« Der Maresciallo sah das Mädchen erwartungsvoll an.

»Vielleicht… das heißt, es war vor Weihnachten. Ich wollte unsere Fahrkarten für die Heimreise besorgen, und wenn man noch einen Sitzplatz kriegen will, muß man sich an Weihnachten schon sehr frühzeitig darum kümmern. Es war am Ende einer Vorlesung, als schon alle den Hörsaal verließen. Jenny packte noch ihre Sachen zusammen, und ich schob mich zu ihrem Platz durch.

›Hör zu‹, sag ich, ›mein Scheck ist gekommen. Ich könnte also heute nachmittag die Fahrkarten kaufen. Gehst du mit?‹

Sie schüttelte bloß den Kopf und sammelte weiter ihre Hefte ein.

›Du mußt dich aber ranhalten, sonst kriegst du keinen Platz mehr.‹

Sie antwortete immer noch nicht. ›Falls du kein Geld hast, dann können wir mit meinem eine Anzahlung für beide Plätze leisten, und wenn dein…‹

›Ich kann nicht!‹

›Du meine Güte, Jenny, was ist schon dabei…‹

›Ich kann nicht. Ich fahre nicht nach Hause.‹

›Aber wo willst du denn hin? Nicht, daß du mir Rechenschaft schuldig wärst, aber ich kann mir nicht vorstellen, daß du auf eigene Faust Ferien machst oder Weihnachten ganz allein in dem riesigen alten Kasten in London verbringst.‹

Natürlich hat sie mir nicht erzählt, was los war. Bloß geweint hat sie – das macht sie manchmal, wenn man sie unbedingt zum Reden bringen will. Aber es nützt eben nichts, weil sie dann einfach losheult. Na ja, diese Geschichte ist mir nicht gleich eingefallen, weil sie am Ende doch mit nach Hause kam. Weiß der Geier, was sie an dem Tag hatte.«

Der Maresciallo sah hinaus auf den windzerzausten Baumwipfel vor dem Fenster. Ihm war inzwischen durch und durch warm, trotzdem ließen ihn das wütende Heulen des Sturms und der Gedanke an die bittere Kälte draußen erschauern. Oder vielleicht war es auch der Gedanke…

»Sie glauben doch nicht« – es war Mary, die seine vagen Überlegungen in Worte faßte – »daß er das Kind nicht daheim haben wollte, weil er... also... weil er einen Zeugen fürchtete? Aber dann kam Jenny doch, und er mußte es verschieben...«

»Die Möbel...« sagte der Maresciallo so gedankenverloren, als ob er kein Wort mitbekommen hätte. »Er hat ohne Wissen seiner Frau, wenn auch vermutlich mit ihrem Geld, neue Möbel angeschafft. Und irgendwie muß das großen Ärger verursacht haben. Forbes war es jedenfalls gar nicht recht, daß ich davon erfuhr. Und dann sagte er noch, die neuen Sessel seien ein Weihnachtsgeschenk gewesen.«

»Sie haben recht!« rief Mary. »Früher stand da eine Ausziehcouch, die man zu einem Doppelbett aufklappen konnte. Auf der hatte Jenny zuvor immer geschlafen. Letzte Weihnachten mußte sie sich bei Sissi einquartieren, genau wie jetzt. Also hatte ich doch recht: Er wollte sie nicht im Haus haben. Ich glaube nie, daß Celia was damit zu tun hatte. Sie liebte Jenny abgöttisch, das Kind war ihr Leben. Nein, Julian wollte sie nicht im Haus haben, und darum hat er ihr den einzigen Schlafplatz genommen. Kein Wunder, daß Jenny geweint hat! Ach, wenn sie's dir doch nur erzählt hätte, Katy, dann hättest du sie mit zu uns bringen können.«

»Aber sie hat's mir eben nicht gesagt. Jenny sagt einem ja nie irgendwas. Sie hockt bloß unbeweglich da, als ob sie für einen Botticelli Modell sitzen müßte, und wenn man sie aus ihrer Trance rausreißen will, dann fängt sie an zu heulen.«

Dem Maresciallo sank der Mut. Er mußte mit dem

Mädchen sprechen, das stand fest, aber er machte sich keine Illusionen über seine Erfolgsaussichten bei einer Botticelli-Figur, die echte Tränen weinte. Allein, er mußte in den sauren Apfel beißen, auch wenn er viel lieber für den Rest seiner Tage in dieser gemütlichen Küche sitzen geblieben wäre. Mary, die ohnehin den Schulbus an der Tür abpassen wollte, brachte ihn nach unten.

»Sie haben gewiß alle Hände voll zu tun, wenn Sie bei drei Kindern noch als Journalistin tätig sind.«

»Ach, als Lizzy zur Welt kam, habe ich aufgehört, ganztags zu arbeiten. Und ich schreibe für Monatszeitschriften, da stehe ich nicht so unter Termindruck. Stellen Sie sich vor, beinahe hätten wir unserer kleinen Elizabeth statt Lizzy den Kosenamen Sissi verpaßt. Aber das hätte Sissi kränken können, und sie ist doch so ein lieber Mensch, selbst wenn sie ein bißchen spinnt.«

»Kränken? Hätte es ihr nicht eher geschmeichelt?«

»Ah, Sie kennen die Vorgeschichte nicht. Sissis Eltern haben sie nach der österreichischen Kaiserin getauft, die so berühmt war für ihre Schönheit. Unsere arme Sissi dagegen war von klein auf häßlich wie die Nacht. Ich habe Fotos gesehen. Die zeigt sie bereitwillig her und tut so, als hätten ihre Eltern sich auf ihre Kosten einen prächtigen Scherz erlaubt. Aber mir kann keiner erzählen, daß sie in jungen Jahren nicht doch darunter gelitten hat. Unsere herrische kleine Lizzy hingegen ist eine Schönheit, und da hätte es womöglich so ausgesehen, als wolle man nachträglich noch Salz in die Wunde streuen. … Ach, da kommt sie!«

Ein gelber Minibus, voll besetzt mit einer quirligen Kinderschar, kam die Straße entlang. Bevor der Bus hielt, sah Mary den Maresciallo forschend an und sagte: »Wenn ich das nicht fragen darf, dann brauchen Sie natürlich nicht zu antworten, aber halten Sie es für möglich, daß er sie umgebracht hat?«

»Ich habe keinerlei Beweise dafür.« Seine Augen konnte man hinter den dunklen Brillengläsern nicht erkennen. Seine Stimme war ausdruckslos.

Sie verstand ihn trotzdem.

»Chopin!« Sissi gelang es, den Namen mit soviel Verachtung auszuspucken, daß sich jeder weitere Kommentar erübrigte. Trotzdem bohrte sie Guarnaccia noch den Finger in die Seite und schmetterte ein triumphales: »Bach!« hinterdrein. Damit war die Sache geklärt, und sie stapfte dem Maresciallo und Fara so eilig voraus, daß die beiden nur einen flüchtigen Blick auf das Mädchen in dem Zimmer zu ihrer Linken erhaschten. Sie saß am Klavier und kehrte ihnen den Rücken zu, und dieser Rücken war so unbeweglich wie der einer Statue. Das dichte, blondgewellte Haar reichte ihr bis zur Taille.

»Biegsamer, die Finger!« donnerte Sissi über die Schulter zurück, während sie die beiden Männer in das Arbeitszimmer mit den vielen Büchern scheuchte, in dem sie bei Guarnaccias erstem Besuch mehrmals eingenickt war. Sie lächelte dem Maresciallo zu. Die Klaviermusik war immer noch zu hören. Manchmal geriet das Spiel ins Stocken, wurde aber stets mit erneuter Entschlossenheit wieder aufgenommen.

»Nehmen Sie Platz!« befahl Sissi. »Ich warne Sie am besten gleich: Das Mädel redet nicht viel. Vielleicht spricht sie überhaupt nicht mit Ihnen, also wundern Sie sich nicht, wenn es schiefgeht.«

Sie ließen sich in bequemen Lehnsesseln nieder. Durch das Bogenfenster blickten sie auf die Zypressenallee, deren Wipfel wie rasend hin und her schlugen. Es war sehr warm in dem kleinen Zimmer, das von einem Ofen in der Ecke beheizt wurde. Auf dem flachen Ofendeckel stand ein glasiertes Schälchen mit einem Apfel drin. Sissi zeigte dem Maresciallo ihre Eichhörnchenzähne, als sie seinen verdutzten Blick auffing. »Das ist mein täglicher Apfel. Morgens stelle ich ihn auf den Ofen, wo er von der aufsteigenden Wärme langsam gebacken wird. Nachmittags um fünf esse ich ihn. Schmeckt sehr gut.«

»Kann ich mir vorstellen.« Tatsächlich verlieh der Bratapfel dem überheizten Zimmerchen einen angenehm lieblichen Duft. Der junge Fara bestaunte die schweren, fremdländisch anmutenden Möbel und die vielen, vielen Bücher und Bilder. Dem Maresciallo fiel das Päckchen ein, das er unter dem Arm trug, und er übergab es Sissi.

»Ah! Hat's Ihnen gefallen?«

»Ja… doch, und nochmals vielen Dank, daß Sie's mir geborgt haben.«

»Ein Mann, der ausgeliehene Bücher prompt zurückbringt. Ich hab's gewußt, andernfalls hätten Sie von mir keines bekommen. Also, ich schicke Ihnen jetzt das Mädel. Aber denken Sie dran, sie spricht nicht viel. Familien!« Ein Wort, das sie mit einer Gehässigkeit durch ihre Eichhörnchenzähne zischte, die den Chopin von vorhin weit hinter sich ließ. »Das Mädel ist allein gewiß besser dran.«

Der Maresciallo runzelte die Stirn. »Soviel ich gehört habe, hing ihre Mutter sehr an ihr.«

»Oh, ja. Und erfolgreich war sie auch, sehr kluge Frau. Meine Mutter war wunderschön. Hab mich trotzdem als junges Ding davongemacht. Das Beste, was ich tun konnte. Da, hören Sie!«

Die beiden Männer lauschten. Das Mädchen spielte jetzt ein anderes Stück. Der Maresciallo, der fand, es klinge sehr hübsch, war beeindruckt.

»Na, bitte! Sie spielt schlecht, ach was, miserabel, dabei fehlt's ihr nicht an Begabung. Ist alles bloß eine Frage der Nerven.«

»Also, ich kann mir zwar kein Urteil anmaßen…«

»Pah! Ich gehe jetzt und hole sie.«

Als sie draußen war, warf Fara dem Maresciallo einen verschämten Blick zu und kramte Notizbuch und Stift hervor. Guarnaccias Gesicht verriet nichts, doch hinter seinen ausdruckslosen Augen spielte sich allerhand ab.

Daß Fara jetzt mit gezücktem Notizbuch neben ihm saß, verdankte er größtenteils Mary Mancini. Auf der Fahrt hier herauf hatte Fara unter allerlei Gestammel um die Erlaubnis gebeten, den Fall mehr aus der Nähe mitverfolgen zu dürfen.

»Ich hab das Gefühl, ich könnte hier sehr viel lernen. Das heißt, wenn Sie…«

Und der Maresciallo erinnerte sich in höchster Verlegenheit an Mary Mancinis Bemerkung über seinen Fahrer, der einen intelligenten Eindruck mache…

Und man sieht gleich, daß er Sie vergöttert.

Während das natürlich blanker Unsinn war, mußte der

Maresciallo sich eingestehen, daß er den Jungen über seinen eigenen Problemen vernachlässigt hatte. Und wenn es Fara Freude bereitete, hier zu sitzen und sich Notizen zu machen, so schadete das niemandem, ja mochte sich vielleicht sogar als nützlich erweisen.

Guarnaccia hatte kaum bemerkt, daß das Klavierspiel verstummt war, als auch schon leise die Tür aufging und das Mädchen auf der Schwelle stand. Die winzige Sissi, die hinter ihr fast nicht zu sehen war, hatte ihr offenbar einen kleinen Schubs gegeben.

»Rein mit dir!« Und bevor sie die Tür schloß, setzte sie mit Nachdruck hinzu: »Ich bin gleich nebenan!« Doch wer von beiden nach Sissis Meinung womöglich Beistand brauchen würde, blieb unklar.

Die Männer, die aufgestanden waren, als Jenny hereinkam, traten nun unschlüssig von einem Bein aufs andere und warteten darauf, daß sie ihnen anbot, wieder Platz zu nehmen, oder sich wenigstens als erste setzte, aber das Mädchen rührte sich nicht. Sie stand nur ganz still da, hielt die Hände vor dem Körper gefaltet und schaute die beiden unverwandt an. Was auf den ersten Blick wie Gelassenheit wirkte, wurde durch ihre Starrheit rasch als Pose entlarvt. Der Botticelli-Vergleich drängte sich trotz ihrer ausgebleichten Jeans und des abgetragenen schwarzen Pullis auf; und das nicht nur wegen des wallenden Blondhaars, nein, es lag eher an dieser wachsam distanzierten Reglosigkeit.

Es war der Maresciallo, der endlich vorschlug, man möge sich doch setzen. Aber statt sich in dem großen Sessel zurückzulehnen, hielt Jenny sich auch im Sitzen so starr gerade wie zuvor und blickte ihn mit ihren braunen Augen weiterhin unverwandt an. Der Maresciallo, der sich auf hartnäckiges Schweigen gefaßt gemacht hatte, erschrak fast, als sie als erste das Wort ergriff.

»Ich möchte nicht über sie sprechen.«

»Sie meinen Ihre Mutter? Selbstverständlich, so kurz nach der Beerdigung... Ich bedaure aufrichtig, daß wir Sie überhaupt um diese Unterredung bitten mußten, aber es ließ sich leider nicht umgehen.«

Sie nahm das schweigend zur Kenntnis und sah ihn auch nicht mehr direkt an, sondern hielt den Blick auf einen imaginären Punkt neben ihm gerichtet. Guarnaccia schloß die Hand fester um den Rand der Mütze, die auf seinen Knien lag, hüstelte leise und fuhr dann fort.

»Sie sind noch sehr jung, und der Tod Ihrer Mutter war gewiß ein schwerer Schock für Sie, aber Sie sind, denke ich, doch reif genug, um zu begreifen, daß es unsere Pflicht ist, – unter diesen Umständen – gewisse Fragen zu stellen...«

Nichts. Genaugenommen sah sie nicht so aus, als ob sie alt genug wäre, es zu verstehen. Sie wirkte eher wie ein Kind, ein gehorsames, aber teilnahmsloses Kind – so teilnahmslos, daß er auf den Gedanken kam, sie sei vielleicht nicht ganz normal. Er hatte schon Geisteskranke erlebt, die sich gerade so ins eigene Innere verkrochen... aber dieses Mädchen ging auf die Universität, und weder Mary Mancini noch ihre Tochter, beides ganz normale, vernünftige Menschen, hatten auch nur entfernt angedeutet, daß mit Jenny irgend etwas nicht in Ordnung sein könnte. Er seufzte innerlich. Eine so undurchdringliche Mauer des Schweigens kannte er bislang nur von geistig Minderbemittelten oder zweifelsfrei schuldigen Kriminellen. Dieser brutale Kerl, Saverino, war so einer gewesen. Hatte bis zur Verhandlung den Mund nicht aufgemacht. Der kleine Jammerlappen Pecchioli war derjenige, der alles preisgab.

Weniger hartgesottene Typen kriegte man oft durch ein paar Tage Haft weich, aber dieses zarte Geschöpf konnte er wohl kaum einsperren wie einen gemeinen Verbrecher. Der Maresciallo verlegte sich auf eine andere Taktik.

»Eigentlich wollte ich ja etwas über Sie erfahren.«

»Über mich? Was könnte Sie denn an mir interessieren?«

Das war nicht viel, aber allemal besser als ihr beharrliches Schweigen. »Ich bin sicher, daß viele Menschen sich für Sie interessieren, für Ihre Gefühle, Ihre Pläne.«

Sie zuckte mit den Schultern.

»Werden Sie Ihr Studium zu Ende führen?«

Erneutes Achselzucken, das diesmal offenbar: ›Ich denke schon‹, bedeuten sollte.

»Sie werden von jetzt ab unabhängig sein, sowohl finanziell als auch … in jeder anderen Beziehung. Da wäre es doch möglich, daß Sie lieber etwas anderes machen möchten.«

»Ich werde überhaupt nie irgendwas machen!« Fast schrie sie ihm die Worte entgegen, und ihr Gesicht wechselte die Farbe. Sie schien den Tränen nahe. Der Maresciallo, wohl wissend, daß Sissi sie nebenan belauschte, schielte unbehaglich nach der Tür. Diese Unterredung verlief genauso verhängnisvoll wie sein Besuch bei Forbes, wo er gerade durch das Bestreben, jedem gefährlichen Thema auszuweichen, mit seiner harmlosen Bemerkung über die Möbel eine Lawine losgetreten hatte. Wirklich Pech, aber er mußte sich damit abfinden.

»Das kann ich mir nicht vorstellen. Ihnen stehen doch alle Möglichkeiten offen. Sie sind ohne Zweifel ein intelligentes junges Mädchen, gehen auf die Universität und studieren... Italienisch, oder?«

Sie nickte.

»Was Sie bereits recht gut sprechen. Sie sind sehr hübsch und werden bald mehr Geld zur Verfügung haben, als Sie zum Leben brauchen. Die meisten Ihrer Altersgenossinnen würden Sie beneiden.«

Ihre einzige Reaktion war ein abschätzig herabgezogener Mundwinkel, eine Miene, die der Maresciallo wohl zu deuten verstand. Denn er, dem so oft vorgeworfen wurde, daß er den Leuten nie richtig zuhöre, erriet fast immer, was sie dachten. Und dieses verächtlich süffisante, kleine Lächeln besagte, er habe keine Ahnung, wovon er rede.

»Haben Sie sich überhaupt schon Gedanken über Ihren künftigen Beruf gemacht?«

»Ich werde wohl Lehrerin werden müssen.«

»Aber so, wie Sie das sagen, haben Sie offenbar keine Lust dazu?«

Im stillen fragte er sich, wie sie ohne die Hilfe des gesprochenen Wortes zu unterrichten gedachte. Guarnaccia blickte auf ihre Hände, die glatt und makellos übereinanderlagen; die Nägel waren kurz und auffallend weiß. Nicht das kleinste Zucken: Diese Hände waren so reglos wie zwei tote Vögel. Der Maresciallo hatte das beklemmende Gefühl, daß er es hier nicht nur mit Schüchternheit oder auch einem chronischen Mißtrauen zu tun hatte, sondern daß diesem scheinbar vollkommenen Geschöpf irgendein nicht wiedergutzumachender Schaden zugefügt worden war.

Ihre Mutter, die Jenny über alles liebte, hatte sie als ihr verlorenes Kind beweint. Als er sie wieder ansah, begegnete er ihrem anklagenden Blick.

»Sie interessieren sich gar nicht für mich, nein, Sie sind wegen meiner Mutter gekommen und weil Sie rauskriegen wollen, wie sie gestorben ist.«

»Und wissen Sie das… ich meine, wissen Sie vielleicht mehr über den Tod Ihrer Mutter als wir?«

»Wie sollte ich? Ich war doch gar nicht da.«

»Sie könnten etwas von Mr. Forbes erfahren haben.«

Schweigen. Ein Schweigen, das vielleicht endlos geworden wäre, hätte der Maresciallo sich nicht, einfach um etwas zu sagen, erkundigt: »Es stört Sie doch nicht, daß mein Carabiniere sich Notizen macht? Er kann auch gehen, wenn Ihnen das lieber ist.« Aber sie zuckte bloß mit den Schultern. Fara sah den Maresciallo ratsuchend an, doch auch der begnügte sich mit einem Achselzucken. Was soll's? dachte er. Mochte Fara ruhig bleiben. Der arme Junge hatte sowieso noch kein Wort notiert. Aber was hätte er auch aufschreiben sollen?

»Hatten Sie Streit mit Ihrer Mutter, Signorina? Zu Weihnachten oder kurz davor?«

»Nein.«

»Aber sie hat sich um die Zeit Ihretwegen große Sorgen gemacht. Hatten Sie vielleicht Probleme in England?«

»Nein.«

»Und Sie können sich nicht denken, aus welchem Grund sie Ihretwegen so in Sorge war?«

»Wahrscheinlich war sie enttäuscht von mir. Ich bin nicht so intelligent, wie sie erwartet hatte.«

»Und war Mr. Forbes auch enttäuscht von Ihnen?«
Schweigen.

»Ihre Freundin Katy hat mir erzählt, daß er Ihnen
früher bei den Schularbeiten half. Hat er vielleicht später
das Interesse an Ihnen verloren, weil Ihre Intelligenz auch
seinen Erwartungen nicht entsprach?«

Endlich hatte er einen Nerv getroffen. Sie starrte ihn
haßerfüllt an, und das Blut schoß ihr ins Gesicht.

»Er wollte Sie nicht mehr hier haben, nicht wahr?«

»Nein, das war sie, sie hat mir geschrieben…«

»Nein, nein! Ich versichere Ihnen, daß sie furchtbar darunter gelitten hat. Wenn Sie mit Ihrer Mutter Streit hatten
und ihr dabei womöglich vorwarfen, daß…«

»Sogar mein Bett hat sie verkauft!«

»Nein. Das war er. Schauen Sie, mein liebes Kind, er war
sehr eifersüchtig und wollte immer und überall ganz allein
im Mittelpunkt stehen. Sie hätten Ihrer Mutter nicht die
Schuld geben dürfen. Ich verstehe, daß Ihnen diese Erkenntnis jetzt, wo es zu spät ist, um sich mit Ihrer Mutter
auszusöhnen, furchtbar weh tun muß, aber es ist sehr
wichtig für Sie, für Ihr ganzes zukünftiges Leben, daß Sie
wissen, wie sehr Ihre Mutter Sie geliebt hat. Und schließlich sind Sie ja zu Weihnachten doch noch nach Hause gekommen, nicht wahr?«

Sie nickte, aber wieder mit diesem verräterischen
Zucken um die Mundwinkel.

»Bestimmt war Ihre Mutter diejenige, die Sie gebeten hat
zu kommen.«

Sie nickte kläglich.

»Nach dem, was vorgefallen war, hatten Sie hier sicher

keine unbeschwerten Weihnachtsferien. Aber es ist gut möglich, daß Ihre Mutter am Ende den Entschluß faßte, ihren Mann zu verlassen, eben weil er Sie so rigoros ablehnte. Beweist das nicht, wieviel Sie ihr bedeutet haben?«

Sie starrte wieder stumm an ihm vorbei. Der Maresciallo drang noch eine Weile in sie, und sei es nur, weil er sie zu gern überredet hätte, zur Familie Mancini zu ziehen, doch er bekam nichts mehr aus ihr heraus. Er war zutiefst beunruhigt über den nervlichen Druck, unter dem das Mädchen unverkennbar stand. In seiner relativ langen Laufbahn hatte er schon oft mit den Hinterbliebenen eines tragischen Todesfalles zu tun gehabt. Manche reagierten hysterisch, andere ungläubig, einige brachen unter dem Schock zusammen, und wieder andere wurden beinahe handgreiflich gegen ihn als den Überbringer der furchtbaren Nachricht. Aber eine solch lähmende Spannung war ihm noch nie begegnet. Die Starrheit des Mädchens machte ihn so betroffen, daß er nicht anders konnte, als die Befragung abzubrechen. Es war beinahe eine Erleichterung, aufzustehen und, mit Fara im Schlepptau, den Rückzug anzutreten. Das Mädchen rührte sich nicht vom Fleck. Sissi öffnete die Tür, als der Maresciallo eben die Hand nach der Klinke ausstreckte.

»Ich habe kaum die Hälfte verstanden«, beschwerte sie sich. »Das Mädel muß ich ja dauernd ermahnen, damit sie lauter spricht – wenn sie überhaupt mal den Mund aufmacht –, aber daß Sie so ein Nuschler sind, hätte ich nicht gedacht.«

Als die beiden Männer zu ihrem Wagen kamen, der neben den Zitronenkübeln in ihren wild knatternden Plastikhüllen stand, erhaschten sie einen Blick auf das ängstlich besorgte Gesicht der Signora Torrini, die von einem Fenster im Obergeschoß der Villa zu ihnen hinunterspähte. In der Scheune dagegen war kein Lebenszeichen zu entdecken, kein Gesicht lugte hinter dem Gitterwerk hervor.

»Zu ihm gehen wir also nicht?« fragte Fara schüchtern.

»Er ist nicht da«, antwortete der Maresciallo. »Drüben brennt kein Feuer, und dabei haben wir's etliche Grad unter Null.«

Fara hob den Kopf. Tatsächlich kringelte sich nicht das kleinste Rauchwölkchen aus dem Kamin der Scheune. Der Himmel über ihnen, den der eisige Wind leergefegt hatte, leuchtete in einem so tiefklaren Blau, wie man es im Sommer nie zu sehen bekam.

»Ich wünschte, ich würde hier wohnen«, sagte Fara mit einem sehnsüchtigen Blick auf die Villa Torrini, als er den Motor anließ.

»Die Leute, die hier leben«, versetzte der Maresciallo, »haben, scheint's, nicht viel Freude dran.«

Der Maresciallo lag im Bett, ließ die Bilder des Tages an sich vorüberziehen und genoß nebenher das Geplapper seiner Frau, die geschäftig rein und raus lief und vor dem Schlafengehen noch überall aufräumte.

»Der Fischhändler sagt, die trauen sich nie im Leben, den Buckligen einzusperren – so nennt er ihn immer, nie bei seinem richtigen Namen, aber er ist eben Kommunist, da braucht man sich nicht zu wundern... Dieser emeritierte Professor war auch da, ich vergesse immer, wie er heißt, doch du hast ihn mal kennengelernt, als diese Ausstellung eröffnet wurde, und weißt also, wen ich meine... der kauft überhaupt sehr viel Fisch, macht sich nichts aus Fleisch, und *er* sagt, daß die schriftliche Rechtfertigung, die der Mensch bei den Magistrati eingereicht hat, ein typisches Mafia-Pamphlet war, das sehe man schon an den Formulierungen, der Argumentation, einfach an allem... glaubst du, daß sie den jemals einsperren werden? Salva? Salva!«

»Was? Ich weiß nicht...« Er schaltete sich in das Gespräch ein und spulte es im Geiste ein Stück zurück. »Du hast dich doch hoffentlich nicht dazu geäußert?«

»Natürlich nicht!... Ach, weißt du, es ist wirklich schön, die Jungs wieder hier zu haben.«

Dem konnte er nur beipflichten. Sonnengebräunt, dreckig und ausgelassener denn je – so waren die beiden hereingeschneit. Wie sie ihre Rucksäcke, Plastiktüten und Anoraks kunterbunt in der ganzen Wohnung verstreuten, sich gegenseitig mit ihren Geschichten, Klagen, Witzen und Geständnissen überschrien, hätte man glauben mögen, die *tramontana* sei quer durchs Haus gefegt. Inzwischen war alles wieder friedlich, und die Jungs schliefen den Schlaf der Erschöpften und Zufriedenen.

Eine kleine Mißstimmung hatte es allerdings, kurz nach ihrer Ankunft, doch gegeben. Und als Teresa jetzt ins Bett schlüpfte, kam sie noch einmal darauf zu sprechen.

»Warum hast du sie eigentlich nicht mitgehen lassen?«

»Was?«

»Warum hast du ihnen nicht erlaubt, mit den anderen zu diesem Pizza-Essen zu gehen? Die Lehrer waren doch auch dabei, es wäre ihnen schon nichts passiert.«

»Sie hatten gerade erst eine Woche Ferien.«

»Schon, aber das sollte doch auch nur so eine Art krönender Abschluß sein. Ich fand's eine nette Idee.«

»Den beiden wird ohnehin schon viel zuviel erlaubt. Sie sind direkt verzogen.«

»Trotzdem sieht dir das nicht ähnlich. Normalerweise freust du dich doch, wenn sie ihren Spaß haben.«

Als sie merkte, daß keine weitere Aufklärung zu dem Thema zu erwarten war, ließ Teresa es auf sich beruhen. Nach einer kleinen Pause fragte sie: »Merkst du, wie still es auf einmal ist?«

»Mm?«

»Ich dachte erst, es kommt daher, daß die Jungs endlich schlafen, aber das ist es nicht. Der Wind hat sich gelegt.«

Sie hatte recht. Kein Laut drang mehr von draußen durch die Fensterläden.

»Na, Gott sei Dank.«

»Wie recht du hast«, sagte Teresa, die sich umdrehte und zum Schlafen zurechtlegte. »Es war schon eine arge Plage, ständig gegen diesen Sturm anzukämpfen. Morgen dürfte es schön werden, falls es sich nicht gleich wieder bezieht.«

»Wird es nicht.« Er lag noch wach, als sie längst eingeschlafen war, und schlug sich mit allerlei Zweifeln herum. War es richtig gewesen, Fara zum *Il Caffè* gehen zu lassen, für den Fall, daß Forbes dort auftauchte und... na, was und? Er hatte den Jungen nicht entmutigen wollen, indem er ihm seinen Plan ausredete, und es stimmte ja auch, daß Fara bislang in der Villa Torrini kaum aufgefallen war und daß Forbes ihn ohne Uniform bestimmt nicht wiedererkennen würde... Jedenfalls konnte es nichts schaden...

Die andere Sache, die ihm Kopfzerbrechen machte, war sehr viel komplizierter. Der Maresciallo war von Anfang an überzeugt gewesen, daß Forbes seine Frau ermordet hatte, und jetzt wußte er auch, warum. Sie hatte sich offenbar endlich dazu durchgerungen, ihn zu verlassen. Wenn es dazu gekommen wäre, hätte Forbes keinen Job mehr gehabt, kein Dach über dem Kopf, kein Geld und, nach allem, was man hörte, auch keine Freunde. Noch mal so eine Goldader wie Celia Carter aufzuspüren wäre bestimmt nicht leicht gewesen. Und doch war der Maresciallo mit seinen Schlußfolgerungen nicht zufrieden. Er hatte das Gefühl, alle Bestandteile des Puzzles beieinanderzuhaben, ohne zu wissen, wie sie zusammengehörten. Als er später dahinterkam, mußte er sich eingestehen, daß er sich um die Erkenntnis herumgedrückt, ja es vorgezogen hatte, in dieser windstillen, friedvollen Nacht seinen Verdacht beiseitezuschieben, um sich nicht um seinen gesunden Schlaf zu bringen.

Im Grunde, so argumentierte Guarnaccia, während er tiefer in die mollige Wärme des großen Bettes eintauchte, im Grunde war es ohnehin egal, was er wußte oder nicht wußte, da sowieso keine Hoffnung bestand, daß er je irgendwas würde beweisen können. Bevor er endgültig einschlief, schlug er noch einmal die Augen auf, um sich zu vergewissern, daß der Wecker auf dem Nachttisch auch richtig gestellt war. Er war es. Die Leuchtzeiger standen auf Viertel vor zwölf. Der Maresciallo schloß die Augen.

Draußen in der ruhigen Winternacht kletterten fleißig die Temperaturen. Goldene Lichtreflexe glitzerten auf den dunklen Fluten des Arnos unter dem Ponte Vecchio, wo die Stille der menschenleeren Stadt unsanft gestört wurde, als Julian Forbes sich, betrunken und blutüberströmt, seiner Verhaftung durch die Polizei widersetzte.

9

»Wie lange war er denn im *Il Caffè*?« Der Maresciallo nahm, während er das fragte, hinter seinem Schreibtisch Platz. Fara, dessen Wangen vor Aufregung gerötet waren, hatte ihn kaum in sein Büro gelassen, so sehr brannte er darauf, seine Geschichte loszuwerden.

»Nicht sehr lange, etwas über eine Stunde. Ich war schon viel früher da. Er kam um halb elf.« Fara konsultierte sein Notizbuch: »Genau um zehn Uhr siebenundzwanzig.«

»Und war das Mädchen da schon bei ihm, oder hat er die erst in der Bar aufgegabelt?«

»Nein, sie kamen zusammen. Forbes konnte die Hände nicht von ihr lassen. Und er bestand darauf, im ganzen Lokal die Runde zu machen und sie allen, die er kannte, vorzustellen. Selbst dabei betatschte er sie die ganze Zeit, und sie sah so aus, als ob sie sich ein bißchen geniert hätte deswegen, aber zurechtgewiesen hat sie ihn nicht.«

»Und wo waren Sie, daß er Sie bei seinem Rundgang nicht entdeckt hat?«

»Oben auf dem Balkon. Der ist winzig, reicht bloß für vier Tische, aber es stehen eine Menge Topfpflanzen herum, und das Licht ist ganz schummrig. Deshalb gehen eigentlich auch nur Pärchen rauf, und so bin ich mir schon ein bißchen blöd vorgekommen… Jedenfalls, als Forbes sich an jeden rangemacht hatte, den er zu fassen kriegte, da hat er sich mit dem Mädchen zu Galli gesetzt, der mit einer langbeinigen Blondine da war.«

»Seine Frau.«

»Das dachte ich mir schon, er hat nämlich nicht viel mit ihr geredet. Mit Forbes hat er allerdings auch kaum gesprochen, und man merkte ihm an, daß er ihn nicht an seinem Tisch haben wollte, denn er hat ihm dauernd den Rücken zugekehrt und sich ausgiebig mit einem anderen Journalisten unterhalten – ich weiß nicht, wie der heißt, aber gesehen hab ich ihn schon öfter, zum Beispiel neulich bei Gericht, als ich auf Sie gewartet habe. Forbes wollte sich mehrmals in ihr Gespräch einmischen, aber Galli hat ihn offenbar ziemlich scharf abblitzen lassen, jedenfalls gab er's schließlich auf und sülzte wieder mit seinem Mädchen rum. Und dann überredete er ein anderes Mädchen, das eigentlich grade gehen wollte, sich dazuzusetzen und was mit ihnen zu trinken. Es dauerte nicht lange, und er hatte die eine rechts, die andere links im Arm und quatschte auf die beiden ein wie ein Wasserfall. Verstehen konnte ich nichts, weil die ganze Zeit Musik spielte. Das zweite Mädchen ging dann doch. Forbes sah nicht so aus, als ob er schon aufbrechen wollte, aber seine Freundin konnte ihn letztendlich doch noch loseisen.«

»War er betrunken?«

»Wahrscheinlich… das heißt, ich weiß nicht genau. Er sah eher aus, als ob er Fieber hätte – so aufgeregt, wissen Sie? Er kann natürlich vorher beim Abendessen schon eine Menge Wein getrunken haben, aber im *Il Caffè* hatte er bloß zwei Drinks – beide Male Champagnercocktail, ich hab gehört, wie der Kellner die Bestellung wiederholte. Ich kann mir auch kaum vorstellen, daß sich jemand ausgerechnet in dem Lokal betrinkt, weil's da nämlich nichts unter achttausend Lire gibt…«

Fara brach verlegen ab. Der Maresciallo kramte ein paar Scheine aus der Tasche, und Faras Gesicht lief noch röter an.

»Ich wollte damit nicht…«

»Stecken Sie's ein. Sie können sich so was doch nicht leisten, mein Junge. Ich hätte vorher dran denken sollen. Die Rechnung haben Sie nicht zufällig aufgehoben?«

»Doch, natürlich… das heißt, ich hab sie mitgenommen, aber als ich hierher zurückkam, hab ich sie weggeworfen. Ich hatte nämlich nicht die Absicht, Sie…«

»Na, das nächste Mal behalten Sie Ihre Quittung. Tja, Sie glauben also nicht, daß Forbes betrunken war?«

»Eigentlich nicht, nein. Wie gesagt, er war sehr aufgedreht. Und irgendwann wurde er sogar ziemlich laut. Ich glaube, das war auch der Grund, warum das Mädchen gehen wollte.«

»Sie meinen, er ist ihr gegenüber ausfallend geworden?«

»O nein! Das ging gegen Galli. Galli muß ihn wohl mit irgendwas beleidigt haben, auch wenn ich nichts verstehen konnte. Jedenfalls drehte Galli ihm dann den Rücken zu, und da fing Forbes an zu brüllen. Ich hörte was von einer Bande elender Schreiberlinge, womit vermutlich die Journalisten gemeint waren, und dann zeigte er auf sich, schlug sich an die Brust und prahlte zweifellos damit, daß er was Besseres wäre. Zum Glück konnte das Mädchen ihn bald darauf hinausbugsieren, und ich rannte nach unten, um

223

ihnen zu folgen. Natürlich wußte ich da noch nichts von der Maschine.«

Die Maschine war eines dieser schweren Motorräder – Fara entschuldigte sich dafür, daß er sich nicht gut genug auskannte, um das Fabrikat benennen zu können – mit einem Motor, der auch für ein Auto stark genug gewesen wäre, und von oben bis unten mit Extras gespickt.

»Forbes muß es grade erst gekauft haben. Die Chromteile glitzerten noch brandneu.«

Als er die beiden auf das imposante Motorrad steigen sah, wollte Fara, der zu Fuß unterwegs war, die Beschattung eigentlich aufgeben und zum Palazzo Pitti zurückkehren.

»Aber sie sind in die falsche Richtung gefahren, brausten mit Karacho über die Via Guicciardini auf den Ponte Vecchio zu. Ich wußte, Sie würden nicht weit kommen, wenn sie mit dem Affenzahn eine Einbahnstraße in der falschen Richtung befahren. Also lief ich hinterher und horchte. Auf der Straße war es sehr ruhig, denn um die Zeit ist hier herum außer dem *Il Caffè* ja schon alles geschlossen.«

»Und? Hat man sie angehalten?«

»Ja, natürlich. Ich war nicht von Anfang an dabei, aber sowie ich den Krawall hörte, bin ich losgerannt. Forbes hatte es offenbar geschafft, sich zwischen den Pollern durchzuschlängeln, die den motorisierten Verkehr von der Brücke fernhalten sollen. Jedenfalls hörte ich eine Trillerpfeife, Geschrei und dann ein Krachen. Als ich dazukam, waren schon allerhand Schaulustige wie aus dem Nichts aufgetaucht, und ich mischte mich unbemerkt unter sie.«

»Und was war das für ein Krachen? Ist Forbes vom Motorrad gestürzt?«

»Also, soweit ich es mitbekommen habe, war er auf der Brücke, und zwei Stadtpolizisten – ein Mann und eine Frau – wollten ihn stoppen. Als Forbes nicht anhielt, haben sie vermutlich ihre Trillerpfeifen eingesetzt, und als ich dazukam, schrien sie ihn gerade zusammen, weil er sie um ein Haar über den Haufen gefahren hätte. Tatsächlich war er aber in den Poller am anderen Ende der Brücke reingebrettert. Das Mädchen hatte keinen Kratzer abbekommen, doch Forbes blutete im Gesicht und an der Hand. Er war regelrecht hysterisch und brüllte die Polizisten an, es sei alles ihre Schuld und sie würden dafür büßen. Die beiden verlangten seine Papiere, aber er weigerte sich, sie herauszurücken, und behauptete, der englische Botschafter sei ein guter Freund von ihm und er würde dafür sorgen, daß die beiden ihren Job verlören. So hat er noch eine ganze Weile rumgezetert, während die Polizisten ruhig auf den Streifenwagen warteten, der ihn abholen sollte.«

»Und Sie glauben immer noch, daß der Mann nicht betrunken war?« Der Maresciallo wollte den Jungen nicht entmutigen, der seine Sache soweit immerhin ganz ordentlich gemacht hatte. Nur mit den diversen Erscheinungsformen der Trunkenheit hatte er offenbar noch nicht viel Erfahrung.

Allein, der sonst so schüchterne Fara ließ sich nicht beirren. »Ich weiß, er hat den Poller gerammt, aber zu schnell gefahren ist er nicht, und es war eben eine sehr schwere Maschine – ich kann mir nicht vorstellen, daß er die richtig in der Gewalt hatte, so überdreht wie er war...«

»Er war außerdem«, warf der Maresciallo nachsichtig ein, »mit einem Motorrad auf dem Ponte Vecchio, was ebenso gegen die Verkehrsregeln verstößt, wie eine Einbahnstraße in die falsche Richtung zu befahren.«

»Ja, ich weiß, aber… ich meine, das macht doch jeder mal um die Zeit, wenn überhaupt kein Verkehr mehr ist… ich will damit nicht sagen, daß ich so was tue…«

»Hatte ich auch nicht angenommen«, versetzte der Maresciallo trocken. »Ich hab schon begriffen. Aber was hat ihn denn Ihrer Meinung nach so aufgebracht?«

Und als der Junge zögerte, drängte er: »Na, los! Sie waren schließlich dabei und haben sich Ihr eigenes Urteil gebildet, nicht? Also, raus damit!«

»Ich glaube… ich denke, er war hysterisch vor Angst.«

»Daß ihn eine Polizeistreife stoppt?«

»Na ja, vielleicht war er ohne Papiere unterwegs – und wer weiß, ob ihm das Motorrad überhaupt gehört? Oben in der Villa haben wir's noch nie gesehen, und es war ja auch nagelneu – außerdem haben wir seinen Paß, und ohne den sitzt er hier fest, vielleicht geht ihm das an die Nieren. Jedenfalls, so wie er dieses Mädchen im *Il Caffè* vorgeführt hat, das war nicht normal, gleich nach der Beerdigung. Und ich glaube, er macht das mit Absicht, eben weil er Angst hat. Er muß doch wissen, daß Sie ihn in Verdacht haben, aber er tut so, als mache ihm das gar nichts aus, bloß daß er's vor lauter Hysterie völlig falsch anfängt…«

Fara brach ab, weil er sah, daß der Maresciallo ihm nicht richtig zuhörte. »Soll ich gehen und meinen Bericht schreiben?«

»Nein, nein…« Wie hatte der Staatsanwalt neulich am Telefon gesagt: *Wahrscheinlich jagen Sie ihm eine Heidenangst ein.* Und Mary Mancini hatte gemeint, wenn Forbes sich fürchte, dann genügten schon ein paar Drinks… Trotzdem kam es nicht hin; das heißt, daß Forbes Angst hatte, mochte schon stimmen, aber warum drehte er jetzt durch? Als man ihm erlaubte, seine Frau zu beerdigen, da hätte er doch aufatmen müssen. Die Obduktion hatte ihm keine angst gemacht, wieso löste dann die Beerdigung hysterische Anfälle aus?

»Wahrscheinlich ist das alles Blödsinn, was ich rede. Ich dachte ja auch nur…«

»Nein, nein… Das ist überhaupt kein Blödsinn! Es kann gut sein, daß Forbes sich bedroht fühlt, aber nicht von mir. Nein, von mir nicht. Ich überlege grade…«

Der Maresciallo hatte einen neuerlichen Besuch bei Forbes vorschlagen wollen, als ein Spektakel im Warteraum ihn der Mühe enthob.

»Das ist er!« Fara war aufgesprungen. »Besser, er sieht mich hier nicht, oder? Ich meine…«

»Keine Sorge. Gehen Sie einfach rüber ins Dienstzimmer.«

Es klopfte, und Lorenzini steckte den Kopf zur Tür herein. »Signore Forbes…« Er hob fragend die Brauen.

»Nur herein mit ihm.« Die Weisung hätte der Maresciallo sich sparen können, denn er hatte noch nicht zu Ende geredet, als Forbes sich schon, das bärtige Kinn arrogant in die Luft gereckt, an Lorenzini vorbeidrängte. Aber sein Blick hielt dem des Maresciallos, der ihn ausdruckslos-höflich musterte, nicht stand.

Lorenzini deutete auf das Mädchen, das Forbes hinter sich herzog. »Ich hatte eigentlich vorgeschlagen, daß die Signorina im Wartezimmer bleibt…«

»Sie gehört zu mir!« Das Mädchen hatte drei Trage-taschen von Gucci umhängen. Auf einen Wink des Mares-ciallos trippelte sie offenbar nur zu bereitwillig hinter Lorenzini drein, und ihr Gesichtsausdruck verriet, daß sie nicht wußte, worauf sie sich da eingelassen hatte.

»Nehmen Sie doch Platz«, sagte der Maresciallo liebens-würdig.

»Ich bin nicht gekommen, um Konversation zu machen, ich bin hier, um meinen Paß abzuholen. Ich habe dringende Geschäfte in London, außerdem muß ich mich mit meinen Anwälten treffen. Der britische Konsul…«

»Entweder Sie setzen sich hin, oder ich lasse Sie hinaus-bringen.«

Forbes sank auf einen Stuhl. Er zitterte merklich. Rings um eine Schnittwunde an seiner Schläfe hatte sich ein Blut-erguß gebildet.

»Dieses Mädchen«, sagte der Maresciallo bedächtig, »scheint mir noch reichlich jung.«

»Sie ist über achtzehn, falls Sie das meinen. Sie ist Ame-rikanerin und studiert Kunstgeschichte. Ich gebe ihr ein paar Tips.«

»Wirklich?«

»Ja, wirklich! Diese jungen Dinger kommen ohne jede Vorbildung hierher. Da kann man nicht erwarten, daß sie sich allein im Labyrinth der florentinischen Geschichte zu-rechtfinden.«

»Den Weg zu Gucci scheint sie aber gefunden zu ha-ben.«

Forbes wollte sich souverän in dem lederbezogenen Stuhl zurücklehnen und die Beine übereinanderschlagen.

Doch seine Glieder waren so verkrampft, daß von Souveränität keine Rede sein konnte.

»Falls es Sie interessiert – ich habe die junge Dame auch dorthin begleitet. Ich kann's mir leisten… allerdings sehe ich nicht ein, was Sie mein Intimleben angeht.«

»Oh, Verzeihung, ich wußte nicht, daß das unser Thema war.«

»Hören Sie, ich bin hier, weil ich dringend meinen Paß brauche!«

»Tut mir leid, den habe ich nicht. Ihre Papiere liegen im Büro des Staatsanwalts, der sie Ihnen zu gegebener Zeit zustellen wird.«

»Jetzt passen Sie mal auf, Freundchen: Wenn Sie nicht spuren, gehe ich unverzüglich aufs britische Konsulat, und dann werden Sie Ihr blaues…«

»Augenblick, bitte.« Der Maresciallo, dessen Telefon schon zweimal geklingelt hatte, nahm den Hörer ab. »Stellen Sie durch. Ja, Guarnaccia.« Der Maresciallo lauschte eine Weile schweigend und runzelte die Stirn, ohne freilich den Blick auch nur eine Sekunde von Forbes' schlotternden Knien zu wenden. Endlich sagte er: »Würden Sie einen Moment dranbleiben?«

Er läutete nach Lorenzini, der offenbar nebenan ein Auge auf das Mädchen gehabt hatte, denn sein Kopf erschien prompt in der Tür.

»Maresciallo?«

»Führen Sie doch Mr. Forbes in den Warteraum, solange ich telefoniere, ja?«

»Sie können mich nicht einfach so hinhalten! Ich wende mich an den Botschafter, ich…«

Aber Lorenzini war ein großer, kräftiger Mann, und der Maresciallo hatte schon wieder den Hörer am Ohr und wandte ihnen den Rücken zu.

»Capitano? Entschuldigen Sie, aber er war hier bei mir im Büro.«

»Wirklich? Haben Sie ihn festgenommen?«

»Nein, nein… Er ist von sich aus gekommen – offenbar so eine Art Höflichkeitsbesuch… das heißt, er verlangt seinen Paß, aber da er nicht so dumm sein kann zu glauben, daß ich den habe oder ihn rausrücken würde, falls ich ihn hätte, nehme ich an, er ist hier, um mir das Mädchen vorzuführen, das er aufgegabelt hat.«

»Ein Mädchen? Wozu denn das? Wirft wohl kaum ein gutes Licht auf ihn.«

»Nein.«

»Also wozu dann?«

»Ich weiß nicht. Gestern nacht hat er sich absichtlich festnehmen lassen, und auch da hab ich keine Ahnung, warum.«

»Und wer hat ihn verhaftet?«

»Eine Polizeistreife.« Der Maresciallo skizzierte in kurzen Worten die Szene, die sich auf dem Ponte Vecchio abgespielt hatte.

»Großer Gott!«

»Sie sagen es, Capitano! Die auf der Wache haben ihn offenbar so rasch wie möglich wieder laufenlassen. Konnten ihn wohl nicht länger ertragen. Viel war ihm wahrscheinlich sowieso nicht anzuhängen.«

»Und aus dem, was ich habe, werden wir ihm leider auch keinen Strick drehen können. Aber hören Sie: Ich weiß jetzt aus sicherer Quelle, daß Sotheby's den Konsul angerufen und veranlaßt hat, daß der sich mit mir in Verbindung setzt. So ein Haus kann sich keinen Skandal leisten, die arbeiten schließlich auf Vertrauensbasis. Außerdem hat Forbes nichts gestohlen, und so haben sie nur einen sehr aufgebrachten Kunden am Hals. Allerdings einen sehr guten Kunden, da schäumen die bei Sotheby's jetzt natürlich vor Wut.«

»Trotzdem, wenn die Ware noch da ist…«

»Aber das sollte sie eben nicht! Der ganze Posten müßte längst verkauft sein und wäre es auch, wenn Forbes nicht dazwischengefunkt hätte.«

»So… aha… ich weiß ehrlich gesagt nicht, ob ich mich in dieser Branche auskenne…«

»Ist doch ganz einfach: Forbes ist bei Sotheby's reinmarschiert und fing an, auf einen Posten antiker Perser zu bieten. Er überbot alle anderen, kriegte den Zuschlag – aber dann war er auf einmal wie vom Erdboden verschwunden. Ist auch nie wieder aufgekreuzt, um zu bezahlen oder die Teppiche abzuholen. Wenn so was einreißt, dann ist der Ruf des Hauses bald zum Teufel, das können Sie sich doch vorstellen.«

»Aber war der Auktionator denn gar nicht mißtrauisch?«

»Anscheinend schon. Doch natürlich kannte er Forbes vom Sehen als Mitglied der hiesigen britischen Kolonie, wußte von Celia Carters untadeligem Ruf und so weiter… Außerdem hatten die beiden früher schon das eine oder andere ersteigert, wenn auch keine solchen Wertgegenstände. Na, und machen wir uns nichts vor: Auch Sotheby's wird von Signora Carters Tod erfahren haben…«

»Und darauf spekuliert, daß Forbes sie beerbt hat.«

»Sieht leider ganz so aus. Tja, Gott Mammon spielt seinen Anbetern mitunter böse Streiche.«

Der Maresciallo dachte im stillen, daß es den Geprellten ganz recht geschah. Denn ohne daß er genau hätte erklären können, warum, erschien ihm Sotheby's Kalkül eine Beleidigung für die tote Celia Carter.

»Und was wollen die nun von uns?«

»Daß wir Forbes aus ihrem Auktionsraum raushalten, aber ohne offiziell einzugreifen, damit die Sache nicht publik wird.«

»Ähem… Sie verlangen doch nicht, daß ich eigens dafür einen Mann abstelle? Ich bin sowieso schon…«

»Nein, nein, keine Sorge! Ich werde für ein, zwei Tage jemanden vorbeischicken – im Interesse der diplomatischen Beziehungen. Aber was glauben Sie, haben diese verrückten Auftritte für Ihre Ermittlungen zu bedeuten? Sie denken doch nicht, daß der Kerl sich da sicherheitshalber einen Fall von Unzurechnungsfähigkeit zurechtzimmert?«

»Ich weiß nicht.« Auf den Gedanken war er noch gar nicht gekommen. Der Maresciallo wünschte sich einen intelligenteren Mann an seine Stelle. »Ich bin allerdings der Meinung, solange er es nicht zu bunt treibt, sollten wir ihn gewähren lassen. Vielleicht ergibt sich dann ganz von allein eine Erklärung.«

»Sie halten ihn also nicht für verrückt?«

»Ich halte ihn für einen Schwächling und außerdem oder vielleicht grade deswegen für einen üblen Charakter. Ob Menschen wie er verrückt sind oder nicht, kann ich nicht beurteilen, bloß…«

»Bloß was?«

»Oben in der Villa leben nur die zwei alten Damen, ganz allein mit einem sehr jungen Mädchen…« Guarnaccia brachte den Satz nicht zu Ende, und es blieb einen Moment still in der Leitung, bis der Capitano seinen Gedankengang zu Ende führte.

»Ja, ich verstehe, was Sie meinen. Wenn ich einen Mann für Sotheby's entbehren kann…«

»Ich wollte nicht direkt…«

»Doch, Guarnaccia, doch, genau das wollten Sie sagen, und Sie haben völlig recht. Ich denke, ich red mal mit Fusarri, und dann sollten wir drei uns zusammensetzen. Die Staatsanwaltschaft hat, soviel ich weiß, aus England Auskünfte über Forbes eingeholt… Übrigens können Sie wegen Fusarris Freundschaft mit der Frau in der Villa ganz unbesorgt sein – wie hieß sie doch gleich?«

»Torrini.«

»Richtig, Torrini. Also, ich habe den Oberst drauf angesprochen, und der kennt sie zufällig persönlich. Reizende Frau, sagt er, und zu ihrer Zeit eine richtige Schönheit. Allerdings inzwischen ein bißchen verkalkt.«

»Ja.«

»Der Oberst sagt, sie wäre die letzte, die sich dem Lauf der Gerechtigkeit in den Weg stellen würde. Ach, und Fusarri ist auch ganz in Ordnung, wissen Sie, trotz seiner kleinen Eigenheiten.«

»Ja.«

»Und was machen Sie jetzt mit diesem Forbes, schmeißen Sie ihn raus?«

»Ja.«

»Dann will ich Sie nicht länger aufhalten. Melde mich wieder, sobald ich mit Fusarri gesprochen habe.« Und der Capitano legte auf.

Erst als auch er den Hörer auflegte, beschlich den Maresciallo das unbestimmte Gefühl, seinem Chef gegenüber vielleicht nicht sehr mitteilsam gewesen zu sein. Doch weit mehr als das beschäftigte ihn eine Idee, die Forbes' Verhalten vielleicht plausibel machte. Kein klarer Gedanke – vorhin, während der Capitano sprach, war er noch klar gewesen, aber jetzt hatte Guarnaccia den Faden verloren. Alles, woran er sich erinnerte, war, daß es etwas mit seinem armen kleinen Freund Vittorio zu tun hatte, doch den Zusammenhang konnte er beim besten Willen nicht mehr herstellen. Er versuchte es auf dem Umweg über Pecchioli, bei dessen Kreuzverhör ihm Vittorio zum ersten Mal wieder eingefallen war, aber auch das war anscheinend eine Sackgasse, und der Maresciallo mußte sich geschlagen geben.

Mißmutig schüttelte er den Kopf über seine Unfähigkeit, logisch zu denken, stand auf und öffnete die Tür. Lorenzini hatte auf der Schwelle Posten bezogen und fixierte die beiden Ledersessel und den niederen Tisch voller Zeitschriften, mit denen das kleine Kabuff zwischen dem Büro des Maresciallos und dem Ausgang als ›Warteraum‹ ausstaffiert war.

Forbes hatte wieder seine Das-läßt-mich-alles-kalt-Miene aufgesetzt, während er lässig zurückgelehnt und mit übereinandergeschlagenen Beinen vorgab, in der offiziellen Carabinieri-Zeitschrift zu lesen, die er freilich auf Armeslänge von sich hielt und auf die eher sein Bart als das Auge gerichtet war. Lorenzini trat zurück, um den Maresciallo vorbeizulassen.

»Setzen Sie sich mit der Polizei in Verbindung«, wies Guarnaccia ihn rasch an. »Die haben ihn doch letzte Nacht aufgegriffen, also lassen Sie sich ihre Version erzählen. Und dann verwarnen Sie die Signorina und schicken sie heim.«

»Gewiß… aber meinen Sie nicht, es wäre wirksamer, wenn's von Ihnen kommt? Ich finde…«

»Sie würde den Unterschied nicht erkennen. Die Signorina ist doch neu bei uns. Ach ja, sie werden englisch mit ihr reden müssen.« Der Maresciallo gab Forbes einen Wink, der stand auf, sagte etwas zu dem Mädchen und stakste, den Kopf ein wenig zu hoch erhoben, in Guarnaccias Büro.

»Setzen Sie sich.« Diesmal schenkte sich der Maresciallo das höfliche Beiwerk. »Sie werden langsam richtig prominent«, fuhr er fort und nahm seinerseits wieder hinter dem Schreibtisch Platz. »Von überall her kommen Informationen über Sie rein. Ich höre, Sie haben sich ein Motorrad gekauft?«

»Ja, das war schon immer mein Traum – und zwar einer, den man sich tunlichst in jungen Jahren erfüllen sollte. Sie wissen ja wohl inzwischen, daß meine Frau ein gutes Stück älter war als ich. Wir lebten sehr zurückgezogen.«

Es war ein Glück, daß der Maresciallo sich auf sein sizilianisches Blut verlassen konnte. Sein Gesicht verriet nichts von seiner Reaktion auf diese Bemerkung.

»Ich bin sicher, Sie werden mir die Frage verzeihen – Sie wissen ja, wie das geht: einmal Polizist, immer Polizist, sogar in einer ganz normalen Unterhaltung – also, wie haben

Sie das Motorrad bezahlt? Per Scheck? Bar? Oder vielleicht durch Schuldschein?«

»Ich… ich habe eine Anzahlung geleistet und… eine Schuldverschreibung hinterlegt, ja, warum auch nicht?«

»Natürlich, warum nicht! Das Gesetz versteht zwar keinen Spaß, wenn… Aber wer ein regelmäßiges Einkommen hat, der kann ja entsprechend kalkulieren…«

Daß es Forbes just an diesem regelmäßigen Einkommen mangelte, schwang unausgesprochen in Guarnaccias Worten mit. Es war eine gewagte Vermutung, denn Celia Carter mochte hier durchaus mit einem Dauerauftrag für Abhilfe gesorgt haben, der immer noch gültig war. Allein, Forbes' Schweigen ließ auf etwas anderes schließen.

»Nun ja«, fuhr der Maresciallo leutselig fort, »Sie werden wohl auch einen schönen Batzen Geld geerbt haben.«

»Es reicht.« Forbes' Miene war über die Maßen arrogant, aber er konnte dem Maresciallo noch immer nicht in die Augen sehen. Guarnaccia dagegen behielt den bibbernden Mann vor sich unverwandt im Visier.

»Braucht allerdings etwa ein halbes Jahr, bis so ein Testament in Kraft tritt, oder? Ich bin freilich kein Experte. Mir hat noch nie einer was vermacht, außer den Bestattungskosten und seiner Verwandtschaft.«

»Das kann ich mir vorstellen.«

»Tja… Sei's drum, ein halbes Jahr vergeht schnell – und ich höre, die Anwälte lassen in der Regel mit sich reden und schießen schon mal ein bißchen was vor, und sei's nur für die Beerdigungskosten. … Da könnten unsere Ermittlungen allerdings ein bißchen quergeschossen haben. Ja, wenn ich's recht bedenke, hat der Staatsanwalt sicher Kontakt aufgenommen zu... Andererseits ist da ja noch die Signorina, Ihre Stieftochter. Ich sehe keinen Grund, warum man ihr nicht einen Vorschuß gewähren sollte. Und dann kann sie das Begräbnis übernehmen.«

»Hat sie bereits getan. Warum auch nicht?«

»Gewiß. Und Sie werden der Signorina ihre Auslagen ja auch zurückerstatten können, sobald alles geklärt ist...«

»Was gibt's denn da noch zu klären?«

Der Maresciallo überging die Frage. »Und was haben Sie nun für Pläne?«

»Wie bitte?«

»Verzeihen Sie, aber wo Sie schon so freundlich waren, mich zu besuchen, da dachte ich... Ich hatte nicht die Absicht, neugierig zu sein und mich in Ihre Angelegenheiten zu mischen. Es war nur... wie man halt so fragt, Sie wissen schon. Ich dachte, Sie haben vielleicht vor, sich ein eigenes Haus zu kaufen...«

Für einen Sekundenbruchteil trafen die wäßrigen Augen die seinen, schweiften aber gleich wieder ab. Nein, Fara hatte sich nicht geirrt, der Mann hatte einen fiebrigen Blick.

»Zufällig habe ich tatsächlich was im Auge, aber bevor das Geschäft nicht spruchreif ist, möchte ich lieber nicht darüber reden.«

Der Maresciallo lächelte arglos und verbindlich und spreizte ergeben die Hände. »Bestimmt halten Sie mich schon wieder für neugierig. Aber das bin ich nicht, nein... es waren bloß die Teppiche, die mich drauf gebracht haben... eigentlich eine ganz natürliche Schlußfolgerung, wenn Sie verstehen, was ich meine.«

»O ja, ich verstehe vollkommen! Diese eingebildeten

Fatzkes von Sotheby's haben geplaudert. Aber die plustern sich völlig unnötig auf. Sobald ich Zeit habe, geh ich vorbei und hol die Dinger ab. Im Moment habe ich nur ziemlich viel um die Ohren, das wissen Sie ja.«

»Gewiß, gewiß. War sonst noch was?«

»Wie bitte?« Forbes starrte ihn erschrocken an. Daß die Initiative zu dieser Unterredung von ihm ausgegangen war, hatte er offenbar völlig vergessen. Und jetzt fehlte ihm das Stichwort für den Abgang.

Der Maresciallo, dem seine Gegenwart ausgesprochen unangenehm war, beschloß, ihm zu helfen. »Also, ich möchte Sie nicht aufhalten, sonst kommen Sie am Ende noch zu spät zu Ihrem Termin beim britischen Konsul.«

Gegen Ende des Gesprächs hatte Forbes versucht, seinen Stuhl lässig nach hinten zu kippen. Als der Maresciallo sich jetzt unvermutet erhob und um den Schreibtisch herum auf ihn zutrat, wäre Forbes beinahe hintenübergefallen. Nun war Guarnaccia in der Tat etwa dreimal so schwer wie er, aber das war es nicht, was Forbes einschüchterte, sondern vielmehr die schiere Präsenz, die Gesetztheit des Maresciallos. Obwohl es nicht sehr warm im Zimmer war, bildeten sich Schweißperlen an seinen Schläfen. Als es ihm mit knapper Not gelang, das Gleichgewicht wiederzugewinnen, sprang er auf und wurde allein durch den starren Blick des Maresciallos zur Tür gescheucht.

»Erlauben Sie?« Der Maresciallo hielt ihm die Tür auf. »Ihre Freundin hat Sie anscheinend im Stich gelassen.« Er blieb an der Schwelle seines Büros stehen und sah zu, wie Forbes stumm durch den winzigen Warteraum huschte, an dessen Ausgang Lorenzini ihn mit förmlichem Salut verabschiedete und, sobald er draußen war, hinter seinem Rücken eine Grimasse schnitt.

»Die Signorina ist schon fort«, meinte Lorenzini und schloß die Tür.

»Das sehe ich. Was hat sie denn gesagt?«

»Oh, sie war wütend. Anscheinend hatte er ihr weisgemacht, er wolle nur zu uns, um einen gestohlenen Fotoapparat zu melden. Aber auch wenn sie kein Italienisch spricht, hatte sie den Verdacht, daß da was faul war, und ich hab's ihr bestätigt. Das Mädchen ist erst achtzehn. Mir schleierhaft, was so ein junges Ding in dem Kerl sieht.«

»Er gibt den Mädels Tips. Sagt er jedenfalls. Und man darf wohl nicht älter sein als achtzehn, um auf den Schmus reinzufallen – seine umfassenden Kenntnisse der florentinischen Kunst und Geschichte und was weiß ich noch alles.«

»Aber wozu das Ganze? Der sieht mir nicht aus, als ob er ihn noch hochkriegt.«

»Ja… nun… der Mensch ist ein sonderbares Wesen. Nicht unser Problem. Was wir rauskriegen müssen, ist: Warum hat er sie mitgebracht?«

»Vielleicht nur so?«

»O nein, nein! Nein, die Kleine mußte mit, weil er sie mir vorführen wollte.«

»Aber warum… Ach ja, Sie sagten's schon – wir wissen nicht, warum.«

»Hm.« Der Maresciallo wandte sich zum Gehen. »Das ist eben das dumme! Ich komme nicht drauf, verdammt, ich kann mich einfach nicht erinnern…«

Er schloß die Tür. Lorenzini sah ihm verdutzt nach, wandte sich dann Richtung Dienstzimmer und brüllte: »Fara!«

»Nein, wie peinlich! Es ist mir einfach furchtbar peinlich! Nie kommt Besuch, und jetzt sind Sie plötzlich alle da, und ich kann Ihnen nicht einmal...«

»Eugenia!« Fusarri legte den Arm um sie und trug die alte Dame beinahe zur Tür, um sie aus dem Wohnzimmer hinauszubefördern.

»Wenn ich Ihnen doch wenigstens eine Tasse Tee anbieten könnte! Hätte ich's vor eins gewußt, wenn Giorgio immer anruft, dann hätte ich ihm gesagt, er soll was mit Doney vereinbaren, aber für meinen Tee habe ich eigens ein Kännchen für eine Portion, und ich reiche einfach nicht ans obere Schrankbord, wo die anderen stehen... wir haben eine englische – Doulton – und eine japanische, die Giorgio...«

»Eugenia!« Er machte ihr die Tür vor der Nase zu. »Ha!« seufzte der Staatsanwalt und tat so, als wische er sich den Schweiß von der Stirn. »Allmächtiger!« Damit ließ er sich Maestrangelo gegenüber in einen großen Lehnsessel fallen. Der Maresciallo stand am Fenster, und seine breiten Schultern in der schwarzen Uniform sperrten fast das ganze Licht aus. Stumm starrte er nach draußen. Fara war unten im Hof, auf seinem alten Stammplatz im Auto. In Gegenwart des Capitanos und des Staatsanwalts war das nicht anders möglich. Die Sonne wärmte die Plastikhüllen um die Zitronenbäumchen direkt unter dem Fenster, das unebene Hofpflaster, das rote Dach der kleinen Scheune.

Für das Mandelbäumchen kam sie freilich zu spät. Dessen winzige, kaum geöffnete Knospen rieselten nach und nach zu Boden, und die zarten rosa Blütenblätter, die daraus hervorlugten, hatte der eisige Wind braun gefärbt. Jenseits des noch ganz kahlen Weinbergs lag ein Olivenhain, dessen silbrige Blätter sich hell flimmernd von den speckig braunen Furchen eines frischgepflügten Ackers abhoben. Und weiter drunten, vor dem Hintergrund der blauen Hügelkette, ragten die Terrakottadächer und Marmortürme von Florenz empor, ein Panorama, das zu bestaunen der Maresciallo auch nach all den Jahren noch nicht müde war. Verdreckte Gehsteige, ungeleerte Müllcontainer, Verkehrsstaus und der Gestank von Kanalisation und Abgasen – all das existierte auf die Distanz nicht mehr. Aus dieser Entfernung war die Stadt ein von milder Sonnenwärme und beschaulicher Ruhe gesegnetes Paradies. Nur das arme Mandelbäumchen… »Das ist das Fax von ihrem Anwalt – hier bitte, Ihre Kopie, Maestrangelo –, und dann sollte auch noch eine mit angehefteter Übersetzung für Guarnaccia dabei sein, der aber anscheinend lieber die Aussicht bewundert…«

Bäume… ein Feldweg… Vittorio. Aber nein, die Erinnerung wollte immer noch nicht aufsteigen, zumindest nicht bis in seinen Kopf. Sie kam bis zum Bauch und weckte Furcht und Übelkeit, Gefühle, die der Maresciallo tunlichst unterdrückte. Kein Zweifel, er wollte sich nicht erinnern, und doch forderte Forbes ihn dazu heraus. Lächerlich! Wie sollte da wohl ein Zusammenhang bestehen?

»Es handelt sich um eine beträchtliche Summe, und

natürlich gilt es noch anderes zu berücksichtigen, in erster Linie ihren Entschluß, ihn zu verlassen, und so, wie ich Forbes einschätze... Darf ich Ihnen einen Zigarillo anbieten?«

»Nein, danke.«

»Hoffentlich stört es Sie nicht, wenn ich rauche. Was nun diesen Forbes angeht... Da gab's einen Vaterschaftsprozeß, aber die Eltern des Mädchens waren strikt dagegen, daß er sie heiratet. Die Alimente zahlen Forbes' Eltern, aber ansonsten wollen sie nichts mehr mit ihm zu tun haben und waren ganz froh, daß Celia Carter ihn mit nach Italien genommen hat. Also ich finde, das paßt alles ganz gut ins Bild.«

Wie, wenn der Zusammenhang nicht in Fakten, sondern nur in Empfindungen bestand? Der Maresciallo mußte sich, wenn auch widerstrebend, eingestehen, daß diese Mischung aus Furcht und Übelkeit schon seit längerem in ihm gärte und daß er sie beharrlich verdrängt, ja sich ihrer Ursache ebenso verschlossen hatte wie der Erinnerung an Vittorio – Bäume, ein Feldweg... Seit wann hatte er dieses merkwürdige Gefühl schon? Er wußte es nicht genau. Vielleicht seit dem Gespräch mit Father Jameson...

Ein jäher Hustenanfall unterbrach seinen Gedankengang. Der Maresciallo fand sich eingehüllt in eine Wolke von Fusarris Zigarrenrauch.

»Schon gut, Guarnaccia, ich habe verstanden. Will versuchen, zehn Minuten ohne meinen Zigarillo auszukommen. Wenn Sie wollen, machen Sie ruhig das Fenster auf – Eugenia hat bestimmt nichts dagegen –, aber dann kommen Sie in Gottes Namen her und setzen Sie sich.«

Der Maresciallo tat wie geheißen und öffnete das Fenster. Das Geräusch erschreckte einen kleinen Vogel, der aus den Weinreben, die sich an der Hausfront emporrankten, herausgeschossen kam und unter wütendem Getschilpe davonflog. Und der Maresciallo hatte seine Erinnerung wieder.

»Mein Vorschlag wäre, daß wir, sobald wir uns abgesprochen haben, rübergehen und ihn in die Zange nehmen. Denn ein Geständnis ist doch wohl unsere einzige Hoffnung. Es sei denn, jemand hätte einen Geistesblitz und könnte uns sagen, *wie* er's gemacht hat. Wie wär's mit Ihnen, Guarnaccia?«

Als er keine Antwort bekam, sah Fusarri fragend den Capitano an, der seinen Maresciallo ziemlich gereizt zur Ordnung rief. »Mir scheint, wir erfreuen uns im Moment nicht Ihrer vollen Aufmerksamkeit, Guarnaccia... Guarnaccia, ist Ihnen nicht gut?«

»Doch, Capitano.«

»Also dann! Ich für meinen Teil möchte erst mal die Position etwas klarer abstecken. Womit wir noch im dunkeln tappen, das ist ja wohl sein derzeitiges Verhalten, diese skurrilen Geschichten, mit denen er auf sich aufmerksam machen will – ich nehme doch an, auf Signora Torrinis Bericht über den heutigen Vorfall ist Verlaß?«

»Ach, die liebe Eugenia!« Ohne an sein Versprechen zu denken, zündete Fusarri sich einen Zigarillo an, und im Nu kräuselten sich blaue Rauchwölkchen zur Decke. »Tja, also ich würde sagen, man kann darauf vertrauen, daß sie die Wahrheit und nichts als die Wahrheit spricht – bloß nicht unbedingt die ganze Wahrheit, wenn Sie verstehen, was ich meine.«

»Ich weiß nicht so recht...« Der Capitano wunderte sich

nicht mehr, daß Guarnaccia mit dem Staatsanwalt nicht zurechtkam. Er hatte ganz vergessen, wie schwer es war, Fusarri zu folgen.

»Was ich damit sagen will, ist, daß die gute Eugenia uns nicht belügen würde. Wenn sie sagt, daß es drüben in der Scheune einen heftigen Streit gab und daß sie ernstlich befürchtete, der Tochter könne das gleiche Schicksal drohen wie ihrer Mutter, dann hat sie das gewiß so erlebt. Und wenn sie behauptet, daß Forbes anschließend hier auftauchte und ihr die Villa Torrini abkaufen wollte und sie dabei durch seine herrische Arroganz zu Tode erschreckt hat, dann ist es bestimmt auch so gewesen. Ich gebe lediglich zu bedenken, daß sie alt ist und sehr mitgenommen und dadurch eventuell gewisse Details nicht mitbekommen oder zu erwähnen vergessen hat und daß wir dies berücksichtigen sollten.«

»Ach so, ja natürlich. Da wäre es wohl am besten, einer von uns würde morgen, wenn sie sich ein bißchen beruhigt hat, noch mal alles mit ihr durchgehen… Sie meinen nicht, daß ihr Sohn herkommen und fürs erste bei ihr bleiben sollte?«

»Giorgio? Hm… Wenn ich drauf bestehe, würde er kommen, aber nach dem ersten Anfall von Langeweile oder nach dem ersten Streit, je nachdem, was eher ansteht, wäre er wieder verschwunden. Nein, Giorgio lassen wir da lieber raus. Er ist ihr immer noch böse wegen des Priesters… Guarnaccia, fehlt Ihnen auch bestimmt nichts?«

»Ja, der Priester…« Aus seinen Träumereien aufgeschreckt, wiederholte der Maresciallo mechanisch die letzten Worte des Staatsanwalts, ganz so, wie der Lehrer es ihm in der Schule eingebleut hatte, denn da war er in Gedanken: in seiner alten Schule.

»Der Priester… ja, in der Nacht, als ich das erste Mal herkam, sprach sie davon, daß sie auch den Priester angerufen habe und daß Giorgio ihr deswegen böse sei. Aber es war kein Priester da, und deshalb hab ich nie ganz…«

»Na bitte, genau das meine ich!« Fusarri lächelte die beiden mit strahlenden Augen an. »Sie hat mit dem Priester telefoniert, das stimmt, bloß war das schon vor Monaten. Sie rief ihn an und beschwerte sich über sein verflixtes Glockengeläut, vor allem – und ich zitiere – um sechs Uhr früh, weil er sie damit wecken würde, obwohl sie doch oft erst nachts um drei einschlafe, da sie nämlich an Schlaflosigkeit leide. Sie erklärte ihm, seine Pfarrkinder hätten doch daheim einen Wecker, und wenn sie schon so töricht seien, zur Messe zu gehen, noch dazu um sechs Uhr morgens, dann sollten sie den verdammt noch mal stellen. Giorgio ist dann hingegangen, um sich für sie zu entschuldigen, was er sich freilich hätte sparen können, weil Eugenia sich am Telefon gar nicht vorgestellt, sondern bloß ihrem Ärger Luft gemacht und gleich wieder aufgehängt hatte. Das erstaunliche an der Geschichte ist, daß der unglückliche Priester, ein junger Mensch und von missionarischem Eifer durchdrungen, hernach bei ihr anrufen wollte, um sich seinerseits zu entschuldigen, natürlich in der Hoffnung, sie damit milde zu stimmen und zur Rückkehr in den Schoß der Kirche zu bewegen. Dem guten Mann blieb eine unerquickliche Unterredung allein dadurch erspart, daß Eugenia nur um ein Uhr mittags ans Telefon geht, wenn

245

Giorgio sich meldet, um zu hören, ob er immer noch ein armer Märtyrer von Sohn ist oder endlich ein frisch verwaister Erbe. Kurzum, weil Giorgio ihr den Anruf beim Priester nicht verziehen hat, der immer noch ein Zankapfel ist zwischen den beiden, darum hat Eugenia diesen Vorfall mit ihrer Sorge um Celia Carter vermengt. Und vor solchen Verwechslungen müssen wir uns hüten.«

Die arme Signora Torrini hatte in der Tat schreckliche Angst ausgestanden, wenn auch nicht so sehr wegen des Streits gegenüber und weil sie gesehen hatte, wie Jenny völlig aufgelöst aus der Scheune gerannt kam, sondern vor allem wegen Forbes' Anschlag auf ihr Haus. Denn nachdem sie seine guten Taten in der Vergangenheit schon so oft gegen ihren Willen hatte erdulden müssen, war sie nun keineswegs sicher, daß er sein Angebot, ihr die Sorge um den großen Besitz zu einem generösen Preis abzunehmen, nicht auch gegen ihren Wunsch durchsetzen würde. Diesmal hatte sie nicht nur den Maresciallo angerufen, sondern zur Sicherheit auch noch den »lieben Virgilio«. Den Capitano hatte Guarnaccia dazugebeten, aus taktischen Gründen, wie er sich einredete, weil er Maestrangelo nämlich bald um mindestens einen zusätzlichen Mann würde angehen müssen. Und der Maresciallo bemühte noch allerhand sehr logische Argumente, um sich vor der Wahrheit zu drücken, daß er den Beistand des Capitanos aufgrund einer stetig wachsenden bösen Vorahnung suchte, die irgendwie mit einer Erinnerung zusammenhing, der er sich lieber nicht gestellt hätte.

Aber nun war sie wieder da. Er hatte sich hingesetzt, weil man ihn dazu aufgefordert hatte, doch jetzt erhob er sich seufzend wieder. Seine leicht vorquellenden Augen schweiften abermals zum Fenster.

»Warten Sie hier«, sagte er, denn was nun kam, das mußte er allein tun.

Er merkte weder, daß der Capitano, Zornesröte im Gesicht, Anstalten machte, ihm zu folgen, noch daß Fusarri ihn vergnügt grinsend zurückhielt. Nicht einmal als er Fara unten im Wagen sah, fiel ihm ein, daß der Junge heute keine Anweisung hatte, oben zu warten. Und als er an Sissis Tür hämmerte, wußte er auch nicht, wer ihn alles beobachtete: Maestrangelo und Fusarri durch das offene Fenster zu seiner Linken, Fara vom Wagen aus, Forbes hinter dem Gitterwerk der Scheune.

Einzig Sissi, die ihm aufmachte, begriff sofort.

Sie lächelte ihn nicht an, aber als er an ihr vorbeiging, folgte sie ihm mit wachsamen Äuglein.

»Hätte das nicht noch einen Tag Zeit gehabt? Es geht ihr gar nicht gut im Moment.«

»Wo ist sie?«

»Im Schlafzimmer. Da drüben. Wir verstehen einander, sie und ich.«

»Ja.«

»Hätte sich lösen sollen von daheim. Der einzige Weg. Ich träumte damals immer von einem furchtbaren Unfall, der das Gesicht meiner Mutter für immer entstellt hätte, so daß ich Mitleid mit ihr hätte haben können. Mich um sie kümmern. Ein Gutes hat das Alter. Jetzt wäre ich so oder so häßlich. Ha! Familien! Sie meinen nicht, daß ich dabeisein sollte?«

»Nein.«

»Werd auch nicht horchen. Will's gar nicht hören. Schlimme Geschichte. Sehen Sie mich an: Ich hab nicht mehr geweint, seit ich siebzehn war. Kommt davon, wenn man sich mit den Menschen einläßt. Alleine ist man besser dran.«

Der Maresciallo blieb vor dem Schlafzimmer stehen, klopfte, trat ein und schloß die Tür hinter sich.

10

Sie hatte ihn nicht gehört. Jenny schlief. Sie lag mit dem Gesicht zu ihm auf einer zerwühlten Steppdecke, die Unterarme schützend über der Brust gekreuzt, die Knie angezogen. Das wellige Blondhaar bedeckte das Kissen unter ihrer verquollenen, tränenverschmierten Wange und hing in feuchten Strähnen an der schwarzen Wolle ihres Pullovers.

Aber er hatte ihren ohnehin unruhigen Schlaf wohl doch gestört, denn sie drehte sich mit einem tiefen, zitternden Seufzer um und streckte sich, die Arme immer noch vor der Brust gefaltet, auf dem Rücken aus. Jenny murmelte ein paar Worte, die der Maresciallo nicht verstand, dann lag sie reglos wie eine Statue auf einem jener mittelalterlichen Grabmäler, die Guarnaccia so vertraut waren. Nur daß neben ihr kein edler Ritter ruhte, die Stiefelspitzen nach geschlagener Schlacht hoffnungsvoll gen Himmel gekehrt. Und wo konnte man sich sonst auch hinwenden, wenn es wirklich darauf ankam? Wen, dachte der Maresciallo in seiner Not, wen könnte man um Beistand für dieses Mädchen bitten, wenn nicht einen Father Jameson? Mary Mancini fiel ihm ein, doch die war Celias Freundin. Hier aber brauchte es jemanden, der die Tochter ein wenig bedauerte und die Mutter ein bißchen tadelte für ihre übergroße Liebe.

Seine eigene Mutter dagegen … Der Maresciallo war ein Mann in den Vierzigern, und es hatte all der Jahre *und* dieses Unglücks bedurft, damit er ihre Fähigkeit, das Leben zu meistern und anderen Halt zu geben, schätzen lernte. Ihre Gabe, sich auf die große Wäsche zu konzentrieren und gleichzeitig Tragödien auf das Maß eines fehlenden Knopfes zu reduzieren, auf die Kuh, die zu wenig Milch gab, auf das weinende Kind. Kümmere dich darum und geh wieder an deine Arbeit. So ist das Leben, und auf der anderen Seite gibt's nur den Tod, das einzig unheilbare Übel in der Welt. Hätte er sie damals schon richtig einschätzen können, dann hätte er ihr alles erzählt, nicht nur die zensierte Version. Doch wenn er jetzt so zurückdachte, war es natürlich möglich, daß sie ohnehin alles erraten und es nur für sich behalten hatte. Wie hätte sie, die ihn so gut kannte, auch glauben sollen, daß er einzig wegen des zerstörten Vogelnestes solch bittere Tränen vergoß? Aber das hatte er ihr erzählt.

»Wir sind raufgeklettert, und Vittorio … Vittorio … er hat eins von den Eiern angefaßt … aber warum ist der Vogel einfach weggeflogen? Warum ist er nicht dageblieben und hat nach ihm gepickt? Wieso hat er ihm nicht die Augen ausgepickt? Nein, der ist einfach auf und davon, so weit er konnte, und dabei hat er noch lauthals gesungen und Schleifen gedreht in der Luft. So ein dummer Vogel! Er hätte ihm die Augen auspicken sollen und machen, daß er vom Baum fällt!«

Und sie hatte ihm die Tränen getrocknet und keine Fragen gestellt. Dabei wußte sie es bestimmt. Wie hätte sie nicht wissen können, daß ein Junge – selbst in dem zarten Alter – nicht weint, bloß weil ein Vogel aus seinem Nest geflohen ist und sich vergebens das Herz aus dem Leib gesungen hat? Aber sie hatte nur seine zerkratzten Beine gebadet und ihm erklärt, daß die Vogelmutter bloß ihre Jungen schützen wollte und daß sie sich nicht anders zu helfen wußte, als mit ihrem wilden Gebaren seine und Vittorios Aufmerksamkeit von dem Nest abzulenken.

Doch es hatte nichts genützt. Vittorio hatte sich lachend umgedreht, zu ihm hinuntergeschaut und die Vogeleier unter nicht enden wollendem Gelächter eins nach dem anderen in den Mund gesteckt und zerbissen.

»Das sind keine gewöhnlichen Eier! Da sind kleine Vögelchen drin! Das darfst du nicht!«

Er hatte sich fallen lassen und sich dabei das Schienbein aufgeschlagen, war, ohne sich darum zu kümmern, davongerannt, aber das Bild dieser nackten kleinen Embryos, die zwischen Vittorios blutigen Zähnen zerquetscht wurden, verfolgte ihn, bis er sich auf der staubigen Lehmstraße erbrach. Und trotzdem konnte er Vittorio nicht hassen, weil der hungrig war und ihn um sein Pausenbrot gebeten hatte, aber seine Mutter hatte ihm verboten, es herzuschenken, also konnte er auch nicht beichten…

Doch nur das Weibchen opfert sich für seine Jungen. Vielleicht war es dieses schlichte Naturgesetz, das ihn so lange blockiert hatte, während er verständnislos die ausgeklügelten Kapriolen beobachtete, durch die Julian Forbes seine Aufmerksamkeit mit vorgetäuschten Lastern auf die falsche Fährte zu lenken suchte. Dabei hatte Forbes sich lediglich schützen und den Maresciallo von der einzigen Wahrheit, die auf seine Schuld hinwies, ablenken wollen, von der einen Frau, falls man sie schon so nennen konnte, die ihn nicht ablehnte, ja die ihre eigenen Gründe hatte, ihn zu erhören, und die nun wußte, daß umgekehrt auch sie nur benutzt worden war.

Jetzt war niemand mehr da, der ihr hätte verzeihen können. Celia Carter, die sich weit über das erträgliche Maß hinaus gegrämt hatte über den Verrat der beiden Menschen, die sie als einzige auf der Welt bedingungslos liebte, Celia Carter hatte ihr verziehen, aber sie war tot.

Der Maresciallo hätte viel darum gegeben, glauben zu dürfen, daß die Tränen, die verschmiert auf Jennys zarten Wangen trockneten, aus Trauer um ihre Mutter geflossen waren, doch in seinem Herzen wußte er, daß das Mädchen um sich selbst geweint hatte, und das war das Traurigste von allem. Er gab sich einen Ruck und sagte laut und vernehmlich: »Signorina!«

Sie schlug die Augen auf, war aber noch so schlaftrunken, daß sie ihn nicht gleich wahrnahm.

»Wir müssen reden.«

Jetzt erkannte sie ihn, aber ohne Verwunderung, so als ob er schon dagewesen wäre, als sie sich in den Schlaf weinte. Sie richtete sich auf und ließ die bestrumpften Beine über den Bettrand baumeln.

»Wie spät ist es?«

»Zehn vor sechs.«

»Sie hat's Ihnen gesagt, nicht wahr? Sissi hat's Ihnen erzählt…«

»Nein, nein… Sie hat mir nichts gesagt.«

»Aber Sie wissen Bescheid?«

»Ja.«

Keine Spur mehr von der rigiden Selbstbeherrschung,

die sie bei ihrer ersten Unterredung an den Tag gelegt hatte. Ihr Gesicht war fleckig und verquollen vom Weinen, schlaff hingen die Schultern unter der Haarlast herab.

»Ich bin so unglücklich. Ich wünschte, ich wäre tot und nicht sie...«

»So sollten Sie nicht sprechen, wo Sie noch Ihr ganzes Leben vor sich haben.«

»Was denn für ein Leben? Wo soll ich hin? Was soll ich denn anfangen? Ich hab doch niemanden!« Sie brach neuerlich in Tränen aus, machte aber keine Anstalten, ihr Gesicht zu verbergen. Speichel tröpfelte ihr aus dem Mund und vermischte sich mit den jetzt rascher fließenden Tränen. Ihre Nase lief. Der Maresciallo hielt ihr ein zusammengefaltetes weißes Taschentuch hin, doch sie warf nur wütend den Kopf zurück.

»Was soll ich bloß machen? Ich bin ihm scheißegal!«

Der Maresciallo setzte sich auf einen Stuhl mit runder Lehne, über die achtlos ein Nachthemd und Unterwäsche geworfen waren.

»Das wissen Sie aber doch schon lange, nicht wahr? Er muß schon vor Weihnachten Schluß gemacht haben, denn er wollte ja verhindern, daß Sie zu Weihnachten nach Hause kommen. Ist es nicht so?«

»Aber bloß, weil er Angst hatte, daß sie's rauskriegt! Nur weil ihr das ganze Geld gehörte, weil sie...«

»Nein, nein... Und was war denn mit den anderen?«

»Welche anderen?« Ihre geschwollenen Augen blitzten eifersüchtig auf.

»Ja, haben Sie das nicht gewußt? Daß er in seiner Wut darüber, sich Ihrer Mutter so unterlegen zu fühlen, der

Reihe nach mit jeder ihrer Freundinnen ins Bett gehen wollte?«

»Das glaub ich Ihnen nicht.«

»Dann fragen Sie ihn selber. Die haben ihn natürlich alle zurückgewiesen. Sie hielten nämlich sehr viel von Ihrer Mutter. Und dann hat er sich vermutlich entschlossen, es bei Ihnen zu probieren. Für ihn waren Sie bloß etwas, das ihr gehörte und das er sich trotzdem nehmen konnte, eine schwächere Ausgabe ihrer selbst, die er zu beherrschen vermochte. Wann hat es angefangen?«

Sie antwortete ihm nicht gleich, und es sah aus, als versuche sie immer noch zu begreifen, was sie da eben gehört hatte. Ihre Hände schlossen sich auf den Knien zu fest geballten Fäusten, und ihr Atem ging stoßweise.

»Ich bring ihn um...«

»Weshalb? Hatten Sie denn nicht das gleiche im Sinn? Etwas zu stehlen, das ihr gehörte? Dabei hätten Sie doch an der Universität Freunde haben können, so viele Sie wollten. Also – wann hat es angefangen?«

»Ich ging noch zur Schule.« Sie sah ihn nicht an.

Obgleich die Raserei des Mädchens ihn entsetzte, überkamen auch den Maresciallo beim Gedanken an Forbes Mordgelüste. Schließlich war Jenny damals nur ein naives Schulmädchen gewesen.

»Ich hab gehört, er habe Ihnen bei Ihren Prüfungen geholfen?«

Sie nickte.

»Aber später können Sie sich doch nicht mehr oft gesehen haben, als Sie auf die Universität gingen und die beiden hier in Italien lebten.«

»Er kam öfter nach London. Um über Aufträge für Reportagen zu verhandeln und so. Wir haben uns dann dort in unsrem Haus getroffen.«

»Im Haus Ihrer Mutter. Und wenn Sie hierher kamen?«

»Sie war durch ihre Arbeit oft weg, Recherchen für ihre Bücher und lauter so 'n Zeug.«

Zeug, das die beiden ernährt, gekleidet und ihnen ein Dach über dem Kopf gesichert hatte, während sie…

»Ich wollte es ihr sagen, und dann hätte ich mit ihm fortgehen können.«

»Und wovon hätten Sie leben wollen?«

Sie zuckte die Achseln. »Wir wären schon irgendwie durchgekommen.«

»Aber er wollte nicht?«

»Nein…« Ihr Gesicht verzerrte sich kläglich: ein Bild des Jammers. »Ich dachte, er sei mich leid geworden, weil ich nicht so klug und so interessant war wie sie. Und als ich dann nach Hause kam, mußte ich auf einmal hier schlafen! Keiner mag mich! Keiner! Warum verhaften Sie ihn nicht? Er hat sie umgebracht! Am Ende hat er sie umgebracht, um mich zu bekommen!«

»Nein…« Der Maresciallo wagte kaum zu atmen. Wenn sie sich weiter aufs Lügen versteifte, dann wäre ihre Aussage gegen Forbes keinen Pfifferling wert, wäre nichts als eine hysterische Anschuldigung, die sein Verteidiger vor Gericht in der Luft zerfetzen würde. Er mußte sie dazu bringen, die Wahrheit zu sagen, aber er wußte nicht, wie.

»Dieser Mann«, begann er behutsam, »dieser Mann hat Ihnen schon Ihre Mutter genommen, die Sie aufrichtig liebte, er hat Ihnen Ihren Seelenfrieden geraubt und Ihre Jugend. Wenn er ungeschoren davonkommt mit seiner Tat, dann wird er obendrein noch eine Menge Geld einstreichen, das von Rechts wegen Ihnen gehört und ursprünglich von Ihrem Vater stammt. Erinnern Sie sich an Ihren Vater?«

»Ich… ja…« Das schien sie zu beruhigen.

»Er hat sichergestellt, daß Sie versorgt sind – durch Ihre Mutter. Beide haben Sie sehr, sehr lieb gehabt. Forbes erzählte Ihrer Mutter, was zwischen ihm und Ihnen vorgefallen war, sobald er seinen Vorteil erkannte und Sie loswerden wollte, um seine sichere Stellung nicht zu gefährden. Wenn Sie wissen möchten, wie furchtbar Ihre Mutter darunter gelitten hat, dann sprechen Sie mit einem Priester namens Father Jameson.«

»Sie ist nie zur Kirche gegangen.«

»Nein. Aber sie war verzweifelt, und es gab sonst niemanden, dem sie sich hätte anvertrauen können, verstehen Sie? Sie hat sich geschämt.«

»Für mich?«

»Vielleicht. Ich glaube allerdings eher für sich selbst und für die Einsicht, daß ausgerechnet die beiden Menschen, die sie geradezu vergöttert hat, sie gehaßt und zum Narren gemacht haben. Wie dem auch sei, sie hat niemandem davon erzählt außer diesem Priester und hat so dafür gesorgt, daß Ihr guter Ruf gewahrt blieb.«

»Was nützt das jetzt noch? Wo *Sie* Bescheid wissen?«

»Stimmt, ich weiß es. Aber es gibt keinen Grund, warum es noch jemand erfahren sollte. Forbes tötete Ihre Mutter, weil sie ihn verlassen wollte. Ihre Anwälte werden das bestätigen, denn sie hatte wegen der Trennung bereits einen Termin mit ihnen vereinbart. Allerdings ohne Angabe von

Gründen. Es braucht also außer uns niemand etwas zu erfahren.«

»Und was ist, wenn er redet?« Sie fuhr sich mit der Hand über das tränennasse Gesicht und nahm diesmal das angebotene weiße Taschentuch.

»Das kann er sich nicht leisten. Es würde die Anklagepunkte gegen ihn verdoppeln, seine Verurteilung garantieren und ihm eine sehr viel höhere Strafe einbringen. Nein, er wird nicht reden.«

Sie saß einen Moment schweigend da, putzte sich die Nase und strich die Haarsträhnen zurück, die an ihrem nassen Gesicht klebten. Dann sah sie ihm zum ersten Mal in die Augen. »Wenn das alles so klar ist, warum haben Sie ihn dann noch nicht verhaftet?«

»Aus einem ganz einfachen Grund«, sagte der Maresciallo. »Ich weiß nicht, wie er es gemacht hat.«

»Ach, nein?« Das Mädchen lachte bitter und angeekelt. »Aber ich weiß es, besser als jeder andere! Und er weiß, daß ich es weiß, aber selbst als ich's ihm ins Gesicht gesagt hab, wollte er mich immer noch nicht. Ist es wirklich wahr – das, was Sie über ihn und Mutters Freundinnen gesagt haben?«

»Ja, es ist wahr.«

»Er ist auf mich losgegangen, als ich damit drohte, ihn anzuzeigen.«

»Wir werden dafür sorgen, daß Sie Personenschutz bekommen.«

»Er hat mich nie geliebt, oder?«

»Nein.«

Da erzählte sie es ihm.

»Ich möchte es Katy nicht sagen«, erklärte Mary Mancini.

»Nein.« Der Maresciallo nickte verständnisvoll. »Sagen Sie's weder ihr noch sonst jemandem. Wir haben ohnehin nicht vor, es vor Gericht zu verwenden. Für ihn ginge es zwar schlimmer aus, wenn wir's täten, aber mit Rücksicht auf das Mädchen…«

»Ja. Jenny ist schon genug Schaden zugefügt worden. Wir sollten womöglich denken, sie ist jung und wird darüber hinwegkommen, aber ich weiß nicht…«

Der Maresciallo, der in Gedanken bei dem Mandelbäumchen war, wußte es auch nicht.

Sie saßen wieder in Marys sonnenheller Küche. Katy hatte Jenny in ihr Zimmer geführt und wollte ihr beim Auspacken helfen.

»Die Mädchen sollten nach England zurück, sobald Sie's einrichten können.«

»Kein Problem. Ihre Abreise war ohnehin für morgen geplant, sie haben schon die Fahrkarten. Übermorgen beginnen die Vorlesungen wieder.«

»Glauben Sie wirklich, daß sie drüben sicher ist?«

»Aber natürlich! Jenny kann zu meiner Mutter ziehen. Die wohnt in einem winzig kleinen Seebad, und Forbes weiß nichts von ihr. Katy könnte sie an den Wochenenden besuchen… O mein Gott!« Mary verstummte und sah hinaus auf die mächtige Krone des immergrünen Baumes, dessen Äste sich jetzt still und friedlich der Wintersonne entgegenreckten.

»Wissen Sie, als Sie's mir gesagt haben, das mit Julian und Jenny – nein, eigentlich schon, als Sie eben erst davon anfangen wollten… – also da war mir, als ob ich's insgeheim längst gewußt hätte. Schon die ganze Zeit. Es war ja auch die einzig mögliche Erklärung für alles, nicht? Aber mir fehlte der Mut oder die Aufrichtigkeit oder was immer nötig gewesen wäre, um den Gedanken zuzulassen.«

»Ich glaube, mir ging's genauso. Ich hätte mich der Wahrheit schon viel früher stellen müssen.«

»Aber denken Sie doch bloß an Celia… Sie hat damit gelebt! Sie kannte die beiden in- und auswendig und hat sie beide so geliebt. Denken Sie nur, wie sie gelitten haben muß und wie lange, bevor er sie zwang, der Wahrheit ins Gesicht zu sehen. Mein Gott, wie konnte er ihr das bloß antun! Und Sie können ihn nicht mal jetzt verhaften?«

»Noch nicht. Wir wollen nichts unternehmen, bis das Mädchen fort ist, damit es so aussieht, als wäre ihre Aussage für uns nicht von Interesse gewesen. Und dann heißt es warten.«

»Aber worauf?«

In gewissem Sinne war es die alte Geschichte. Als es erst einmal passiert war, hätte der Maresciallo sagen können, er habe von Anfang an gewußt, worauf er wartete. In der Zwischenzeit dachte er gar nicht viel darüber nach, jedenfalls nicht bewußt. Ja, er war nicht einmal mit zu dem Pathologen gegangen, der mit den Fingern geschnippt und begeistert ausgerufen hatte: »Brillant! Und für mich eine Premiere!« Worauf er freilich nüchtern hinzufügte: »Ich würd's nicht zu sehr in der Presse breittreten. Wär ein etwas zu billiger Trost, finden Sie nicht?«

Dies wurde dem Maresciallo von Staatsanwalt Fusarri rapportiert, der ihn in sein verrauchtes Büro bestellt hatte.

»Und nun verraten Sie mir, was Sie vorhaben!«

»Ich lasse ihn nur beschatten.«

»Offen oder verdeckt?«

»Was?... Das ist eigentlich ganz gleich...«

Fusarri klemmte seinen Zigarillo in den linken Mundwinkel, lehnte sich zurück und griff zum Telefon.

»Wie viele Männer brauchen Sie?«

»Zwei würden reichen, falls der Capitano einen Wagen erübrigen kann. – Aber ich möchte Fara dabeihaben.«

»Fara?«

»Das ist...« Der Maresciallo hatte die Geistesgegenwart, nicht ›mein Chauffeur‹ zu sagen. »...einer von meinen Männern. Er hat den Fall von Anfang an protokolliert...«

Das stimmte wirklich. Der Maresciallo war erstaunt gewesen über den Umfang von Faras Notizen. Und Fara hatte, unter heftigem Erröten, erklärt, daß Lorenzini ihm den Rat gegeben habe, er solle die Augen offenhalten und versuchen, etwas dazuzulernen.

»Fara kennt die Lokale, die Forbes frequentiert, seine Gewohnheiten, die Leute, mit denen er verkehrt. Er wird uns eine große Hilfe sein.«

Damit verabschiedete sich der Maresciallo und ging ruhig wieder seinen Tagesgeschäften nach. Und man hätte ihn schon so gut kennen müssen wie der Brigadiere Lorenzini, um zu wissen, daß Julian Forbes' Chancen, ihm jetzt noch zu entkommen, nicht schlechter standen, als wenn Guarnaccia ihm bereits Handschellen angelegt hätte.

Fünf Tage vergingen. Dann rief Fara ihn kurz nach sechs Uhr morgens an.

Obwohl er gleich beim ersten Klingeln nach dem Hörer

griff, saß Teresa im nächsten Augenblick hellwach neben ihm im Bett.

»Salva! Was ist los?«

»Nichts. Man braucht mich unten im Büro.«

»Um diese Zeit?«

»Schon gut, schlaf nur weiter. Die Jungs haben jemanden verhaftet.«

»Und warum haben sie ihn nicht nach Borgo Ognissanti gebracht? Warum hierher? Salva?«

Und das war auch die erste Frage, die der Maresciallo kurz darauf – im Flüsterton – vorbrachte. »Warum ist er hier? Ihr hättet ihn ins Präsidium bringen sollen!«

»Da waren wir, aber beide Zellen sind belegt. Und er muß doch in Einzelhaft, oder? Was blieb uns also übrig?«

Die beiden Männer des Capitanos waren mit Fara im Warteraum; einer schwenkte erleichtert seine Handschellen.

»Brauchen Sie uns noch?«

»Nein, nein... Sie können gehen.« Je weniger Mitwisser sie hatten, desto besser. Aber als die beiden zur Tür hinauswollten, stand Galli auf der Schwelle, die Hand schon an der Klingel.

Bevor der Maresciallo protestieren konnte, sagte Fara: »Er hat uns geholfen. Er war im *Il Caffè*, und darum hab ich gesagt...«

»Also gut... nein, der Fotograf bleibt draußen!«

»Und dabei hab ich ihn extra aus dem Bett getrommelt.« Widerstrebend folgte der Fotograf Maestrangelos Männern die Treppe hinunter, und Galli trat ein. Fara schloß hinter ihm ab, und Galli streifte seinen Lodenmantel von den Schultern.

»Ach, ich bin halb tot!« Nichtsdestoweniger war er so elegant wie eh und je und natürlich tipptopp frisiert.

»Ist er bewußtlos?« Galli schlenderte zur Zellentür und lugte verstohlen hinein. »Gott, wie das stinkt! Hat er was gesagt?«

Fara sah den Maresciallo unglücklich an, und der legte Galli eine schwere Hand auf die Schulter und nahm ihn beiseite.

»Tun Sie mir einen Gefallen, ja? Gehen Sie nach Hause und bleiben Sie da, bis ich Sie rufe. Dann können Sie mitsamt Ihrem Fotografen wiederkommen.«

»Aber…«

»Sie haben doch neulich selbst zu mir gesagt, daß es keine Knüller mehr gibt. Der Fall kommt heute abend in den Nachrichten, ganz egal, was Sie tun.«

»Ich habe persönliche Gründe…«

»Ich weiß. Und darum verrate ich Ihnen jetzt etwas, was ich keinem anderen sagen würde: Ich kann nicht tun, was getan werden muß, wenn Sie dabei sind.«

»Sie führen etwas im Schilde? Verstehe. Bin schon weg.« Auf der Treppe drehte er sich noch einmal nach dem Maresciallo um. »Machen Sie ihn fertig! Versprechen Sie mir, daß Sie den Scheißkerl drankriegen.«

»Verlassen Sie sich drauf.« Der Maresciallo schloß die Tür und sperrte wieder zu. Er und der junge Fara sahen einander an. »Wie lange ist er schon bewußtlos?«

»Seit etwa drei Stunden. Er hat im *Il Caffè* eine Schlägerei angefangen. Signore Galli hat dazu beigetragen, indem er ihn an seinen Tisch kommen ließ und dafür sorgte, daß er genug intus bekam. Es brauchte allerdings gar nicht viel, bis Forbes aggressiv wurde, und dann hat Signore Galli ihn richtig angeheizt. Er hatte uns nämlich draußen gesehen.«

»Aber er weiß von nichts?«

»Nein! Wahrscheinlich dachte er, wir suchten bloß nach einem Vorwand, um Forbes festzunehmen. Entweder das, oder er hatte selber eine Rechnung mit ihm zu begleichen. Jedenfalls war Signore Galli uns eine große Hilfe. Ach, das sollte ich Ihnen auch noch sagen: Als wir Forbes verhaften wollten, da hat er schnell noch eine Weinflasche von einem Tisch geklaut. Ich hab sie ihm abgenommen, als wir ihn in den Wagen setzten, aber bis dahin hatte er es irgendwie geschafft, sie fast leer zu trinken.«

»In Ordnung.«

»Die beiden anderen haben nichts mitgekriegt. Es war ja auch nur, weil er noch nicht genug hatte, jedenfalls nicht genug, um ihn so umzuhauen, daß er sich nachher an nichts mehr erinnern kann. Die Flasche hab ich weg…«

»Was für eine Flasche? Gehen Sie jetzt und kochen Sie einen starken Kaffee… Wo sind denn die Notizen?«

»Liegen schon auf Ihrem Schreibtisch.«

»Na, dann wollen wir ihn mal aufwecken.« Der Maresciallo hob die Klappe und spähte zu Forbes hinein, der auf dem Rücken lag, den Bart gegen die Decke der winzigen Zelle gerichtet. Ein großer blauer Eimer, den Fara vorsorglich neben seiner Pritsche plaziert hatte, war der Ursprung des ekelerregenden Gestanks. Forbes schnarchte laut. »Wenn wir ihn allein nicht wach kriegen, dann holen Sie einen Arzt. Ich brauche ihn so fit, daß er imstande ist, einen Anwalt anzurufen.«

Fara las laut vor, anfangs ein wenig stockend, denn die Anwesenheit des Capitanos, des Staatsanwalts und des Verteidigers von Forbes schüchterte ihn doch ziemlich ein. Forbes war in so elender Verfassung, daß er alle Kraft aufbieten mußte, um sich auf dem Stuhl aufrecht zu halten, und man sah ihm an, daß er selbst vor der kleinsten Kopfbewegung zurückschreckte, aus Angst, er müsse sich erneut übergeben. Seine Hände umklammerten so krampfhaft die Stuhlkanten, daß die Knöchel weiß hervortraten. Fara schielte hin und wieder nach dem Maresciallo, wohl weil er sich ein zustimmendes Nicken oder auch einen teilnahmsvollen Blick erhoffte. Aber Guarnaccias Miene war so ausdruckslos, daß man nicht sicher sein konnte, ob er überhaupt zuhörte.

Er hörte zu, aber auf seine Art. Er verstand jedes Wort, registrierte jeden Punkt des Berichts. Nur daß es nicht Faras Stimme war, die er hörte, sondern die von Jenny. Eine matte Stimme, heiser vom vielen Weinen und bar jeden Gefühls, weil selbst die stürmischsten Gefühle am Ende der Erschöpfung weichen.

»Es war ein Spiel, das wir uns ausgedacht hatten. Er nannte es das Baby baden. Dabei seifte er mich von oben bis unten ein, sogar in den Ohren und zwischen den Zehen. Und zum Abspülen packte er mich dann an den Füßen, schwenkte mich in der Wanne rauf und runter und machte lauter Wellen, die den Seifenschaum wieder wegschwemmten. Meistens spielten wir das in London, aber manchmal, wenn sie nicht da war, auch hier. Ich glaub nicht, daß er eine Macke hat, ich meine in bezug auf kleine Mädchen. Er fand es einfach schön, mich zu umsorgen, der Stärkere zu sein.

Und ich hatte nichts dagegen. Ich bin nicht so stark wie meine Mutter. Und ein schlechtes Gewissen hatte ich auch nicht. Warum? Sie hatte doch alles, da brauchte sie nicht auch noch ihn. Ich hätte bis an mein Lebensende studieren können und trotzdem im Vergleich zu ihr nie was erreicht. Und was sie immer alles angestellt hat, bloß, um es mich nicht merken zu lassen! Als ich anfing, Klavier zu spielen – wir wohnten damals noch in London –, da hat sie prompt aufgehört. Ja, hat sie sich denn wirklich eingebildet, ich wüßte nicht, warum? Genausogut hätte sie sagen können, daß ich niemals so gut spielen würde wie sie, und damit basta. Manchmal haßte ich sie so sehr, daß ich sie hätte umbringen können. Aber das war nicht der Grund. Ich habe ihn geliebt, ob Sie's glauben oder nicht. Er hat mir nie das Gefühl gegeben, dumm zu sein.

Ja, und eines Tages kam es dann zu diesem Unfall. Wir waren in London. Ich hatte Trimesterferien, und er war wegen irgendeines Journalistenpostens rübergekommen. Das war kein Vorwand, er hatte tatsächlich einen Vorstellungstermin. Und er versprach mir, wenn er den Job bekäme, dann würde er sie verlassen. Sie könne dann in Italien bleiben, und wir würden uns in London eine Wohnung nehmen. Bloß klappte es nicht mit dem Job. Sie hat's ihm vermasselt. Alle Referenzen, die er vorweisen konnte, hatte sie ihm besorgt. Die Artikel, die er eingesandt hatte, waren lauter Auftragsarbeiten von ihr, die sie auf ihn abgewälzt und ihm dann zur Hälfte geschrieben hatte. Er hatte ein schlechtes Gewissen deswegen und ging ohne Selbstvertrauen in das Vorstellungsgespräch. Er hätte die Stelle gekriegt, wenn sie nicht gewesen wäre. Ich hatte draußen auf ihn gewartet, und als er rauskam, war er schweißgebadet. Wir gingen etwas trinken und anschließend zum Essen. Er bestellte einen guten Wein, um sich aufzuheitern. Julian sagte, es geschähe ihr ganz recht, wenn wir ihr Geld ausgeben, da es schließlich ihre Schuld sei, daß es nicht geklappt hatte mit dem Job. Wir waren ein bißchen beschwipst, als wir nach Hause kamen. Julian ließ ein Bad ein, machte die Wanne randvoll und gab eine Menge parfümierten Badeschaum dazu. Und dann kam es zu dem Unfall. Er packte meine Füße, schaukelte mich vor und zurück, und ich kreischte, nur so aus Spaß. Aber auf einmal zog er zu fest, und das Wasser schwappte mir übers Gesicht. Julian merkte es nicht, wegen dem vielen Schaum. Er zog und drückte einfach weiter, und ich kriegte Wasser in die Lunge und kam nicht hoch, weil er mich ja an den Füßen festhielt. Mein Kopf war nicht ganz unter Wasser, aber ich kriegte trotzdem keine Luft. Bloß weil er sich einen Jux machen und mich mit der kalten Dusche erschrecken wollte, ließ er endlich los. Ich wollte mich noch am Wannenrand hochziehen, aber da verlor ich schon das Bewußtsein. Als ich wieder zu mir kam, lag ich auf dem Boden, und er versuchte, mich künstlich zu beatmen, aber er wußte nicht richtig, wie man's macht. Er weinte, solche Angst hatte er. Erst nachdem er wieder abgefahren war, begriff ich, daß er Angst gehabt hatte, ich könnte sterben, und er hätte dann die Leiche am Hals, und meine Mutter hätte dann alles erfahren.

Gleich nach meiner Ankunft hier rief er mich an und sagte, es müsse Schluß sein zwischen uns. Und er wolle nicht, daß ich Weihnachten nach Hause käme. Er hat ihr alles gebeichtet, damit sie mir verbieten würde herzukommen, und als sie das nicht tat, da ging er hin und verkaufte mein Bett.

Als ich von ihrem Tod erfuhr, wußte ich gleich, was er getan hatte. Aber ich dachte, er hätte es für mich getan. Ich dachte, er hätte sich endlich entschieden… Doch sie hatte ihn bis zuletzt am Gängelband, ließ ihn nach ihrer Pfeife tanzen und sich von ihm ihren Drink ins Badezimmer nachtragen! Sie zwang ihn zu betteln! Er flehte sie an, ihn nicht zu verlassen, aber sie ließ sich nicht erweichen. Nicht soviel hat sie sich aus ihm gemacht! Und er wollte doch bloß, daß sie ihn anhört. Er hat es nicht für mich getan, er wollte nur, daß sie bei ihm bleibt, und darum hat er gezogen und gezogen und einfach nicht mehr losgelassen! Er sah an ihren Augen, daß sie panische Angst hatte, aber sie gab trotzdem nicht nach, und darum hielt er sie weiter fest. Sie ließ ihr Glas fallen und versuchte, sich an den Wannenrand zu klammern, genau wie ich damals, aber er hielt einfach bloß ihre Füße ein Stück höher. Es war ja so leicht. Als er endlich losließ, rutschte sie ins Wasser zurück, schnitt sich an den Glasscherben, und das Wasser färbte sich rot. Julian kann kein Blut sehen, also ging er ins Schlafzimmer, um was zu trinken. Das mit ihr ist ihm nicht nahegegangen. Er hat sie nicht geliebt, da können Sie sagen, was Sie wollen, Sie kennen ihn nicht. Aber sie beherrscht ihn immer noch, nicht wahr? Selbst über den Tod hinaus. Doch nun hab ich Geld und kann ihm einen guten Anwalt besorgen. Sie können ihn verhaften, jetzt, wo ich Ihnen alles erzählt habe. Aber ich werde den Anwalt bezahlen, und dann ist er in meiner Schuld.«

Weil ich das Blut sah. Danach kann ich mich an nichts mehr erinnern.

Faras Referat lief nicht mehr synchron mit dem Gedankengang des Maresciallos. Aber sein Bericht war schließlich auch um einiges kürzer. Es gab verschiedenes, das sie nicht hineingeschrieben hatten. Forbes sah nicht mehr und nicht weniger mitgenommen aus als zu Anfang. Er war völlig teilnahmslos. Sein Verteidiger machte indes ganz den Eindruck, als wäre er lieber nicht mit einem derart hoffnungslosen Fall betraut worden.

»Hat mein Mandant dieses sogenannte Geständnis unterschrieben?«

»Nein, nein…« versetzte der Maresciallo gleichmütig. »Und wir werten es nicht mal als Geständnis, in Anbetracht des Zustandes, in dem wir ihn hierherbrachten… vor allem« – er sah den Anwalt durchdringend an – »vor allem weil ein junges Mädchen involviert ist, das bereits seine Mutter verloren hat und dadurch…«

Er rechnete mit drei Tagen. In der Zeit, glaubte der Maresciallo, würde ein brauchbares Geständnis über den Mord an Celia Carter, aber ohne jeden belastenden Hinweis auf ihre Tochter, unterzeichnet sein.

Er irrte sich. Es dauerte nur zwei Tage. »Aber«, so erklärte der Maresciallo dem Journalisten Galli in der Bar gegenüber dem Präsidium in Borgo Ognissanti, »ich bin eben selber ein bißchen von der langsamen Truppe, und darum…«

»Sie haben ihn gekriegt. Das ist alles, was zählt. Und Mary Mancini wird wahrscheinlich Celias literarische Nachlaßverwalterin, haben Sie das schon gehört?«

»Nein, das wußte ich nicht.«

»Darf ich Ihnen noch einen spendieren?«

»Nein, nein... Ich hab noch was zu erledigen.«

»Ist das alles?« Signora Giorgetti wischte sich die Hände an der Schürze ab und deutete auf den schwarzen Plastiksack, den der Maresciallo in die Küche brachte.

»Das sind nur die Kleider und das Spielzeug von der Kleinen, oder jedenfalls alles, was ich davon finden konnte. Der Magistrato hat eine Ausnahme gemacht. Um die restlichen Sachen freizugeben, muß man allerdings erst eine entsprechende Genehmigung einholen...«

Die alte Frau sank auf einen Küchenstuhl nieder und weinte.

»Ich hab meine letzte Lira geopfert – und obendrein noch Schulden gemacht –, nur um ihr die Wohnung zu halten. Warum mußten die sie ins Gefängnis stecken? Sie hatten doch Saverino, diesen brutalen Kerl, und den armen Antonio, was wollten sie da noch von meiner Tochter?«

»Na, na!« Eine Nachbarin, die vermutlich schon den ganzen Vormittag bei Signora Giorgetti verbracht hatte, erhob sich und faßte die alte Frau um die Schultern. »Regen Sie sich nicht so auf. Sie müssen doch an das Kind denken.«

»Sie hätte Antonio nie verlassen dürfen! Das wäre alles nicht passiert, wenn sie Antonio nicht verlassen hätte!«

»Aber, nur nicht aufregen! Hören Sie denn nicht, was ich sage?« Die Nachbarin warf dem Maresciallo einen verzweifelten Blick zu und zündete sich eine Zigarette an. Der Aschenbecher auf dem Tisch mit der Plastikdecke quoll bereits über.

Die alte Frau schneuzte sich geräuschvoll und rief dann: »Fiammetta!«

Das Kind kam herein. Es trug den rosa Trainingsanzug und schmutzigweiße Turnschuhe.

»Ich hab dir deine Spielsachen gebracht«, sagte der Maresciallo und hielt ihr den geöffneten Plastiksack hin. Fiammetta rührte sich nicht.

»Auch meinen Teddy?«

»Ich... ich hab alles mitgebracht, was ich finden konnte...«

Das Kind schoß auf ihn zu, entriß ihm den Sack und leerte ihn auf dem Boden aus.

»Fiammetta!« Die Großmutter schlug nach ihr, traf aber nicht. Die Kleine schenkte ihr keine Beachtung, sondern wühlte mit Händen und Füßen fieberhaft in dem Durcheinander von Kleidern, Schuhen und Spielsachen. Dann wich sie plötzlich schwer atmend an die Wand zurück, lehnte sich dagegen und begann heftig am Daumen zu lutschen.

»Siehst du denn nicht, daß es der Oma nicht gut geht?« tadelte die Nachbarsfrau. »Und was ist das überhaupt für ein Benehmen? Jetzt sag dem Maresciallo artig danke dafür, daß er dir dein Spielzeug gebracht hat!« Damit stand sie auf und drückte ihre Zigarette im Aschenbecher aus. »Ich geh dann. Sie können das Kind nachher ruhig zu mir rüberbringen, wenn Sie noch mal weg müssen.«

Als die beiden Frauen leise murmelnd unter der Tür standen, beugte sich der Maresciallo zu Fiammetta hinunter und sagte: »Es tut mir wirklich leid. Bist du denn sicher, daß du deinen Teddy dort gelassen hast? Ich hab nämlich nirgends einen gesehen.«

Fiammetta starrte ihn nur stumm an, lutschte am Daumen und schlug mit ihrem dünnen, schmächtigen Rücken rhythmisch gegen die Wand.

Unterdessen war ihre Großmutter wieder hereingekommen, sammelte die Sachen vom Boden auf und steckte sie zurück in den Plastiksack.

»Kümmern Sie sich nicht drum, Maresciallo. Es ist nichts. Bloß ein Bild, das ihr Vater mal für sie gemalt hat. Es hing an der Wand über ihrem Bett. Spielzeug hat sie hier wahrhaftig genug.«

»Es tut mir sehr leid.«

Fiammetta nuckelte, wiegte den Oberkörper vor und zurück und starrte Guarnaccia aus ihrem greisen Kindergesicht mit großen Augen an. Es war stickig und schwül in der kleinen Küche, und den Maresciallo überkam ein dringendes Bedürfnis nach frischer Luft.

Viel Erleichterung verschaffte ihm die freilich auch nicht. Die *tramontana* war vor einer Woche abgezogen. Die Via Mazzetta war hoffnungslos verstopft. Die Autos und Fußgänger, die dem Maresciallo entgegenkamen, bewegten sich wie farblose Silhouetten im glasig grellen Dunst.

»Uff!« Er angelte seine Sonnenbrille aus der Tasche. Heute hatte man Smogalarm ausgelöst, morgen würden sie Fahrverbot verhängen und übermorgen… das immer gleiche Kampfritual, bei dem längst niemand mehr auf einen Sieg hoffte.

Der Maresciallo trottete langsam weiter, bemüht, die Abgase nicht zu tief einzuatmen.

Hinter geschlossenen Fenstern ertönte gedämpft das

Zeitzeichen vor den Mittagsnachrichten. Metallene Rollos gingen rasselnd vor den ebenerdigen Schaufenstern nieder, und der Duft von Spaghettisauce, deftig mit Knoblauch und Rosmarin gewürzt, strich ihm um die Nase.

Ein staubbedeckter Arbeiter mit einer braunen Papiertüte auf dem Kopf eilte pfeifend an ihm vorbei, unter dem einen Arm ein Zwei-Pfund-Brot, unter dem anderen eine Flasche Roten.

Auch der Maresciallo beschleunigte seinen Schritt.